"Essas espécies de comunicações nada têm de estranhas para quem conhece os fenômenos espíritas, e a maneira pela qual se estabelecem as revelações entre os encarnados e os desencarnados. As instruções podem ser transmitidas por diversos meios: pela inspiração pura e simples, pela audição da palavra, pela contemplação dos Espíritos instrutores nas visões e aparições, seja em sonho, seja no estado de vigília, como se veem muitos exemplos delas na Bíblia, no Evangelho e nos livros sagrados de todos os povos. É, pois, rigorosamente exato dizer que a maioria dos reveladores são médiuns inspirados, audientes ou videntes; de onde não se segue que todos os médiuns sejam reveladores, e ainda menos intermediários diretos da Divindade ou de seus mensageiros." –
A Gênese, Capítulo I, item 9, Allan Kardec, Edição IDE)

FICHA CATALOGRÁFICA

(Preparada na Editora)

Gagete, Lourdes Carolina, 1946-

G12q Quando renunciar é preciso / Lourdes Carolina Gagete. Araras, SP, IDE, 1ª edição, 2012.

448 p.

ISBN 978-85-7341-567-4

1. Romance 2. Espiritismo I. Título.

CDD -869.935
-133.9

Índices para catálogo sistemático

1. Romance: Século 21: Literatura brasileira 869.935
2. Espiritismo 133.9

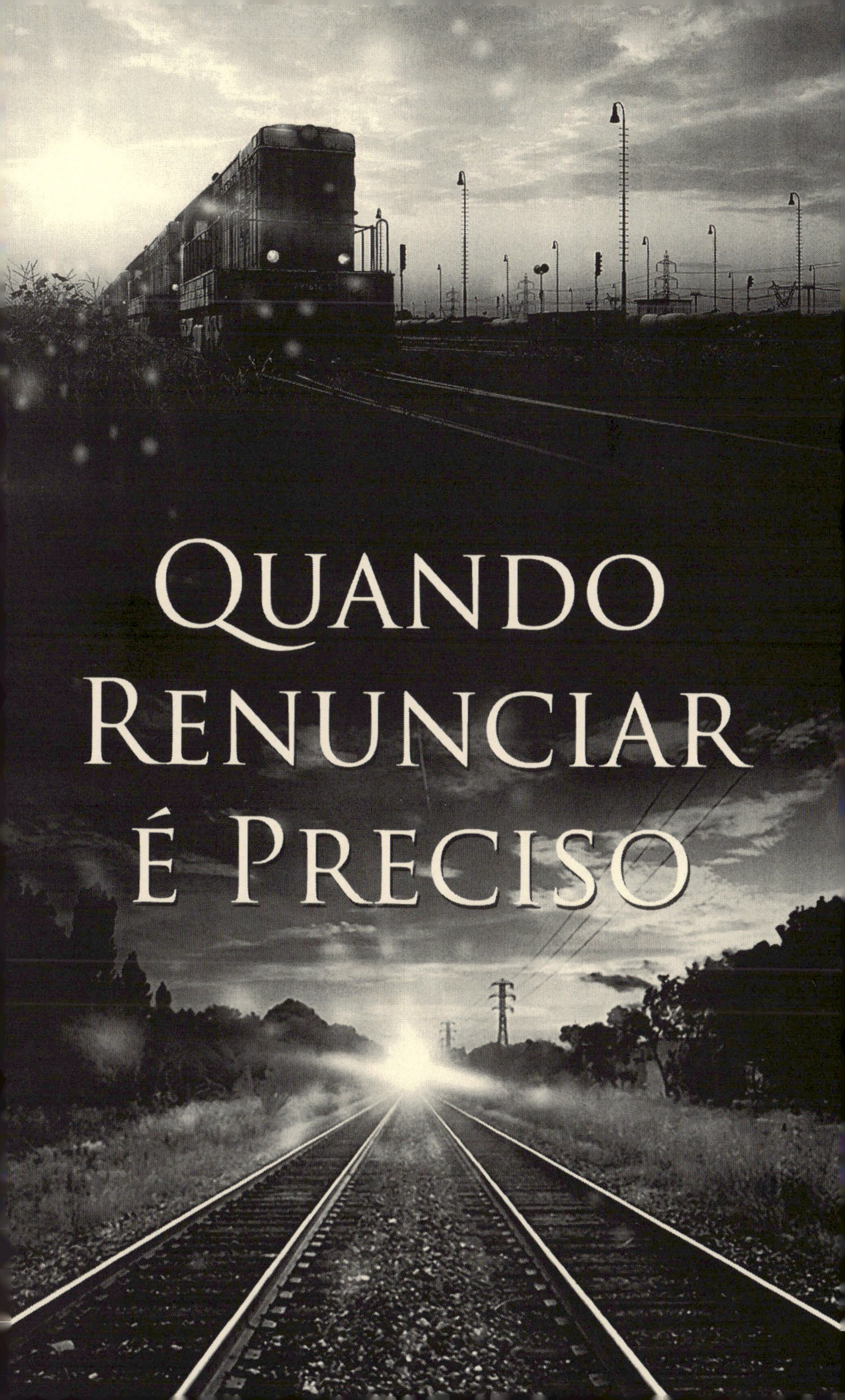
Quando
Renunciar
é Preciso

Sumário

Parte um

Na Espiritualidade

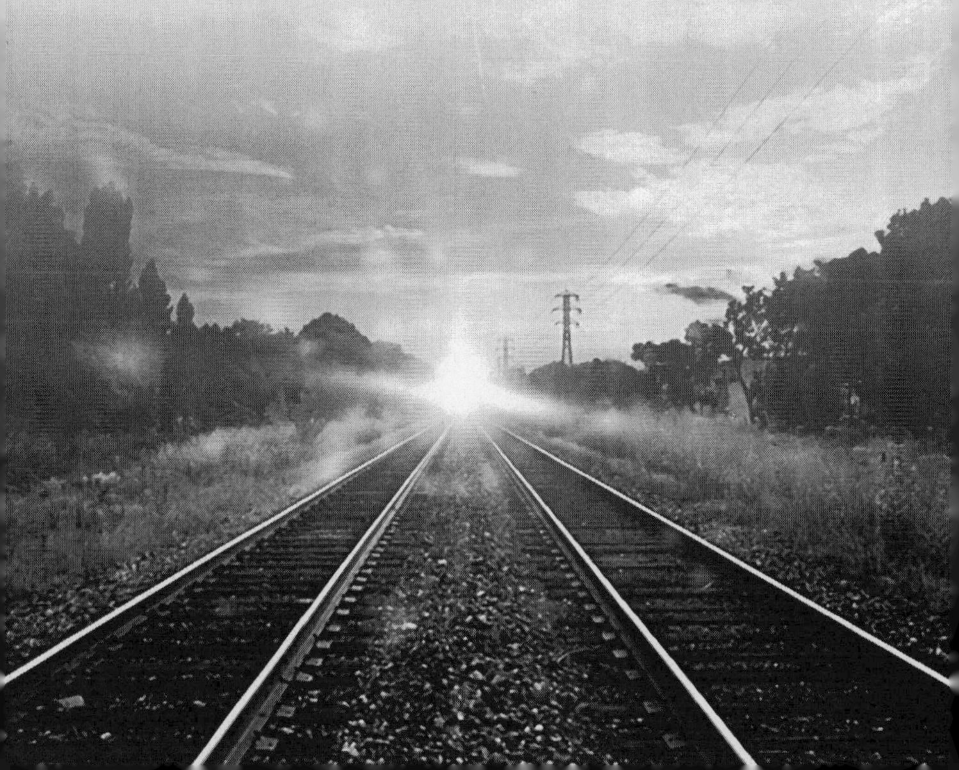

Capítulo 1

Preparativos

Os últimos raios do Sol ainda avermelhavam o poente, tardando a chegada da noite. Deixei o livro que lia de lado. De repente, ele perdera todo o atrativo. A música, as vozes cristalinas e chorosas de um canto gregoriano chegaram até mim e me proporcionaram uma sensação de paz, de abandono, de recolhimento, qual suave anestésico.

Acomodei-me mais no sofá e deixei minha alma liberta para que buscasse a imensidão que ela sempre ansiava por alcançar. De repente, vi-me num lugar estranho, que me parecia distante, apesar de sentir que tudo se passava dentro de mim mesma. Senti que devia prestar atenção no que presenciaria, porque a vida, no seu incessante caminhar, oferecia-me a oportunidade de reviver passadas alegrias, dores, ódios... Um grande amor. Uma grande renúncia. Um grande aprendizado. Veria uma de minhas vidas passadas? A sua? Ou minha mente excitada tiraria do nada uma emocionante novela para nos levar à reflexão? Quem poderá afirmar... Quem poderá negar...

Esse lugar, onde minha alma se quedou silenciosa e atenta, era uma região no astral onde Espíritos de uma comunidade com agravantes cármicos estavam se preparando para nova reencarnação. Haviam falido fragorosamente na última passagem pela Terra e faziam planos para a nova oportunidade que se lhes abria através de nova existência. Cada qual carregava no coração suas esperanças. A nova vida, atestado da grandeza e bondade do Altíssimo, seria suave bálsamo às chagas ainda abertas pela incúria de cada um.

Assim, tendo por consolo a oportunidade abençoada da reencarnação, o grupo de Espíritos endividados se preparava para o retorno. No coração de cada um eu podia sentir a esperança de vencer as provações pelas quais teriam de passar. Vinham de várias reencarnações no sofrimento. Poucos momentos de felicidade conheciam, porque a felicidade é conquista individual e intransferível.

Filosofava eu, absorta na inusitada movimentação, quando duas entidades espirituais me chamaram a atenção. Uma delas, Thereza, envolta em uma aura amarelo-claro com reflexos brilhantes, transmitia muita paz, embora o semblante preocupado. A outra, Janice, apresentava aura opaca e parecia doente.

– Janice... Vejo-a preocupada. Não quer conversar? – perguntou Thereza.

Janice suspirou:

– Estou feliz pela oportunidade do retorno, mas muito apreensiva. Voltar sobre os próprios passos... Ter de passar pelas mesmas provas...

– Confie em Deus, minha amiga. Serei sua sobrinha na nova vida. Procurarei estar alerta. Estender-lhe-ei mãos amigas.

– Eu confio em Deus, em você, que é a que, de todo o grupo, menos culpas carrega, mas não confio em mim. Reconheço-me ainda tão pequena! Os reflexos do antigo vício ainda me fazem tremer. É bem verdade que o alcoolista carrega para além da sepultura as consequências negativas do vício. Sou testemunha disso.

– Se você ainda não se sente suficientemente forte para o enfrentamento, então peça mais um tempo. Deus é misericordioso e não nos obriga a nada. Dá-nos o tempo de que precisamos.

– Não posso recuar agora, perder essa oportunidade. O grupo todo vem reencarnando junto há tempos. Depois, tem ainda o nosso irmão. Não sei se... Oh, Jesus, em que trevas mergulhamos quando nos afastamos de Ti! Ajuda-me a perdoar nosso irmão...

Janice tremeu. Não conseguiu falar o nome do Espírito a quem ela teria de estender as mãos na iminente reencarnação; a criatura com a qual se ligara pelo ódio porque nenhum dos dois se dispôs a perdoar.

Thereza lembrou-se da lição de Jesus – "Reconcilia-te sem demora com teu adversário enquanto estás posto a caminho com ele, para que não suceda que ele, o adversário, te entregue ao juiz e que o juiz te entregue ao seu ministro e sejas mandado para a cadeia. – Em verdade vos digo que não saireis de lá até pagardes o último ceitil."

– Thereza, você e Herculano sairão amanhã cedo para procurar Álvaro?

– Sim. Herculano tem dívidas de gratidão para com o pai dele e vai me ajudar.

– Você também se sente culpada pelo desvio dele, mas eu acho que o que ele lhe fez já foi suficiente para o equilíbrio das contas.

– O que ele me fez foi pura consequência do que eu lhe fiz. Eu desencadeei o mal. Eu sabia que o que estava fazendo era um erro. Ele não. A nossa responsabilidade é proporcional ao nosso conhecimento, você sabe disso.

– Bem sei.

– Ontem chegamos bem próximos dele, mas o nevoeiro era tanto, que não conseguimos encontrá-lo.

Soubemos que uma tempestade de fogo purificador deverá passar por aquele lugar. Precisamos encontrar Álvaro antes dessa tempestade. Amanhã, se Deus assim o permitir, haveremos de encontrá-lo. Ele também deverá reencarnar, conforme já soubemos dos nossos superiores.

– E você reencarna para...

– ... ajudá-lo. Na verdade, estarei também me ajudando. Sou grata pela oportunidade de corrigir um erro que me tem trazido angústias.

– Thereza, você ajudará a nós todos. Conhecemos a grandeza do seu coração.

Thereza sorriu. Para espantar a tristeza que ameaçava toldar seu dia, disse:

– Espero ajudar todos os que cruzarem o meu caminho, pois embora eu ainda seja tão pequena, conto, contamos todos nós, com a misericórdia do Pai. Havemos todos de vencer mais uma etapa no caminho da nossa redenção.

Com as últimas palavras daquele simpático Espírito ainda repercutindo nos meus tímpanos, retornei da estranha aventura, cheia de grande animação. Pensei na bondade do Pai, na reencarnação, que alivia as mentes conturbadas pelas lembranças negativas do passado; faculta o adormecer temporário dos vícios e virtudes, ofertando nova oportunidade de recomeço, nova oportunidade de escrever de novo a vida.

Que dias intermináveis! Que noites sem lume a do infeliz que não consegue fugir de suas amargas lembranças! Que não consegue fugir de si mesmo! Quantas vezes, já com alguma experiência adquirida, dizemos: Ah! Se eu pudesse começar tudo outra vez! Se pudesse volver às páginas negras de minha vida, apagar tudo e escrever de novo!

Caro leitor, você pode. Nós podemos. Deus, na sua imensa misericórdia, favorece-nos com a reencarnação, porque, na sua grandeza, sabe que uma só existência não seria suficiente para alijarmos de nós a montanha de equívocos que acumulamos no nosso caminhar e para conquistarmos a necessária sabedoria.

Reencarnaremos uma, dez, cem, mil vezes até aprendermos a lição. A lição de amor, de solidariedade, de fraternidade, sentimentos esses que nos diferenciam, que nos fazem herdeiros do Criador.

Quantas vezes olhamos para os cegos, os surdos, os mudos, os mutilados, caminhando lado a lado com os sadios, os fortes, os felizes. Então, pensamos na diversidade da sorte de cada um. Lembra-me o ensinamento recebido na infância, quando nos ensinavam que vivemos aqui na Terra uma única vez, que o Espírito é criado no momento da concepção, que o inferno é para os maus e o céu é para os bons...

E aquela multidão de criaturas que passava por mim, tateando algumas, arrastando-se outras, engrolando a língua na mudez desesperadora. Famintos, alienados, desfigurados, exibindo chagas abertas, pústulas nauseantes...

Então, perguntava: Que critério, meu Deus?! E, perdida em dúvidas, acrescentava: Pai, perdoai-me se vos questiono: Onde buscastes tantos horrores para os vossos filhos?! Não são todos – como nos ensinam – recém-criados? Que ainda não viveram e, portanto, não erraram? Não são seres que nenhuma experiência têm, que são imaturos e, como tal, não possuem discernimento entre o bem e o mal? Que não têm méritos nem deméritos? Vícios ou virtudes? Máculas a serem removidas nem lauréis a receberem?

Ah, meu Pai! Como Vos desconhecia quando assim pensava! Como Vos desconhecem aqueles que ainda assim pensam. Como aviltam vossa soberana justiça e vosso amor sem limites aqueles que vos julgam um Deus irado, um tirano distribuidor de castigos, de horrores; que só dá **uma** oportunidade: Céu ou Inferno! Felicidade ociosa ou tormentos eternos... Eternamente!

Que céu de egoístas é esse onde a mãe, no seu gozo eterno, olvida o filho que arde no inferno?! O filho a quem amou e ainda ama? O filho que lhe foi a razão da própria vida? O filho que lhe sugou o leite, que lhe deu o primeiro sorriso, o primeiro olhar, que lhe balbuciou as primeiras palavras? Que céu é esse onde o esposo feliz esquece-se da companheira de lutas que jaz no inferno? Da pobre companheira que não terá tido, talvez, aqui na Terra, a sorte de um lar, de pais ou amigos que a orientassem no caminho do bem? Que céu é esse que fecha suas portas, **definitivamente**, àquele que resvalou no crime porque teve por lar a rua, por pais os mendigos, por irmãos os cães famintos?

A razão revolta-se com tal concepção tão pequena quanto absurda de céu, de inferno, de vida, de critério, de justiça...

Felizmente, crescemos. Aprendemos a raciocinar com bom senso. Livramo-nos da imposição de mentes obtusas. Libertamo-nos da letra que mata. Não aceitamos mais conceitos tão infantis e atentatórios à nossa inteligência e à magnitude do Criador, tais como: "É o mistério de Deus... Ele fez assim... É pecado... Deus castiga... É preciso ter fé sem questionamentos... Depois de morto o corpo, fica o Espírito esperando o dia do julgamento final, quando então irá para a luz ou para as trevas. Para a felicidade eterna ou para o sofrimento igualmente eterno. Aqueles que já morreram no *início do mundo*, que nem o pó mais existe, será ressuscitado e terá como dantes o seu corpo igualzinho como quando estava vivo." Mas questiono agora: e se ele odiou a vida toda aquele corpo porque era deficiente? Feio? Monstruoso? Terá ainda de carregá-lo? E agora para todo o sempre?!

Tal visão, estreita e pueril da sabedoria divina, carece de lógica. Com nosso crescimento espiritual, novos esclarecimentos nos têm chegado, porque já podemos enxergar **mais além**. Só não percebeu tais incoerências quem não quis perceber; quem acomodou sua mente às mentes que pensam por ele; quem se acomodou à inércia; quem não quer aprofundar conhecimentos para não ter de adaptar-se às novas verdades.

Progredir dói. Como dói a subida! Como dói o esforço para ir além e religar-se ao Pai! O estacionar é sempre mais fácil. Deixar-se conduzir e acomodar-se a preceitos, preconceitos, tabus, dogmas...

Felizmente, o Grande Legislador das leis da natureza não consultou nossa ignorância nem nossos interesses ao sancioná-las. Felizmente, à medida que evoluímos, que nos abrimos sem preconceitos, novos conhecimentos felicitam-nos a alma.

E foi o próprio Jesus de Nazaré quem nos prometeu um dia: "Eu vou mas não vos deixarei órfãos; mandar-vos-ei o Espírito Consolador, aquele que ficará convosco para todo o sempre".

Cumpriu-se a profecia e tudo clareou. Deus-Pai mostrou-nos a Sua face. E pudemos contemplá-Lo sem medo, porque Ele não é ira, nem castigo, nem arbitrariedade. Porque Ele é mansidão, justiça, amor, sabedoria...

Deus não destinou ninguém ao sofrimento eterno. Tampouco à inércia improdutiva. Não há seres privilegiados. Ama-nos a todos de igual forma. A diferença fazemo-la nós, não Ele. Se sofremos, é porque desrespeitamos Suas leis. Sofremos? Sofremos. Mas esse sofrimento não vem por castigo e não é eterno; persistirá enquanto persistir o mal. A escolha é nossa. Nada nos é imposto à revelia. Mesmo nas situações amargas que tenhamos de passar pela lei de Ação e Reação, Deus favorece-nos com o tempo, a fim de que primeiro nos fortaleçamos. De outra forma, não haveria como cobrar responsabilidades.

O cego? O coxo? O mudo? O mutilado? Busque-se o motivo em suas reencarnações pretéritas. Lá estão as matrizes do mal.

O inferno? Pode estar dentro de nós mesmos. Também pode estar no astral inferior, porém não é obra de Deus ou do demônio (se este existisse). É consequência natural pelo acúmulo de fluidos deletérios ali acumulados por Espíritos ainda presos ao mal e à ignorância.

Não nos esqueçamos de que, se existem pássaros que singram as alturas, existem também animálculos que se refocilam no charco.

O céu? Igualmente em nossos corações, pois, embora possamos estar em regiões trevosas em missão de ajuda, podemos trazê-lo no íntimo da alma. É uma conquista nossa e ninguém no-la tira. Todo lugar glorificado pelas ações no amor e no bem são paraísos celestes.

Capítulo 2

A tempestade de fogo

Na noite seguinte, estava ansiosa para ver o que aconteceria. Li novamente tudo o que escrevera e tentei entrar "no clima" daquele romance que se delineava aos meus olhos e ouvidos espirituais. Tornei a mim todas as emoções do dia anterior. Teria acontecido tudo realmente? Existiria mesmo uma Thereza, uma Janice, que se preparavam para mais uma reencarnação? Ou tudo não passara de profunda impressão minha?

Mal formulara tais indagações e minha mente se povoou de criaturas, de situações inusitadas, de paisagens extravagantes. Aqui e ali, línguas de fogo desciam, seguidas pelo ribombar de trovões que estremeciam aquele vale.

Como se um narrador invisível estivesse ali prestando informações, senti que meu horizonte se alargava e que tudo me parecia lógico, claro e justo.

A atmosfera pesada, agredida por tantas vibrações grosseiras e pestilentas, se defendia queimando com o fogo purificador os miasmas nocivos. De tempos em tempos, fazia-se necessária essa higienização, pois os detritos mentais das criaturas desencarnadas que ali viviam, atormentadas e atormentando, deixavam o ar saturado de fluidos deletérios. Irrespiráveis. Fétidos.

Condoí-me dos Espíritos que fugiam apavorados, procurando abrigo, porém, sabia que só seria admitido nos postos de socorro quem já estivesse transformado; quem já se convencera de que o melhor caminho era o do Cristo Jesus. Aquele que buscava o socorro sem as credenciais necessárias, ou seja, sem a sinceridade de intenções, sem o desejo de se transformar para o bem, só pelo medo, era impedido de adentrar o posto, pois que este abrigava Espíritos já com propósitos renovadores no bem. Facultar a entrada aos renitentes no erro era pôr em risco a segurança de todos. A caridade tem de caminhar lado a lado com a justiça para evitar trabalho contraproducente.

Eu compreendia o desespero daquelas criaturas animalescas. Sentia o medo delas, mas compreendia que não poderia ser de outra forma.

Para o desespero delas, a tempestade de fogo se

aproximava queimando miasmas, formas-pensamento e tudo o que fosse lixo mental.

Um grito agudo ecoou, de repente. Gritos outros surgiram em todas as direções. Criaturas de expressões duras, animalescas, apavoradas, chocavam-se, agarravam-se umas às outras para se fortalecerem diante do iminente perigo. Lamento. Medo. Dor. Maldições... A tempestade já se anunciava alhures.

– Um abrigo! Um abrigo em nome de Deus! Socorro! Socorro!

Quase sem fôlego para continuar correndo, o pobre infeliz que suplicara ajuda em nome de Deus, rosto banhado em lágrimas e coração opresso, afastou-se da turba e se ajoelhou. Tentou esquecer a convulsão da natureza, o perigo que se aproximava com rapidez. Esquecer que é um réprobo para lembrar que também é um filho de Deus. Do coração nasceu-lhe uma prece sentida. Uma réstia de tímida luz principiou a exteriorizar-se do seu corpo perispiritual. Estava sendo sincero nos seus propósitos de mudança. Perdera já a noção do tempo em que perambulava por ali, aos magotes, rindo, promovendo desordens, desprezando o tempo numa ociosidade improdutiva. Todo ele só sabia clamar por Thereza. Seu alento era Thereza. Seu céu era Thereza. Seu Deus era Thereza. Todavia, já havia algum tempo o tédio o visitava. Então, chorava. Procurava uma porta de saída fora dele mesmo, esquecendo-se de procurá-la dentro de si mesmo;

esquecendo-se de que tal porta teria de ser aberta somente por ele.

Nos momentos mais introspectivos, olhava o firmamento e dizia a si mesmo:

"Onde está Deus? Por que Ele não se mostra? Já não estou morto? Por que continuo sentindo frio, fome, medo? Por que não consigo encontrar Thereza? Thereeeeezaaa..."

Um bando de perturbadores passou por ele, ignorando-o. No egoísmo comum era cada um por si. Quanto a ele, não se moveria dali. "Quem sabe não estou vivendo um pesadelo e a tempestade vai me acordar?"

Sentiu-se mais tranquilo depois da oração, apesar do pandemônio ao seu redor. Alhures, lágrimas e preces de um Espírito-mulher a seu favor o convocavam ao despertamento, à conscientização.

Eram preces de Thereza, o Espírito a quem ele amava de priscas eras e que agora o procurava. Vira-o no desespero da dor e viera em sua ajuda. Temia-o ainda. Sentia arrepios ao se lembrar dele, mas também não podia se esquecer de que fora ela a causa do seu destrambelhamento psíquico.

A tempestade, o ar irrespirável, pesado, começavam a influir no ânimo dela e de Herculano.

"Deus, ajude-nos. Precisamos encontrar Álvaro. É necessário que ele tenha um tempo de refazimento para planejar novos projetos de vida em um novo corpo físico. Teremos de voltar sobre nossos próprios passos para começar de novo. Bendita seja a reencarnação..." – pensava Thereza, enquanto procurava o antigo desafeto.

Um raio clareou as trevas e ela o vislumbrou à margem do caminho, ajoelhado, suplicando ajuda. Foram seus primeiros momentos de despertamento espiritual. Soluçava e orava ao Deus-Amor.

Nenhuma prece fica sem resposta. Nenhum filho de Deus é esquecido quando se arrepende sinceramente.

Thereza tremia ao se aproximar. Ainda não conseguiu apagar as lembranças do passado.

"Talvez seja melhor que ele não me veja. Não consigo ainda disfarçar o medo, e talvez ele se revolte pondo tudo a perder" – pensava.

– Herculano, meu bom amigo, ainda não estou preparada para socorrer Álvaro sem que ele se magoe. Socorra-o você, em nome de Deus, eu lhe peço.

– Fique calma. Eu terei prazer em ajudar Álvaro. Mas, e você?

– Eu voltarei daqui. Depois, mais tarde, falarei com ele sobre os nossos planos reencarnatórios. Se ele quiser voltar à carne, terá minha inteira colaboração no que tange à sua recuperação. Procurarei reparar o mal que lhe fiz.

Thereza, então, retornou, satisfeita por deixar Álvaro em boas mãos, enquanto Herculano se aproximou dele:

– Meu amigo, que bom que abriu o coração!

– Quem é você? Como me encontrou neste departamento do inferno?

– Quem clama a Deus com fé e arrependimento jamais permanece abandonado. Sou amigo de seu pai e de Thereza. Ela há muito o procura e encarregou-me de ajudá-lo. Saiamos daqui.

– Thereza! Ela conseguiu me perdoar?!

– Thereza é nobre. Tem medo ainda, mas já compreende e espera reparar o mal que lhe causou no passado.

– Mas eu também errei. Fiz-me seu juiz e a matei.

– Sabemos disso. Agora você terá a oportunidade de reparar o mal. Todos nós trazemos nossos débitos. Felizmente, podemos voltar e corrigir. Deus é misericórdia, é justiça, é amor...

Herculano e Álvaro chegaram, então, ao posto de socorro. Somente alguns conseguiam entrar, pois, para a espiritualidade, era fácil perceber quem estava realmente transformado para o bem.

Aquele que simula arrependimento porque isso lhe convém no momento, mas continua de coração empedernido, será facilmente reconhecido e rejeitado. Muitas vezes, na ânsia de ser caridoso, pode-se ser injusto, porém quando se é justo, naturalmente se é caridoso.

Álvaro, se bem que muito longe ainda das transformações efetivas para o bem, não mais agasalhava no coração sentimentos bélicos. Acabava de descobrir que leve é o jugo quando se caminha com o Cristo Jesus e procuraria não mais se perder nas ilusões do caminho.

– Você ficará aqui e será preparado para breve reencarnação. Aproveite bem seu tempo, Álvaro. Todo o grupo que reencarnará, principalmente Thereza, está trabalhando muito e fazendo planos para uma futura vida mais equilibrada.

Álvaro sempre ficava emocionado ao falar de Thereza.

– Diga-me, meu amigo, as preces que recebi vieram dela?

– Sim. Ela tem-se preocupado muito com você, Álvaro.

– Então era ela... Meu Deus, permita que desta vez ela me ame! Eu preciso dela como preciso da luz do Sol!

Depois de deixar Álvaro sob os cuidados daquele posto socorrista, Herculano se despediu.

– Que Deus o proteja, amigo.

– Que Deus nos proteja, Álvaro.

Cada vez mais interessada na trama que envolvia aqueles personagens, não precisei o tempo que fiquei por ali, porém, nada mais me seria dado sentir naquele dia. Era sempre com pesar que sentia a ausência da inspiração e tinha de parar e retomar o meu cotidiano até... até que me fosse possível prosseguir a narração. Recordei as palavras que ouvi de Chico Xavier: O telefone toca de lá para cá e não o contrário. Neste caso, nem sei se o telefone tocava ou se eu, enxerida, pressionava o plano espiritual para o prosseguimento da narrativa. Afinal, sou de opinião que quem começa uma história tem de acabá-la. Será que estou sendo irreverente? Que eles, do lado de lá, me perdoem se estiver.

Capítulo 3

A reencarnação como esperança

NÃO VIA A HORA DE RELER OS APONTAMENTOS DO DIA anterior e mergulhar de novo naquela insólita aventura. Passei a confiar mais em minhas inspirações, pois Kardec não afirmou que o plano espiritual respira ao nosso lado? Assim, sentia que as informações iam jorrando... jorrando... e a história se desenrolando naturalmente; os personagens me esperando, como eu a eles.

Longe de Thereza, que tinha sempre argumentos indiscutíveis, os medos de Janice voltavam, e ela não conseguia ter o otimismo desejável antes de encetar a nova jornada. Deveria receber como filho o Espírito que muito a magoara na última vinda a Terra. Ainda tinha em mente a tortura que então sofrera na prisão, a separação de sua filha, tudo por causa dele.

– Thereza, temos conversado bastante sobre minha reencarnação, mas...

– Qual é sua dúvida?

– Quando estamos juntas, quando vejo você tão otimista, acabo me contagiando, porém, quando você se afasta... O Espírito que futuramente terei de receber como filho tem vibrações pesadas, conforme já pude sentir. Tenho medo de rejeitá-lo por conta disso. Aliado a isso, receio me entregar novamente ao vício.

– Não entre na luta já derrotada, Janice! Seus planos deverão ser de esperança e de fé. Veja nele, desde já, um filho querido... Um filho de Deus, tal qual nós mesmos. Verá que, assim, fica tudo mais fácil. E não se esqueça, Janice, de que também você muito já o prejudicou em vidas passadas. Nada nos vem sem que mereçamos.

– Com você do meu lado sinto-me mais forte – disse, abraçando a amiga.

Thereza, embora estivesse se reencarnando mais por abnegação e espírito de renúncia, ainda trazia no íntimo da alma as lembranças dos erros cometidos em vivências passadas. Também ela sentiu um aperto no coração ao se lembrar de que teria de compartilhar novamente sua vida com Álvaro. Conseguiria resistir à tentação que a presença de Pedro, o grande amor de sua vida, representaria? Estaria realmente pronta para renunciar? E as armadilhas do coração? Só o futuro haveria de dizer.

Álvaro, como já vimos, não habitava a mesma comunidade. Era, ainda, Espírito bem imaturo. Às vezes, voltava-se sinceramente para Deus, noutras, deixava a revolta se insinuar novamente, dominando-o. Amava Thereza com o amor dos desequilibrados. De todo aquele grupo que em breve se reencarnaria, era o único que passara tanto tempo vagando pelo umbral, revoltado contra tudo o que lhe acontecera.

Herculano, após tê-lo socorrido no dia da tempestade de fogo, fizera-se seu amigo e seria o seu guia espiritual quando ele reencarnasse. Era o mínimo que podia fazer para mostrar agradecimento àquele que fora pai de Álvaro e seu amigo dedicado de outros tempos. Perspicaz, percebia claramente esses repentes do tutelado e se preocupava:

– Álvaro, você está às portas da reencarnação e não sinto, de sua parte, firme propósito em batalhar no bem. Não o sinto predisposto à renovação de propósitos. Ter fé, tão somente, é muito pouco. Esforce-se, amigo. Uma reencarnação é oportunidade sacrossanta e deve ser muito bem aproveitada para nosso reequilíbrio, para se reconduzir ao caminho certo o que se desviou pela inconsequência.

– Vai dar tudo certo. Terei Thereza do meu lado. Thereza é meu leme, minha rota, meu destino.

– Ela só reencarnará daqui a muitos anos ainda. Muita gente tem de ir primeiro. Ela bem pode desistir, pois não vai por urgente necessidade de reparação. Você é testemunha do quanto ela já sofreu. Deveria, por mérito, gozar um longo período longe das turbulências de uma nova reencarnação expiatória.

Por piedade, Herculano não mencionou o motivo do sofrimento de Thereza, que fora ele, Álvaro.

– Contarei também com você do meu lado, meu amigo. Tudo vai dar certo.

– Bem sabe que nem sempre a sintonia espiritual acontece. Se, por exemplo, depois de reencarnado, você começar a agir no mal novamente, não poderei fazer muita coisa para ajudá-lo. Não poderei, como seu guia espiritual, fazer a sua parte. A luta é sua. A derrota ou a vitória pertencer-lhe-á. Poderei ajudá-lo através da inspiração, mas para isso há de haver sintonia, há de haver merecimento de sua parte.

Álvaro ainda não havia despertado para a importância de sua próxima reencarnação. Pensava nela apenas como uma possibilidade de esquecer, ainda que temporariamente, o tormento que era a lembrança de Thereza. Desde sua desencarnação inesperada – quase no mesmo instante em que ele a havia deixado presa e amordaçada em uma gruta –, que sua mente girava sempre naquela ideia fixa e enlouquecedora. Imprudentemente a amarrara ali com o intuito de dobrar sua vontade e fazer-se amado por ela, mas sofreu um acidente, o que o impossibilitou de libertá-la mais tarde, conforme era sua intenção. Ignorada por todos, Thereza morreu de fome, sede, frio, angústia, medo...

Herculano tentava conscientizá-lo antes do ingresso no corpo físico, uma vez que, mergulhado na matéria mais densa qual é o corpo material, esquecemos as reencarnações pregressas e os compromissos adrede assumidos.

Tal fato tem gerado ensejo para discussão àqueles que contestam a reencarnação. Argumentam que, se esquecemos tudo, não há como se progredir por meio dela.

Na verdade, não esquecemos **tudo**. Nossas experiências ficam arquivadas no nosso corpo perispiritual e chegam a nós – quando reencarnados – através da intuição, da inspiração. E quando o corpo físico dorme, o Espírito, agora mais solto, lembra-se das suas responsabilidades e pode ser advertido pelo seu guia quando se desvia do plano reencarnatório.

Vemos nisso, mais uma vez, a sabedoria de Deus, pois sem o esquecimento de nossas mazelas, nos desequilibraríamos de tal forma, que impossível seria a retificação. Se não esquecêssemos temporariamente nossas vidas passadas, também não haveria motivo para esquecer a daqueles que nos cercam. Imagine-se uma mãe que estivesse sempre lembrando que o filho que lhe suga os seios foi seu perseguidor no passado; a esposa que se lembrasse de que foi traída pelo esposo, e vice-versa. Impossível o recomeço. Impossível a reconciliação. Impossível a vida.

Como nossa vida não sofre solução de continuidade com as encarnações e desencarnações, ao sair de uma encarnação em consequência da morte física, entraremos novamente no domínio (nem sempre total e completo) de nossas lembranças pretéritas. Lembrar-nos-emos pelo menos até o ponto em que elas não nos causem desequilíbrio. Assim, podemos fazer nossa avaliação: Conseguimos superar as desavenças e os ódios? Despojamo-nos dos lastros que nos prendiam ao sofrimento e que eram empecilhos à felicidade? Mais erramos ou mais acertamos?

Álvaro seria levado à reencarnação porque, no monoideísmo em que se debatia, a volta à vida física lhe seria de grande ajuda. Alma imatura, mais inconsequente do que má, tinha algum remorso pelos erros do passado. Mas era um arrependimento acomodado, morno, mesclado de rancor. O que realmente o incomodava era não ter sabido encontrar o caminho do coração de Thereza. Era não ter conseguido submetê-la. Era não estar perto dela.

– Será que desta vez ela me amará? O que mais hei de fazer para conquistar-lhe o coração? – dizia, não conseguindo pensar em outra coisa.

– Você só pensa nesse amor frustrado, Álvaro. Não pensa em Deus, agradecendo-lhe a oportunidade do recomeço?

– Sim. Agradeço a Deus, todavia, de que me servirá tal oportunidade se não puder conquistar Thereza? Sem ela, melhor que Deus me deixe aqui mesmo.

Nós, os cegos espirituais, tentamos deliberar com mais sabedoria que Deus-Pai. Tivesse Ele a limitação de seus filhos, fosse Ele humano, ofender-se-ia com nossas tolices.

Nessas disposições foi que Álvaro conseguiu nova oportunidade. Já vinha acompanhando o grupo e sua presença seria também útil para Thereza se curar do terrível medo, fobia mesmo, que sentia em relação a ele. Toda vez que se lembrava de que fora ele o causador de sua tão horrenda morte na última reencarnação, um gosto amargo subia-lhe à boca e passava a sentir os tormentos pelos quais passara. Era como se despertassem os espectros adormecidos. E ela tinha de se agigantar a fim de superar as emoções nocivas e não deixar vicejar em seu coração a erva daninha da revolta e do revide.

A revolta e o desejo de vingança são a dupla desarmônica no concerto da vida. É ela que nos mantém arraigados ao solo; ela que é lastro pesado do qual temos urgência em nos livrar. Aquele que não esquece as ofensas recebidas é um tolo, pois não se desvincula do desafeto e sofre os efeitos colaterais. Perdoar é um ato inteligente; deixar a justiça para quem de direito é um ato sábio.

Capítulo 4

O remorso

NOS JARDINS DAQUELA COMUNIDADE, SOB A SOMBRA DE uma árvore, Thereza meditava. À proximidade da volta ao plano físico, via-se frequentemente angustiada e temerosa. Seu amor por Pedro parecia agigantar-se de tal forma, que lhe ocupava toda a mente e o coração. E a esta lembrança juntava-se a de Álvaro. Então, um tremor agitava-lhe o corpo, lembrando-a de que ele palmilharia ainda por muito tempo ao seu lado; que Pedro e ela ainda não faziam jus à felicidade sem jaça. *"Deus-Pai, sabendo que ainda sou muito pequena, que mal despontei para minhas responsabilidades, espero que seu amor suprima tais limitações. Preciso aprender a perdoar; a perceber que também eu já muito tenho errado em pretéritas vivências."*

Thereza retornara da excursão de ajuda aos encarcerados nas cavernas. Havia muito tempo, trabalhava na equipe de socorro àqueles infelizes, e até agora não se acostumara às cenas angustiantes que presenciava. O sofrimento ali era ímpar. Lembrava seu próprio sofrimento de outrora, dentro de uma escura gruta: amarrada, amordaçada, com frio, fome, medo... Nada, todavia, podia se igualar àquilo; àqueles pobres Espíritos que gemiam angustiados, alienados, vigiados por seus verdugos, impotentes para buscar solução por si mesmos.

Desde então, procurava levar algum consolo para tais infortunados. Pensou novamente em Álvaro. A sensação que permeava entre o medo, a dúvida e a revolta, não a abandonava. Estaria pronta para conviver fraternalmente com ele? Para devolver-lhe a paz que um dia lhe roubara? Encarnada, o medo e a revolta de que fora também vítima em decorrência da loucura de Álvaro, não reincidiriam? E Pedro, que também estaria reencarnado e próximo a ela? Conseguiria vê-lo e manter-se indiferente ao amor que os unia? Conseguiriam ambos renunciar na iminente reencarnação para conquistarem nas vindouras o direito à felicidade? *"Meu Deus, sei que sou devedora em relação a Álvaro. Sei que ninguém foge de si mesmo, que o mal que fizemos a alguém fica latejando, incomodando, até o dia em que voltamos e nos acertamos com nosso desafeto. Mas sei também, Pai de amor e de misericórdia, que nos são oferecidos todos os meios de quitação, de reequilíbrio. Que* *eu tenha, Pai, **ouvidos de ouvir e olhos de ver**, conforme a recomendação de Seu filho Jesus. Que eu, durante o período de esquecimento temporário por injunção da reencarnação, jamais descure dos seus avisos, jamais me desvie dos compromissos que ora assumo"* – meditava Thereza, como numa prece sentida.

Pedro e Álvaro não compartilhavam a mesma colônia espiritual. Ele e Thereza viam-se de tempos em tempos quando as obrigações permitiam, porém, tinham ambos, a lhes confranger os corações, a lembrança do egoísmo que os levara ao desrespeito às leis sagradas do casamento. O procedimento deles no passado levara Álvaro, então esposo de Thereza, ao destrambelhamento psíquico. Ademais, é bom lembrar que ninguém avança um passo na evolução divina deixando dívidas para trás. É da Lei.

– Pensando na próxima partida, Thereza? Você ainda tem bastante tempo aqui, mas eu devo seguir logo – disse Luzia, outra das reencarnantes daquele grupo.

– Como não pensar? A responsabilidade é tanta, as dúvidas são tantas...

– Sua situação não é das piores.

– Mesmo assim, é preocupante. Posso agravar ainda mais a minha falta. Fazer ainda mais dívidas...

É interessante realçar que no plano espiritual a reencarnação é tão preocupante para o desencarnado, quanto a morte o é para o encarnado. Quando estamos do lado de cá, sabemos que nosso futuro é o lado de lá; quando estamos do lado de lá, sabemos, igualmente, que nosso futuro é o lado de cá. A vida é permanente, mudando tão somente o plano vibracional do ser.

– Vamos ter de ficar encarnando e desencarnando por toda a eternidade? – perguntou Luzia.

– Claro que não. Somente enquanto não atingirmos o estado de Espíritos puros. Daí estaremos colaborando com o Pai na obra cósmica.

– Quer dizer...

– ... que teremos tantas reencarnações quantas forem necessárias até não mais precisarmos voltar para corrigir. Até não mais precisarmos da dor para evoluir.

– Entendi. Parece-me justo.

Também Luzia estava preocupada. Devia reparação a Severino – que lhe fora consorte em várias vidas – pois que o vinha fazendo sofrer por sua leviandade havia bastante tempo.

Severino – que também fazia parte do grupo – tinha muitas arestas a aparar. É bem verdade que quase sempre fora vítima, mas seu gênio intratável muito colaborara para tal. Havia cinco anos, partira para o mundo dos encarnados à espera de Luzia.

O departamento reencarnatório já havia tomado

todas as providências para reunir aquele grupo de endividados. O caso de cada um já fora exaustivamente estudado. Planos foram traçados, todavia, muitas vezes o reencarnante pode se desviar deles, comprometendo, assim, os resultados esperados. O êxito ou a derrota se deveriam a eles mesmos, ao quanto já haviam consubstanciado dentro de si os ensinamentos do Cristo Jesus.

O Sol coloria o horizonte e franjava as nuvens de ouro. Ante tal cenário, as duas amigas ajoelharam-se.

A Terra continuou em sua órbita incansável, carregando em seu bojo uma multidão de Espíritos endividados. E a Terra é somente um pequeno departamento do macrocosmo...

Parte dois

Reencarnados

Capítulo 5

Novamente nas lutas

MENINA AINDA, THEREZA FICARA ÓRFÃ DE MÃE. Morava com a família na zona rural, não muito distante de São Paulo. Desde pequena, mostrava-se introspectiva. Pouco falava, chorava frequentemente, recolhia-se em meditações não comuns à sua idade e era, na escola rural, a aluna mais aplicada, entendendo as matérias com a maior facilidade. Tinha uma irmã e um irmão mais velhos. O irmão, após a morte da mãe, abandonara a casa paterna sem nunca mais dar notícias. O pai desnorteara-se pelo desenlace da esposa Glória Maria e perdia dia a dia o interesse pela vida. Não bastassem tantos desencontros, Thereza, à medida que crescia, lhe dava constantes preocupações. Era como ele sempre dizia, uma menina excêntrica, que tinha o hábito de conversar com os mortos, lia tudo o que dissesse respeito a Espíritos, a outros mundos, à transcendência da alma e tudo o mais que estivesse encoberto por um halo de mistério.

Assim, a carta da cunhada Janice pedindo-lhe que lhe emprestasse a filha Thereza por algum tempo, viera bem a calhar. "Talvez mudando de ambiente, de companhias, ela perdesse aquela mania" – pensou João.

Janice ficara viúva havia pouco tempo. Recentemente, perdera também a filha, ainda adolescente, em circunstância que não ficou bem esclarecida. Sua saúde, que já não era das melhores, entrava agora a descair vertiginosamente.

Na verdade, ela era alcoolista, o que afastava de si toda a família. Começara a beber socialmente para acompanhar o marido. Depois, descambara no vício, relaxando a educação de sua única filha, Leda Maria.

João conversou com as filhas e ficou decidido que Thereza passaria uns tempos na casa da tia, até que ela superasse a dor daqueles tristes acontecimentos.

A irmã Heloísa também saiu de casa e foi morar na cidade para arranjar um emprego. Ali, o único serviço que havia era braçal, no campo, trabalhando duro de sol a sol. E ela, bem como Thereza, queria continuar os estudos e progredir na vida.

A ausência da esposa foi ficando a cada dia menos dolorosa para João. Sentia-se novamente livre e dono do seu nariz. *"Sou muito novo ainda e vou é cuidar da minha vida. Glória Maria haverá de entender"*. Será que ela entenderia? Teria se libertado do ciúme – que lhe era uma das características mais marcantes – apenas porque passou a respirar em outra dimensão da eterna vida? Veremos que não. A morte do corpo não nos torna diferentes do que somos. A desencarnação não promove ninguém a santo.

No dia da partida, uma Thereza desconsolada percorreu cada cômodo de sua casa. Vez ou outra parava e ficava atenta, como se estivesse conversando com alguém que só ela via, que só ela ouvia.

Por fim, embarcara com o pai no trem que a levaria à casa da tia em Presidente Prudente, no interior de São Paulo.

– Não fique triste, Thereza, lá tem boas escolas e você vai poder continuar estudando, que é o do que mais gosta... – tentava o pai consolá-la.

Depois, acomodou-a no melhor lugar que conseguiu e livrou-a da pequena mala onde carregava seus poucos pertences. Olhou-a, condoído:

– Fique aqui, Thereza. Já volto.

E foi conversar com um conhecido que encontrou por ali.

Um apito estridente avisou que o trem sairia em breve. Thereza ficou apavorada. Apesar de já ser uma mocinha, jamais viajara para tão longe de casa. E o pai, que não retornava. Olhou sua bagagem acomodada acima de sua cabeça. Ergueu-se para apanhá-la. Desceria do trem. Não faria a vontade do pai e da tia.

Esforçava-se para apanhar a mala quando o pai chegou. Novo apito. Ela soluçou a dor que lhe amarfanhava a alma.

– Senta, menina! Que quer fazer, afinal?

Algumas crianças bulhentas corriam pela plataforma acompanhando o trem e acenando adeuses.

O trem já atingira uma boa velocidade: "café com pão, bolacha não. Café com pão bolacha não. Café com..." – cada vez mais rápido... mais rápido... Como as emoções que faziam o coração de Thereza bater.

De repente, ela se deu conta de que estava deixando para trás tudo o que tinha algum significado em sua vida: o cachorro que sempre a acompanhava em suas andanças, que a espreitava, desconfiado, ganindo, quando ela, completamente em transe, parecia conversar com alguém. Ele bem sabia que sua dona não falava sozinha e também ele parecia ver. A cabra que ela sempre ia buscar para a ordenha, o leite espumante que a mãe lhe oferecia, ainda quente: "Thereza, minha menina, para você, temperado com o meu amor". A mãe sempre fazia o mesmo ritual. Toda manhã, as mesmas palavras, a mesma entonação de voz, que parecia uma canção de acalanto. Thereza nunca deixava morrer tais lembranças.

O rio... o rio onde a mãe lavara tanto tempo a roupa da família, cujo ciciar era música divina. As tábuas de esfregar roupa das lavadeiras: esbranquiçadas, terminando na água cristalina que passava cantando, vinham-lhe agora à lembrança como corpos estirados, brancos, inermes; o corpo de sua mãe, de outras mães que já não existiam. O chão duro rente às tábuas, calcado pelos pés dessas lavadeiras, impedia que a grama ali crescesse.

"Café com pão, bolacha não. Café com pão, bolacha não. Café com pão..."

Rosto comprimido contra a janela, Thereza chorava a morte de tudo o que até ali lhe fora querido. Dali para a frente, não sabia o que a aguardava. Estava nascendo de novo e não atinava no que a esperava na casa de uma tia praticamente desconhecida.

As paisagens passavam correndo... correndo... tudo ia ficando para trás..." café com pão... tudo ia diminuindo de tamanho... café com pão..."

João olhou-a e condoeu-se dela. Será que fazia bem em deixar uma menina conviver com uma alcoolista? Será que a esposa falecida, a mãe dela, Glória Maria, aprovaria?

– Thereza...

A menina deu um pulo. Estava tão longe, que se assustou com a voz do pai.

– O que o senhor disse, pai?

– Só chamei você. Sua cabecinha estava onde?

– Está tudo bem. – Mas sabia que ia sofrer longe dos seus.

Quando ia perguntar para o pai se a viagem seria longa, ele saiu, deixando-a novamente sozinha. Dali a pouco ouviu sua voz. Sentara-se ao lado de uma mulher no último banco e entabulara conversa. *"O pai não perde tempo"* – pensou.

Thereza distraiu-se olhando um pequeno casebre ao longe. Desses de beira de estrada, isolados do mundo. Ficou a imaginar quem moraria ali, naqueles cafundós, sem vizinhos, sem amigos...

O trem foi chegando mais perto, mais perto, mais perto... Um garoto correu acenando com a mão; um cachorro correu atrás dele, latindo. Um homem carpia o mato ao redor da casa e uma mulher estendia roupa no varal. Por alguns segundos, o homem descansou a enxada. A mulher ficou demoradamente agitando uma peça de roupa no ar. As roupas coloridas no varal pareceram a Thereza as bandeirolas da última festa de São João que seu pai fizera. Lembrou-se do mastro levantado com a bandeira do santo abraçado a um carneirinho. Aquele carneirinho de lã tão encaracolada quanto o cabelo do santo.

"Café com pão, bolacha não. Café ..."

De repente, tudo o que restava do casebre, do homem com sua enxada, da mulher com suas roupas no varal, do menino e do cachorro, era apenas um pontinho escuro no lusco-fusco do fim da tarde.

João voltara para junto da filha, mas vez ou outra virava o pescoço para olhar a dona do último banco.

– Ainda está longe, pai?

– Muito longe. Sossegue! Temos ainda algumas horas.

A menina virou o rosto para que o pai não visse as lágrimas quentes que desciam. *"Mãe, que saudade! Mãe, não me abandone."*

O pai... se viu aquele sofrimento, não demonstrou:

– Você vai gostar de lá. É uma cidade bonita, bem diferente da roça.

– Não sei se vou gostar.

– Calma, Thereza. É cedo para julgar, minha filha.

– Vou ficar pra sempre lá? – perguntou quase gritando.

– Vai. Vai sim. E não precisa gritar, que não sou surdo, menina!

Thereza virou-se e deu de ombros.

– Olha aqui, Thereza, não quero ouvir de sua tia nenhuma reclamação. Continue obediente como você sempre foi.

E mais amoroso, como se a consciência lhe pesasse:

– Vou sentir sua falta, mas Janice está precisando de companhia. Coitada... parece tão abatida! Você sempre gostou dela, lembra-se?

– Mal a conheço... Não vou voltar nunca mais pra minha casa?

– Claro que vai. Lá continua sendo a sua casa também. E depois, sempre que puder dou um pulo lá pra ver você.

A noite já havia caído de todo. Lá fora tudo era treva! No peito de Thereza, algumas lembranças nebulosas surgiram: *"Janice, estarei do seu lado, não se preocupe. Serei sua sobrinha na nova existência..."* – mas passado e presente se misturavam no café com pão monótono do trem.

– Vamos nos acomodar, minha filha. Chegaremos lá ao amanhecer. – E cobriu-a com sua encardida capa de gabardine marrom.

Por volta de seis horas, chegaram. O movimento na estação era pequeno. Quase todos já haviam descido nas estações anteriores. João pegou a mala, recomendando à filha que não saísse de perto dele. Nem era preciso recomendar, pois Thereza grudara nele como um bichinho assustado, perdido num lugar desconhecido. Desceram.

As pernas de Thereza estavam dormentes e os sapatos novos machucavam seus pés.

Ninguém viera buscá-los na estação. Janice morava sozinha numa grande e confortável casa perto do centro da cidade. João leu mais uma vez o endereço. Havia tempos não visitava a irmã de sua falecida esposa.

– Vamos. Não vá se perder de mim, que isto aqui é cidade grande.

Vindo na direção deles, risonha, uma mulher, puxando uma garotinha pela mão, perguntou a João sobre um endereço que procurava.

João descansou a mala no chão e ficou cofiando a barba, como querendo se lembrar do tal endereço. Não disse à mulher que não tinha a menor ideia de onde ficava aquela rua, que não era dali, portanto, que ela que perguntasse a outro. Que nada. Ficou encantado olhando aquela mulher simples, mas bem bonita. Fez um agrado na pequena, de olho na mãe.

Thereza impacientou-se:

– Senhora, não somos daqui. Não conhecemos nada aqui.

João, muito sem graça, fulminou a filha com os olhos:

– Ela não conhece, mas eu conheço um pouco a cidade. Já estou até me lembrando deste endereço. Espere um pouco... – e concentrava-se no escrito do papel.

– Que mocinha bonita! É sua filha? – disse a mulher olhando para Thereza.

– É, sim. É minha caçula.

– Como você se chama?

– Thereza.

– Nome muito simpático. Forte. De personalidade. Quantos anos você tem, Thereza?

– Quinze.

A mulher falava, falava e Thereza só respondia por monossílabos. O pai explicou:

– Thereza é assim mesmo. Quase não fala. Não repare.

– Pai, estou cansada, o senhor já se lembrou onde fica a rua?

– Rua? Que rua?

João havia se esquecido. Só tinha olhos para a mulher e queria retê-la o maior tempo possível. Lembrou-se, afinal, e disse:

– Senhora... senhora...

– Luzia.

– Luzia. Também é um bonito nome. Olha... Infelizmente eu não me lembro mesmo onde fica essa rua, mas vamos perguntar.

Thereza sentiu raiva daquela mulher. Que direito tinha ela de atrasar sua chegada? E seu pai havia tanto procurado uma namorada no trem e não conseguira. A tal mulher do último banco desceu logo. Agora aparecia aquela sirigaita.

"Assim é mesmo a vida. Às vezes, buscamos e não encontramos; outras vezes, nos buscam e nos encontram sem que procuremos. Concluímos que quando algo tem de acontecer, acontece, e quando não tem, por mais que façamos, não acontece" – lembrou Thereza as inúmeras vezes que ouvira a mãe dizer isso.

Aí estava a prova da sabedoria daqueles conceitos: João tanto procurou no trem e nada encontrou; agora, que não mais procurava, encontrou. Ou melhor, foi encontrado.

"Bom, esta me saiu melhor do que a encomenda. É simpática, nova ainda, mas não tão nova que me sirva de filha... Será solteira? Viúva? Aliança, não tem. Quem sabe não é viúva? Devo perguntar? Sim, claro." – pensava João, com o coração em festa.

– A senhora viajou no trem de agora há pouco?

– Viajei, sim. Estou procurando essa rua. Se o senhor não sabe, com licença. Minha filha e também a sua estão cansadas – e estendeu a mão para apanhar o papel.

Thereza queria que ela se fosse de uma vez, mas o pai disse apressado:

– A senhora vai ficar uns dias por aqui?

– Vou, sim. Vim passar uns dias aqui na casa de uma prima. Ela deveria ter vindo me buscar, mas deve ter acontecido algum imprevisto. E o senhor?

– Eu vim trazer Thereza. Ela vai ficar com uma cunhada minha. Sabe... eu fiquei viúvo há alguns anos. Minha cunhada vive muito só e precisa de companhia, coitada.

– Eu também sou viúva, só que recentemente. É triste viver sozinha.

"Estou com sorte! Viúva. Viuvíssima! Luzia... me aguarde." – disse João de si para consigo. E virando-se para Thereza, apontou-lhe um banco:

– Sente-se ali, minha filha, já volto. Tome conta da mala. – E saiu rápido, acompanhando a viúva com a criança.

Thereza ficou furiosa com ele. Estava com medo de ficar ali sozinha, ainda estava escuro. O tempo passava, e o pai, para sua agonia, não retornava.

Um menino passou por ela, arrastado pelo pai. Foi andando e olhando para trás, para ela, até que tropeçou e caiu. Abriu um berreiro daqueles.

Um homem foi urinar do lado de fora da estação, bem perto de onde Thereza estava. Ela virou o rosto, envergonhada.

João e a viúva se entenderam, afinal. Trocaram endereços. Sorridentes, se separaram.

– Vamos, filha.

Virando uma esquina aqui, outra ali, finalmente chegaram. Janice apareceu muito sorridente. Abraçou o cunhado e a sobrinha. Ao receber o beijo da tia, ela sentiu o hálito alcoólico e instintivamente franziu o rosto.

Enquanto a tia tagarelava, Thereza viu uma sombra que se esgueirava quintal afora. Deu um grito agudo. O pai e Janice se entreolharam, assustados:

– O que foi, menina? – perguntou a tia, branca como cadáver.

João, que já sabia sobre a mediunidade da filha – embora chamasse a isso de excentricidade –, olhou para ela com o dedo indicador sobre os lábios. Sabia que o que ela vira não poderia ter sido nada de positivo, tal a perplexidade que via em seu rosto.

Diante da mudez da sobrinha, Janice lhe perguntou novamente:

– Santo Deus! O que foi, Thereza? Fale!

– Não foi nada. Assustei-me porque julguei ter visto alguém. Mas foi impressão minha. Esqueça.

Olhou para o pai. Estava apavorada, mas João procurava distrair a atenção da cunhada e não percebeu seu grito mudo de angústia.

Naquele momento, Thereza sentiu que sua vida ali seria sempre permeada de sustos, de surpresas.

Aquela casa era tão diferente da sua! Janice em nada se parecia à sua mãe. Mas mergulhou fundo nos escaninhos da alma e se viu alhures, junto a outras pessoas, discutindo planos reencarnatórios. Compreendeu e se acalmou. Sentiu-se forte. Não era uma garotinha assustada e não estava ali em férias. Ao contrário, o trabalho seria insano. A tia precisava dela. O momento havia chegado. Agora compreendia.

Passado o susto de todos, Janice disse:

– Quer dizer que hoje ganhei uma filha. E que bonita filha! Um presente! Deus levou a minha... – Deixou a frase inconclusa e deu um longo suspiro.

Thereza teve vontade de contradizê-la. Não era um objeto que podia ser dado de presente. Queria continuar sendo a filha de João e de Glória Maria. Ficaria ali, sim – agora o sabia –, mas como sobrinha e, principalmente, como amiga.

– Sua mãe lhe disse que fui eu quem escolheu seu nome?

– Não.

– Pois foi. Lembra, João? Quando olhei seu pequenino rosto, eu falei: Thereza. Esta é a Thereza, sem dúvida. Parece que alguma coisa me fazia lembrar que você só poderia se chamar Thereza. Thereza com Th e z, que é mais sofisticado. Mas venha, vou mostrar seu quarto.

O quarto era de bom tamanho. Tinha duas camas de solteiro e um guarda-roupa enorme. O papel de parede era verde-claro já bem desbotado, mas Thereza gostou dele assim mesmo. Se tivesse insônia, poderia ficar contando as avezinhas que voavam, as florzinhas miúdas, as borboletas...

– Arrume suas coisas aí e depois se mova, pois que você não é mais visita.

E abraçou-a mais uma vez, falante, e mais uma vez Thereza sentiu-lhe o hálito forte de álcool.

Logo depois, João arrumou uma desculpa e saiu. *"Foi se encontrar com aquela mulher, a tal Luzia"* – pensou Thereza.

– Seu pai já fez amigos aqui na cidade?!

– Uma mulher lá na estação, hoje.

– Quê!! Nem bem chegou... Esse seu pai!

Falou e riu alto. Piscou para a sobrinha e se foi.

Depois de olhar tudo ao seu redor, Thereza abriu o armário e pôs nele os seus pertences. Ocupou menos de um terço do espaço. Lembrou-se de que em sua casa possuíam apenas um armário para toda a família. Suas roupas ficavam amontoadas num canto. Ela era a última filha e, quando chegou, os melhores lugares já estavam tomados.

Capítulo 6

Os estranhos do porão

Um ruído no portão da rua avisou que alguém chegava. Era o pai. Vinha satisfeito. Por certo, o encontro com a viúva fora bom.

– Então, João, como foi o passeio?

– Foi bom.

– Conheceu bem a cidade?

– Um pouco. Não deu pra ver muita coisa.

Janice já havia tomado mais algumas doses e tinha o rosto afogueado.

– A mulher da estação não lhe deu tempo, é?

– Mulher da estação?

– É.

– Ora, ora, a Thereza fala tão pouco e já deu com a língua nos dentes?

– Ela me contou. Não acha cedo demais, cunhado? Afinal, ainda não tem dois anos que Glória se foi...

– É pouco pra você, pra mim parece uma eternidade! Mas veja só! Nem bem chego e você já me vem com sermões? – falou, rindo com gosto.

– Que sermão, que nada, João. Só estou brincando. Sei melhor do que ninguém como a solidão é má conselheira. Mas que acho, sinceramente, que ainda é cedo, isso acho.

João gostaria de lhe dizer que não tinha de dar satisfações dos seus atos; que ela tomasse conta da própria vida, que, como se percebia, não ia nada bem. Nada disse, porém. No dia seguinte, iria embora e não queria discutir com ela.

– João, arrumei uma cama pra você no quarto de Thereza. Ficará bem lá ou prefere dormir em outro quarto?

– Estarei bem lá. Obrigado.

Thereza, no quintal, acariciava uma gata, única companhia da tia naqueles anos todos, quando um ruído estranho chamou sua atenção. Vinha do porão, mais precisamente sob o quarto da tia. A gata arrepiou-se toda. Quase dobrou de tamanho. Depois, fugiu dali.

Embora sentindo medo, a menina foi verificar. A porta estava trancada. Mesmo assim, estranhas criaturas passavam através dela; não só através dela, mas também das paredes, como se tais obstáculos inexistissem. Algumas, silenciosas e tristes; outras, barulhentas e atrevidas. Também surgiam do telhado, deslizando até o chão. Eram, porém, as que brotavam da própria terra, numa confusão imensa, as que mais a impressionavam! Semelhavam-se a uma lavoura mágica de trevas a crescer, crescer...

Thereza admirou-se de que, com tal barulho, a tia e o pai permanecessem conversando. Parecia mesmo que nada ouviam. Quis fugir dali, mas estranho torpor paralisava-lhe os membros. Não precisou quanto tempo ficou ali. Só voltou do transe quando a tia a chacoalhou:

– Thereza? O que faz aqui?

Ela não pôde responder. Estava trêmula e angustiada. Já vira Espíritos antes, mas como aqueles, nunca. Janice arrastou-a dali e levou-a para o quarto:

– Nunca mais se aproxime daquele lugar! Ande por tudo aqui, menos por lá. **Jamais** – frisou bem – entre ali! Entendeu? Entendeu, Thereza?

Janice estava mais trêmula do que a menina e, colérica, insistia nas recomendações.

João ficou bastante apreensivo com tudo aquilo e pensou se não seria melhor levar a filha de volta. A sós com ela, consultou-a sobre esta possibilidade. Afinal, amava Thereza e não queria deixá-la numa casa onde já começavam as desavenças.

– Quer voltar pra casa, Thereza?

– Não, pai. Não vou voltar. Agora, mais que nunca, sei o quanto a tia está sofrendo e precisando de ajuda. Comprometi-me a ajudá-la.

A menina ainda estava estonteada. Sua mente retroagia às paragens distantes... antes do renascimento.

– Comprometeu-se a ajudá-la?! Quando?!

– Antes que ela me pedisse pra vir morar aqui eu sonhei. Preciso ajudá-la. Não sei bem, estou confusa. Só sei que preciso ficar aqui.

João aquiesceu, mas decidiu conversar com a cunhada sobre as "excentricidades" da filha e lhe pedir mais paciência.

– Janice, preciso alertá-la com relação a Thereza. Como você mesma viu, ela tem certas esquisitices. Diz que tem sonhos estranhos, que vê almas do outro mundo e que já conversou com a mãe morta. Às vezes, adivinha coisas. Enfim, não é uma menina comum. Vejo que você já se aborreceu com ela, então... estou pensando em levá-la de volta. Na verdade, tinha esperanças de que mudando de ambiente ela se curasse, mas agora vejo que me enganei. Talvez até piore ficando aqui.

– Pelo amor de Deus, João! Nem pense nisso!

Thereza não fez nada de mais! Eu é que perdi a cabeça por nada. Juro que não vai acontecer de novo.

Discutiram por algum tempo.

– Está bem. Ela vai ficar aqui, mas não pra toda a vida. Fui claro?

– João, isso não é direito! Você vai me deixar acostumar com ela e depois tirá-la de mim? Olha, tenho certeza de que eu e ela nos daremos muito bem. Ela é uma menina, ainda, mas tem um quê de diferente... de maturidade... Vê-la foi como que reencontrar uma amiga perdida.

– Mas é que um filho não se dá assim! Thereza é minha caçula, a "raspinha do tacho". Tenho dúvidas se faço o melhor pra você e pra ela.

Janice pôs-se a chorar.

Ao enfiar a mão no bolso para pegar o lenço e lho oferecer, tirou junto o endereço de Luzia. Então, se viu amolentado de amor. Luzia apossou-se de seus pensamentos, não deixando espaço para nada mais. Janice, fungando, olhos congestionados e empapuçados, continuou:

– Já basta ter ficado sem meu marido, sem minha única filha. Quando você concordou em me trazer Thereza, eu fiquei feliz. Arrumei o quarto dela, comprei novas roupas de cama, toalhas... tudo novinho só pra ela. Foi como se minha Leda Maria voltasse. Como se Deus, arrependido por tê-la levado, resolvesse me dar Thereza. Agora vem você e me diz que não vai deixá-la?

João percebeu que Janice estava alcoolizada:

– Calma. Vou-lhe fazer um café forte e amargo.

– Ao diabo com o café amargo, João!

Na cozinha, encontrou Thereza, que ouvira toda a conversa.

– Pai, vou ficar; já disse. Estou gostando da tia Janice e ela precisa de mim. Minha mãe, ainda há pouco, falou comigo. Sei que o senhor vai se casar com aquela viúva.

– Sabe?!

E o coração de João deu um grande pinote no peito. Casar com Luzia... Desde que a vira, quis casar-se com ela. Parece mesmo que uma campainha tocou dentro dele: Eis aí a sua Luzia. Case-se sem demora com ela antes que outro o faça. E esqueceu-se do café amargo. E ficou feliz. E nada mais teve importância.

Thereza ficou magoada ao perceber que, de tudo o que falara, somente mereceu a atenção do pai o que se referia a Luzia. Pensou na mãe. Sabia que não estava certo um Espírito desencarnado ficar por ali. Por que será que não habitava o seu mundo? Tinha lembranças de que, em sonhos, já instara com ela a fim de fazê-la voltar ao plano espiritual ao qual agora pertencia. Mas a mãe, chorando, acusara-a de ingrata, dissera que não conseguia se afastar dos seus entes queridos e que ela, justamente ela, sua caçula, vivia insistindo na sua volta. Desde então, Thereza nada mais falou.

– O que sua mãe disse? Ela está zangada por causa da Luzia?

João, apesar de chamar àquilo de devaneio, interrogava com ansiedade a filha. Quando lhe convinha, acreditava.

– Parece revoltada. Quando me falou do seu namoro, da sua ideia de casar-se novamente, percebi nela um esgar de ódio! Fiquei assustada, pai. A mãe sempre foi muito rancorosa e ciumenta. Não esquece fácil quando a magoam.

– Bobagem. Você imagina tudo isso, minha filha. Sua mãe não ia saber que eu quero me casar novamente. Não está dentro do meu cérebro.

– Mas ela sabe, pai. Ela mesma me disse que sabe tudo o que acontece com a gente. Muitas vezes, eu penso uma coisa e ela me responde como se eu já tivesse falado aquilo com ela. É bem desenvolvida intelectualmente.

João olhou-a enternecido. Amava aquela filha com extremado amor, e sofria por julgá-la excêntrica.

– Thereza, Thereza. Espero que aqui você se cure desses devaneios.

Ela se calou, decepcionada. O pai a julgava mesmo uma doente, uma inventora de casos. Pena.

– Espero não tê-la magoado, filha. Digo isso pro seu bem. Essas coisas de Espíritos...

– Se o senhor não acredita em mim, por que quer saber o que ela falou?

– Só curiosidade. Mas deixa pra lá.

– Pai, sei que é real o que acontece comigo. Não sou nenhuma louca ou mentirosa! Jamais teria coragem de inventar o que digo. Dá pra acreditar em mim? Será que só crê naquilo que vê? Que pode tocar?

– Vamos conversar lá no quarto.

– Mas, e o café amargo da tia?

– Ah, é mesmo. Depois eu faço.

– Minha mãe disse que devo ficar com a tia, que todos aqui precisam de mim.

– Todos?

– Sim. Todos.

– Mas como, todos? Se aqui só mora ela?

– Eu também estranhei. Só depois percebi que ela estava se referindo aos estranhos habitantes...

– Você insiste nisso! O que você viu foi alguma miragem. Sonhou acordada, sei lá.

Thereza sabia que o pai era turrão. No fundo, o que tinha era preguiça mental. Queria não acreditar para não ter de mudar sua rotina, sua opinião, sua vida... Assim, a filha não se deu por vencida e continuou:

– Minha mãe espera que eu ajude também aqueles Espíritos. Por causa deles é que a tia bebe tanto. Ela me disse que cada gole que ela dá, um deles está lá bebendo junto. Disse-me pra eu prestar atenção, que também poderei ver.

João estava confuso. Agora não sabia se ela falava a verdade ou se era vítima de uma quimera, uma alucinação. No entanto, todas as premonições que Thereza fizera até ali se realizaram. Mas aquilo que dizia ter visto era por demais insólito. Poderia, talvez, ter sido causado por alguma excitação nervosa proveniente da viagem – pensava.

– Minha filha... Sobre a Luzia...

– Minha mãe não gosta dela. Diz que Luzia é uma aventureira, que não é viúva nada, mas que foi escorraçada pelo marido há alguns anos... mas o que ela diz é por ciúme.

Passos no corredor alertaram-nos da presença de Janice.

– Mas que grande patife! Cadê meu café?

– Deixe, tia, eu faço – e saiu, rápida.

– Boa menina, a Thereza. Você não vai levá-la embora, vai, seu bode velho?

– Ela não quer ir. Quer ficar aqui. Gosta de você – e rindo, acrescentou: "Gosto não se discute."

– Seu safado.

Capítulo 7

A espada flamejante

JANICE E THEREZA ESTAVAM CONVERSANDO NO terraço. A sobrinha era de pouco falar, mas a tia falava pelas duas. Eram treze horas e Janice tinha o rosto afogueado. Thereza ainda não se acostumara ali. Médium sensível, percebia o vaivém dos desencarnados. Percebia que, às vezes, a tia nem estava se lembrando da bebida, quando um Espírito se aproximava dela, a envolvia e lhe sugeria uma dose. Eram pobres viciados que desencarnaram com o vício e agora obsidiavam aquela que lhes podia satisfazê-los com emanações etílicas. Além desses, tinha a mulher outro obsessor ferrenho. Na verdade, fora este quem arregimentara os demais obsessores.

Janice se entregava sem nenhuma resistência

àquelas influências. Servia-se de mais bebida, atendendo sempre ao desejo dos visitantes desencarnados, que se revezavam entre si.

No livro OBSESSÃO/DESOBSESSÃO, de Suely C. Schubert, encontramos:

> "Consciente ou inconscientemente, usando ou não de artifícios e sutilezas, o obsessor age sempre se aproveitando das brechas morais que encontra em sua vítima. Os condicionamentos do pretérito são como ímãs a atraí-lo, favorecendo a conexão imprescindível ao processo obsessivo, que tanto pode começar no berço, como na infância ou qualquer fase da existência daquele que é o alvo de seu interesse."
>
> "Obsessões existem que, apenas, dão prosseguimento, na Terra, à obsessão preexistente no plano espiritual". (...) "Nem sempre, porém, a ação do obsessor é fria e calculista. Nem sempre ele age com premeditação e com requintes de crueldade." (...) "Existem aquelas outras em que o algoz atua como que enlouquecido pela dor, pela angústia e sofrimentos. Não tem condições de raciocinar com clareza e sofre até mais que o obsidiado. Sua ação é desordenada, irrefletida e ele sabe apenas que deve ou tem de pedir contas ou se vingar daquele que o tornou infeliz."

Em verdade, tem-se dito que onde estiver o devedor aí estará também o credor, razão pela qual não devemos considerar o obsessor como um inimigo, expulsá-lo sem nenhuma compaixão, mas ao contrário, ver nele alguém que muito já sofreu, que está ainda sofrendo, precisa do nosso entendimento, nossa ajuda, nosso amor.

Será injusta toda ação desobsessiva que não envolva no seu amor, também, e, principalmente, o Espírito obsessor. Para todos os nossos argumentos, eles têm respostas eficazes; só a demonstração efetiva do amor tem o poder de convencê-los à mudança de atitude.

Janice já cultivara o vício do álcool em outras encarnações. Renascera, agora, com seu psiquismo desequilibrado. Não fosse isso suficiente para reconduzi-la ao vício, havia ainda a falta ao compromisso dantes assumido: negara-se, terminantemente, a receber o desafeto do passado, aquele que a fizera sofrer, mas que, no entanto, fora atraído apenas como instrumento da justiça divina que é, por isso mesmo, sábia.

Todos os acontecimentos inevitáveis aos quais estamos sujeitos, nossas expiações, nossas provas, parece que caminham aleatoriamente, sem nenhuma conexão, todavia a justiça divina sempre se fará presente num encadeamento de ação e reação. De dor ou de alegria.

Por sua cegueira espiritual, ela comprometia os planos reencarnatórios de ambos e mais uma vez adiava o acerto de contas.

A mão de Deus tem caminhos quase sempre incompreendidos, porém, sempre justos. Quantas vezes, ao sofrermos um mal, nos revoltamos, porque nos achamos inocentes. Não percebemos que tal acontecimento é resposta à reação de uma ação má praticada no presente ou no passado e que agora retorna a nós.

Tudo é grandioso na justiça divina, embora a nossa ignorância.

O principal obsessor de Janice fora prejudicado por ela nos seus interesses e, malgrado sofrendo, fazia justiça por suas próprias mãos.

Outros viciados desencarnados foram chegando, sendo todos convidados por ele a escravizar a mulher que, primeiro, se negara a recebê-lo como filho, e depois, como neto. Tivesse ele mais fé e teria seguido seu caminho sem novos débitos. Teria deixado que outro fosse o instrumento da corrigenda; que a própria vida ensinasse àquela mulher, uma vez que Deus dispõe de mil recursos e não tem necessidade de novos infratores para fazer cumprir sua lei.

Thereza, apesar da pouca idade, era um Espírito antigo e em franca ascendência. Procurava ajudar a tia chamando-a à razão, mas ela se mantinha impermeável a qualquer orientação. Chorava. Absorvia a tristeza e a revolta do subjugador. Lembrava a filha desencarnada e se apegava ao amor filial para justificar seu vício. Era um joguete nas mãos daqueles Espíritos.

Num desses momentos de verdadeira simbiose espiritual, o obsessor percebeu que era visto por Thereza. Aproximou-se dela. A menina ficou paralisada pelo medo e pediu proteção para a mãe desencarnada.

O Espírito foi imediatamente "sugado" dali. Thereza pôde ver o quanto se passara: pelo seu chamado mental, uma entidade postou-se ao seu lado. Não era a sua mãe, porque esta ainda não tinha condições espirituais para ajudar sequer a si própria. Alegando amor pela família, ficara ligada a ela e não evoluía. Agora que a filha necessitava de seu apoio, nada tinha para lhe oferecer senão sua própria ignorância e sofrimento. Porém, àquele chamado mental, acudiu outro Espírito: seu anjo da guarda, ou, melhor dizendo, seu guia, sua protetora espiritual.

Thereza, ainda paralisada de medo, viu o Espírito vestido de guerreira. Uma guerreira da paz. Era a luta do bem contra o mal. Numa das mãos possuía uma espada flamante com a qual tocou o obsessor. Com o impacto daquela força, ele foi arrojado para longe. Thereza o viu gemer; viu que todo o seu corpo ficou tomado por manchas e bolhas. Parecia sofrer muito e apresentava queimaduras produzidas pela espada. Assim que pôde novamente se mover, Thereza correu para seu quarto. Ajoelhou-se e orou. O corpo foi-se-lhe amolentando e ela se viu como uma pipa no ar, ligada ao casulo de carne apenas por um cordão fluídico prateado. Na cama, outra Thereza de carne e osso. Acima desta, a Thereza livre, leve, solta como um planador que oscila no ar.

Sua mente, antes confusa, clareou. Ela compreendeu o que lhe estava acontecendo. Ela, Espírito, saíra do corpo e conservava a consciência.

Quando quis deixar o quarto, a guerreira interveio dizendo-lhe que não saísse; que ficasse junto do corpo, pois que o obsessor ainda rondava por ali e o corpo físico seria sua proteção.

Agora, livre das amarras da matéria mais densa, Thereza podia melhor apreciar aquela guerreira: era alta, delgada e bela. Os olhos, de uma cor que ela não soube definir, transmitiam lucidez e paz. Vestia uma roupa que lembrava as túnicas romanas. Olhando-a, era como descansar a mente cansada em eflúvios de paz.

– Vejo que você é um serafim de Deus – disse Thereza.

– Enganas-te, minha menina. Sou apenas um Espírito que busca na misericórdia do Pai a sua ascensão. Estou distante ainda da classe dos serafins – respondeu a guerreira, com leve sorriso.

– Pra mim, você é um anjo.

Mas Thereza estranhava que ela, tão celestial, não tivesse esclarecido nem ajudado o obsessor; que, ao invés disso, o tivesse ferido com sua espada flamejante. Via-a como um anjo. E como podia um anjo ferir alguém?

Lendo sua mente, a guerreira lhe disse:

– Não sou um anjo, como já te disse. Sou limitada. Busco ainda conquistas e sabedoria. Devemos, sim, nos ajudar uns aos outros, mas não podemos ajudar quem não quer ser ajudado.

Thereza achou coerência na resposta.

– Desculpe-me pela arrogância. Reconheço-me tão pequena e já ouso questionar seus atos.

– Na qualidade de tua protetora, devo estar atenta. Assumimos compromissos que não podem ser negligenciados. Não é por acaso que estamos aqui.

Compromissos que não podem ser negligenciados – repetiu Thereza enquanto se esforçava para lembrar sobre o que a guerreira falava. Não se recordava muito bem, mas esses **compromissos que não podiam ser negligenciados** tinham a ver com o porquê de ela estar ali, naquela casa esquisita, cheia de mistério; que tinha um lugar onde ela fora proibida de entrar; onde ninguém entrava, nem mesmo a faxineira. Um lugar onde tudo era mistério.

Agora acabava de ouvir da guerreira que tinha ali compromissos e que não era por acaso que estava ali. Verdade era que tal fato já fora pressentido por ela mais de uma vez, todavia, de forma nebulosa.

– Se não foi por acaso, por que foi então?

– Tudo no seu tempo, Thereza. Acalma-te. Aos poucos irás te inteirando de tudo. Confia em Deus. Confia no plano espiritual. Ninguém está sozinho à mercê do acaso.

– Posso lhe fazer uma pergunta que está me angustiando?

– Claro. Quantas quiseres, se for para o teu bem.

– Sendo você uma guerreira da paz, por que maltratou aquele obsessor?

– Eu não o maltratei.

– Mas eu vi!

– O que tu viste?

– Eu o vi todo queimado. E gemendo de dor.

– Viste o que julgaste ter visto. Pensaste que eu o maltratava. Julgaste – aliás, como ele próprio – que os raios o haviam queimado, mas na verdade os raios desta minha espada são drásticos, mas não causam dano. Só afastam.

– Perdoe-me, mas não entendo.

– No plano espiritual, o pensamento é tudo. O pensamento é para o Espírito desencarnado o que as mãos são para o encarnado, como já é sabido. Em pensando, o Espírito faz acontecer. E quanto mais grosseiro ele for, mais ideações grosseiras fará.

– Continuo não entendendo.

– Quando eu lancei meus raios, cujo poder é só manter afastado quem não tem de chegar perto, o nosso irmão, ainda muito ignorante, julgou que os raios o queimavam. Com sua mente, plasmou as queimaduras e as bolhas. Lembrou-se de como é dolorido isso e trouxe para o consciente a lembrança desagradável da dor. Ele próprio construiu para si o que sofreu.

– Mas eu também o vi queimado!

– Porque, como ele, acreditaste nisso também. Teu pensamento mostrou o que inconscientemente tu querias ver. Nossa mente costuma nos pregar peças. Porque o julgasses queimado, o viste queimado. O corpo perispiritual é altamente sugestionável e o pensamento atua nele como mãos a moldar desejos.

Após pequena pausa, continuou:

– Nas regiões astralinas inferiores, existem Espíritos que sabem manipular suas vontades, seus pensamentos e que julgam e castigam os pobres Espíritos endividados que lhes caem nas mãos. São mentes desenvolvidas intelectualmente, porém paupérrimas de valores moral/espirituais e que se colocam na posição de vingadores. Sob a férrea determinação de seus pensamentos, de suas vontades, usando a hipnose, fazem com que a forma do corpo perispiritual de suas vítimas sofra a metamorfose por eles induzida. Assim, porque tais Espíritos também têm a mente presa a débitos escabrosos do passado, aceitam a sugestão e se veem transformados nas formas sugeridas de lobos, víboras, aves de rapina e tantas outras formas degradantes.

Thereza arregalava os olhos ante aquelas revelações:

– Mas permanecem assim pra sempre?

– Ninguém, por mais abjeto que seja, fica sem o amparo divino. Sofrerão a injunção da dor até despertarem para Deus, até que, por alguma razão, cesse a força que mantém coesas as moléculas fluídicas daquela forma provisória. De qualquer modo, é demorado e melindroso o tratamento desses infelizes.

A guerreira silenciou por algum tempo e concluiu:

– Quanto ao nosso irmão em questão, ele mesmo se impôs o sofrimento. Projetou as dores em si mesmo. Sua consciência culpada, a ausência de qualquer sentimento nobre que o pudesse escudar naquele momento, fizeram-no presa fácil dos próprios pensamentos.

Thereza tinha os olhos rasos d'água.

– Mas, mesmo sem querer, você o maltratou, ou melhor, deu ensejo para que a dor se fizesse presente.

– Não tive alternativa. Era ele ou tu. Eu não o ataquei, o que fiz foi a nossa defesa. Atacar é um erro, mas defender-se, não. É até nossa obrigação, pois temos de zelar pelo corpo que o Pai Criador um dia nos deu.

– Mas Jesus não nos ensinou a dar a outra face?

– Sim. Ele nos ensinou, de fato, a dar a outra face. A face do perdão. Não devemos odiá-lo nem querer nos vingar dele pelas ofensas recebidas. Aprendemos também que a preservação do nosso corpo, físico ou perispiritual, é de nossa inteira responsabilidade. Nos ensinos de Jesus não podemos nos cingir simplesmente às letras, mas buscar o sentido profundo – muitas vezes oculto – desses ensinamentos.

– Compreendo. Você não atacou, mas não poderia simplesmente lhe virar as costas, porque tinha de me proteger.

– Certo. Numa agressão, ou se aceita a situação que se é proposta, ou se ignora o agressor e segue seu caminho, perdoando; porém, no caso em tela, eu não poderia virar-lhe as costas e seguir meu caminho, porque precisava defender-te. Se lhe virássemos as costas, com mais facilidade ele atacaria. Então, vali-me da espada. O resto foi ação dele próprio.

– Compreendo.

Janice chamou Thereza e ela teve de interromper o intercâmbio. A guerreira se foi e ela se ajustou novamente ao corpo. Estava mais leve, mais serena. Em retornando, não teve a ideia clara e objetiva de tudo o que conversara com sua protetora espiritual, porém, a vida lhe pareceu mais lógica.

– Thereza, não sei o que se passa aqui em casa. Você também não sente alguma coisa no ar?

Havia muitas coisas "no ar". Mentes que, como satélites, giravam em torno dela. Algumas, procurando vingança, outras, para se alimentarem do seu vício e ainda outras, por pura ociosidade.

– Tia, a senhora precisa parar de beber – disse Thereza, sem responder o que lhe fora perguntado.

– Menina, não acha que você é ainda uma pirralha para me dizer o que fazer?

– Sei que ainda não passo de uma criança, mas percebo muitas coisas; coisas das quais a senhora nem imagina... Muito tenho lido a respeito de Espíritos, de como eles podem nos ajudar ou nos prejudicar. Nós não vivemos sozinhos, tia. Ao nosso redor pululam Espíritos que aqui já viveram e que por algum motivo ainda estão aqui. Alguns são conscientes, outros, completamente inconscientes. Alguns se aproximam para ajudar... outros para vingar.

Janice olhou-a surpresa e pediu que ela se sentasse ao seu lado. Apesar de considerá-la uma pirralha, algo havia naquela pirralha que lhe infundia respeito e amizade. Tudo o que ela dizia formava sentido.

– Tia, se a senhora lutasse, se não se entregasse assim tão facilmente...

– Sei de sua preocupação, Thereza, mas a bebida me faz bem. Faz esquecer... Preciso esquecer.

– Acha isso uma solução? Até quando conseguirá enganar-se a si mesma?

– Não acho que isso seja nenhuma solução, mas

então, diga, minha sabichona: qual é a solução? Tem alguma saída para mim?

Thereza pensava na solução e na saída para a tia, quando a guerreira colocou ambas as mãos em sua cabeça. Ela sentiu um tremor agitar-lhe o corpo:

– Tia Janice, a senhora não gosta tanto assim de beber – já não era Thereza e, sim, a guerreira quem falava.

– Ora, ora, se gosto...

– Seja sincera. A senhora bebe porque alguém lhe sugere a bebida. Procure pensar no porquê de a senhora obedecer a essa voz que lhe ordena beber.

– É... Talvez. Mas ninguém manda em mim. Bebo porque quero beber, ora essa!

– Tem certeza? Certeza de que não obedece a alguém? Que não se entrega por achar-se culpada de alguma coisa? Muitas vezes aceitamos tudo o que nos impingem porque no fundo da consciência sabemos que precisamos sofrer... que precisamos purgar nosso erro.

A tia pensou um pouco e respondeu:

– Olha, cá pra nós, tem alguma coisa ali no porão, você sabe disso. Desde que... – ia continuar, mas estancou de repente.

– Desde que... o quê?

Janice tremia. Seu rosto afogueado e os olhos avermelhados infundiam muita pena à sobrinha.

– O que tem lá? Posso entrar lá só uma vez? Prometo que nunca mais insistirei.

– Não. Você jurou que nunca mais chegaria lá perto. Vou vender esta casa maldita! Vamos para bem longe daqui!

– Mas tia... se mudarmos daqui, o problema irá junto. Não adianta fugir. A perturbação permanecerá porque está com a senhora. Se eu entrar lá, poderei ajudar. A senhora já experimentou orar a Deus? Acabar de vez com o mistério que existe ali?

Janice não disse nada. Emudeceu. Depois começou a chorar. Por mais que Thereza a consolasse, não logrou êxito. A guerreira retirou as mãos de sua cabeça e também ela ficou quieta.

Capítulo 8

O obsessor

ENTARDECIA. O SOL MORNO DA TARDE IA-SE ESCONDENDO ao longe, dando lugar à noite.

Thereza se arrependia de ter prometido à tia que não mais se aproximaria do local amaldiçoado. Prometera porque naquele dia tudo lhe era indiferente, mas ultimamente, o que mais tinha vontade de saber era o que havia lá dentro. Por que aqueles Espíritos moravam lá? Por que a tia o mantinha sempre fechado a cadeado? Por que insistia tanto para que ela nem chegasse perto?

E o mistério picava e repicava a alma inquieta da menina.

Passando pelo quarto de Janice, ouviu soluços.

Parecia que a tia falava com alguém, que pedia perdão, que implorava. Sentiu vontade de entrar, mas lembrou-se daquele Espírito que quase a agrediu e sentiu medo. A guerreira acercou-se dela e novamente pôs-lhe as mãos sobre a cabeça:

– Vai lá, Thereza. Ajuda tua tia, ajuda aqueles proscritos a se reerguerem.

A menina ouviu o pedido e já ia entrando no quarto quando a guerreira tornou:

– Primeiro façamos uma prece. Temos de nos fortalecer em Jesus.

Ajoelharam-se e fizeram sentida prece solicitando ajuda:

Jesus, mestre de amor e de misericórdia infinitos, volve teu olhar amoroso sobre estes irmãos que sofrem, que no momento não percebem como teu amor é grandioso e pode redimi-los; que não percebem o pai magnânimo do qual todos somos filhos. Por misericórdia, ó, Jesus querido, envolva-os na tua sublime luz, nessa luz que afasta as trevas, que aquece; que transforma! Sejam esses irmãos desencarnados – vítimas também dos desencontros da vida – reconfortados junto a ti. Seja essa nossa irmã encarnada e desequilibrada pelo ódio do obsessor contumaz, e também por sua própria incúria, igualmente fortalecida, amparada, esclarecida. Ó, Jesus de misericórdia, distribuidor de benesses, conhecedor das nossas necessidades, da nossa insipiência, somos todos ainda tão pequenos, carecemos ainda de tantos valores espirituais, valores que nos elevem a ti, mas ainda assim, porque conhecemos a grandiosidade do teu amor, ousamos suplicar-te ajuda! "Pai nosso que estais no céu..."

Pequeninos flocos, como pedaços de nuvem, caíam em seus corpos e desapareciam, proporcionando-lhes indizível bem-estar.

Resoluta, Thereza levantou-se. Estava fortalecida. Sua alma se revigorava com o alimento espiritual. O medo fora-se de vez. Embora a guerreira seguisse na frente sem ser vista, sua presença era sentida dando-lhe ainda mais forças e confiança.

À porta do quarto, parou e bateu levemente. Janice continuava a soluçar e a conversar, embora estivesse só. Thereza abriu a porta e entrou. A cena que viu estarreceu-a: a tia jazia no chão em meio a garrafas vazias. Seminua, tinha os olhos esbugalhados e as mãos semelhantes a grotescas garras. Ao ver a sobrinha, quis levantar-se para agredi-la, todavia, quanto mais estorcegava, mais se emborcava num vômito que tornava fétido o ar e causava repulsa.

No primeiro momento, Thereza quis fugir, mas a guerreira aproximou-se e lhe disse com energia:

– É assim que socorres quem precisa de ti?

– Não posso! Não posso! Sou ainda uma criança, como poderei ser útil aqui?

– Neste corpo, sim, és uma criança, mas em Espírito, não. Já consubstanciaste muito aprendizado. Na idade espiritual, longo caminho já percorreste.

– Mas, mesmo assim, sinto-me fraca e temerosa.

– Confia em Deus, nosso pai. Confia em Jesus, Seu divino filho. Não deixes que o medo te enfraqueça.

Thereza lembrou-se de que também era herdeira do Criador. Orou novamente e novamente se fez forte. A alma tropeçava vez ou outra, mas sempre se levantava altiva e operante. Dirigiu-se à tia:

– Tia Janice, pobre tia Janice. O que lhe aconteceu?

– Não te intrometas onde não foste chamada. Isto aqui é assunto meu!

– Tia...

– Não sou tua tia!

A guerreira estende as mãos sobre Thereza:

– Sim, bem vejo que não podes ser minha tia, todavia és meu irmão.

– Escute aqui, sua pirralha! Não penses que me deixo enrolar por tua conversinha doce. Porque me fugiste uma vez, não me fugirás sempre.

Thereza percebe que o obsessor está incorporado na tia. Sempre inspirada pela guerreira, lhe diz:

– Por que tanto ódio no coração? Por que está aqui, se este não é o seu lugar?

– O que faço aqui não é de tua conta. Não te

devo nenhuma satisfação. E todo o ódio que tenho ainda é muito pouco! Muito pouco!

– O ódio só nos degrada; só nos favorece a colheita de espinhos... O ódio é o elemento corrosivo de nossas almas e enquanto odiarmos teremos trancada a porta para nossa própria felicidade... Somos todos irmãos em Deus.

– Ah, ah, ah – gargalhou, sarcástico – Deus? E onde estava Deus quando permitiu que ela me fizesse tanto mal? Onde está ele que ainda não castigou esta desnaturada mulher? Que ainda a deixa viver depois de tudo?

– Deus, nosso pai, corrige-nos sem lançar mão de sentimentos tão negativos quanto o ódio, pois sabe que o ódio não corrige; revolta. Endurece. Educa-nos por outros meios. Ele sabe que amanhã toda criatura que plantou espinhos voltará sobre seus próprios passos para a colheita. Não há como fugir dessa realidade. Suas leis são justas, irrevogáveis e inexoráveis.

O Espírito quer esbravejar e agredir Thereza, porém, sente que uma força maior coíbe suas ações. Thereza, sintonizada com a guerreira, continua:

– Somos uma partícula do nosso Criador, portanto, não obraremos eternamente no mal e, naturalmente, vamos ascendendo a Ele, equilibrando-nos com a Lei um dia desrespeitada; vamos deixando o mundo das ilusões para trás. Os espinhos plantados por nós nos tempos de trevas serão transformados, gradativamente, em flores de luz que nos alumiam o caminho. Nossa dor – quando bem compreendida e aceita – é nossa luz.

– Deus pode educar do jeito dele, se quiser, mas eu vou educar esta daqui do meu jeito. Não te intrometas, pois.

– Eu lhe suplico. Olhe Janice, veja a que você a reduziu! Ainda não está satisfeito? Não tem ela sofrido o bastante?

– Ainda não. Depois de vingar-me, deixá-la-ei.

– No entanto, bem sabe que o ódio tece algemas de ferro; que não conseguirá deixá-la e que, assim, mais aperta os elos que os prendem reciprocamente.

– Não me venhas com falácias! Bem sei a que vieste, mas esqueces o meu drama; ignoras os meus motivos.

– Também me preocupo com você. Somos todos irmãos. Deus nos quer bem a todos e jamais privilegia um em detrimento do outro.

A guerreira falava por Thereza. O Espírito falava por Janice. Depois de algum tempo, em que tudo o que a guerreira disse pareceu não surtir nenhum efeito naquele ser endurecido e obstinado, ele se foi. Janice, estremunhada, recobrou a consciência. De nada se lembrava.

– Que faz aqui, Thereza?

– Eu achei que a senhora tivesse me chamado. Está tudo bem? Quer alguma coisa, tia? Um café?

– Um café bem amargo. Desses que curam cachaceiros.

Thereza foi preparar o café. A guerreira aproximou-se:

– Saíste muito bem.

– Eu nada fiz. Tudo o que falei, na verdade, foi você quem mo ditou.

– De qualquer forma, se não fosse tua bondade, a perfeita sintonia que existe entre nós, tua aquiescência, eu nada poderia ter feito.

– Parece-me que o Espírito não se deixou convencer, afinal.

– No momento não vamos nos preocupar com a colheita. Plantamos em seu coração a boa semente. Não tenhamos pressa em colher resultados imediatos. Esperemos pela chuva.

Capítulo 9

Evangelizar

O PROBLEMA DA OBSESSÃO É UM DOS MAIS SÉRIOS. Todos nós, independentemente de qualquer religião, estamos sujeitos a sofrê-la.

Muito dificilmente passará alguém incólume a essa realidade, pois que, renteando com a nossa humanidade – a dos encarnados – se agita outra humanidade – a dos desencarnados. Sabe-se que, de forma geral, todos somos médiuns, todos podemos sofrer a interferência dos Espíritos, ouvir suas sugestões, sentir seus problemas. Ainda que estejam longe, na cidade dos desencarnados, poderá haver intercâmbio mental. O pensamento não conhece fronteiras, e os elos que nos prendem uns aos outros – por amor ou por ódio – só serão rompidos quando pagarmos até o último ceitil, conforme nos ensinou Jesus.

Allan Kardec, no capítulo XXIII, Segunda Parte, de O Livro dos Médiuns, nos fala dos três níveis de interferência espiritual: a obsessão simples, a fascinação e a subjugação.

> A obsessão simples tem lugar quando um Espírito malfazejo se impõe a um médium, se imiscui, a seu malgrado, nas comunicações que recebe, lhe impede de se comunicar com outros Espíritos e se substitui àqueles que são evocados.
>
> Não se é obsidiado unicamente porque se é enganado por um Espírito mentiroso; o melhor médium a isso está exposto, sobretudo no início, quando lhe falta ainda a experiência necessária, do mesmo modo que, entre nós, as pessoas mais honestas podem ser vítimas de espertalhões. Pode-se, pois, estar enganado sem estar obsidiado; a obsessão está na tenacidade do Espírito do qual não se pode se desembaraçar.
>
> Na obsessão simples, o médium sabe muito bem que tem de se haver com um Espírito enganador, e este não esconde isso; não dissimula de modo algum suas más intenções e seu desejo de contrariar. (...) Esse gênero de obsessão é, pois, simplesmente desagradável, e não tem outro inconveniente além do de opor um obstáculo às comunicações (...).
>
> A fascinação tem consequências muito mais graves. É uma ilusão produzida pela ação direta do Espírito sobre o pensamento do médium, e que paralisa de alguma forma seu julgamento com respeito às comunicações. O médium fascinado não crê ser enganado; o Espírito tem a arte de lhe inspirar uma confiança cega que lhe impede de ver a fraude e de compreender a absurdidade do que escreve, mesmo quando salta aos olhos de todo mundo; a ilusão pode mesmo ir até ao ponto de fazê-lo ver o sublime na linguagem mais ridícula. Estar-se-ia em erro se se cresse que esse gênero

de obsessão não pode alcançar senão as pessoas simples, ignorantes e desprovidas de julgamento; os homens mais espirituais, os mais instruídos e os mais inteligentes sob outros aspectos, não estão dela isentos, o que prova que essa aberração é o efeito de uma causa estranha, da qual sofrem a influência. (...) Na primeira (obsessão simples), o Espírito que se liga a vós não é senão um ser importuno pela sua tenacidade, e do qual se está impaciente para se desembaraçar. Na segunda (fascinação), é toda outra coisa; para chegar a tais fins é preciso um Espírito hábil, astuto e profundamente hipócrita, porque não pode enganar e se fazer aceitar senão com a ajuda de máscara que sabe tomar e de uma falsa aparência de virtude; as grandes palavras de caridade, humildade e amor a Deus são para ele como credenciais (...) sua tática, quase sempre, é a de inspirar ao seu intérprete se distanciar de quem quer que lhe pudesse abrir os olhos (...).

A subjugação pode ser moral ou corporal. No primeiro caso, o subjugado é solicitado a tomar decisões frequentemente absurdas e comprometedoras que, por uma espécie de ilusão, crê sensatas: é uma espécie de fascinação. No segundo caso, o Espírito age sobre os órgãos materiais e provoca movimentos involuntários. Ela se traduz no médium escrevente por uma necessidade incessante de escrever, mesmo nos momentos mais inoportunos (...).

A subjugação corporal vai às vezes mais longe; pode impelir aos atos mais ridículos. (...).

Janice já estava no último estágio; completamente subjugada pelo obsessor. Apesar de todo o esforço de Thereza e da guerreira, tinha a vontade amolentada e se entregava docilmente àqueles Espíritos.

É bem verdade de que era vítima dos próprios erros do passado e do presente. Viúva, desde cedo deixava a filha, menina ainda, com alguma amiga e se entregava a todo tipo de excessos. Na roda de amigos era faladora, voluntariosa e gostava de beber "para afogar as mágoas" – dizia. A filha crescia sem sua presença, sem suas orientações, até que um dia engravidou.

Quando Janice soube, longe de ampará-la, de perceber que lhe havia faltado a presença materna, censurou-a, ofendeu-a e fez com que a menina tomasse uma erva abortiva. O reencarnante – que deveria ter sido o filho dela conforme o programado ainda na espiritualidade – vendo-se frustrado com a rejeição, tentava, agora, ser filho de sua filha. E mais uma vez Janice obstava-lhe o desejo. Cheio de ódio em se ver expulso do tépido ninho, foi-se, mas, complicações no aborto, levou também aquela que lhe seria mãe. Janice quase enlouqueceu de dor. Sabia-se culpada. Duplamente culpada: porque não cumprira seu papel de verdadeira mãe e amiga e porque a fizera cometer o aborto. Aquele que lhe seria neto – uma vez que não pudera ser-lhe filho – transformou-se no seu mais cruel perseguidor.

Ninguém na família soube dos fatos reais; de como tudo aconteceu.

Depois disso, Janice nunca mais foi a mesma. Foi caindo cada vez mais... entregando-se à bebida, ao desespero e ao remorso.

Apesar de menina, Thereza era uma sensitiva. Espírito que, se ainda não ganhara altura, estava prestes a fazê-lo. Seria, pois, de grande valia naquela casa onde grassava um número considerável de Espíritos perturbadores e perturbados.

Nada por acaso, como sabemos. E a menina já iniciara o saneamento daquela casa começando por doutrinar a entidade mais feroz, a que mais ódio trazia no coração. Thereza já lhe vira o semblante amargurado e vampiresco. Não fosse a providencial presença da guerreira, teria fugido dali para nunca mais regressar.

Dois anos, depois desses acontecimentos, se passaram sem que nenhuma modificação substancial se efetuasse no quadro doméstico.

O mal chega rápido; instala-se, cria raízes, todavia para eliminá-lo não é tão rápido assim.

Capítulo 10

Passado e presente se misturam

Luzia enviuvara recentemente do seu segundo casamento. Estava à beira da estrada com a filha de seis anos, uma grande mala de viagem e bilhete de embarque na mão. Esperava o ônibus.

Não conseguia esquecer-se de João. Achara-o simpático e tiveram alguns encontros sem grande envolvimento. Havia combinado com ele que, tão logo visitasse os filhos do primeiro casamento, far-lhe-ia uma visita em sua casa. Por coincidência, a casa dele não ficava muito longe da casa do ex-marido Severino e dos filhos, para onde se encaminhava.

Sentia-se sufocar sob um sol quente de um dia abafado. Foi com grande alívio que viu o ônibus chegar. Deu o sinal. Com dificuldade, empurrou a mala para dentro. O motorista ajudou-a, pois que ela trazia nos braços a criança adormecida. Tão logo se acomodou, deu livre curso à avalanche de recordações. Estava voltando para a casa de onde um dia saíra humilhada, espezinhada, amargando as consequências de um ato impensado. *"Deus meu, dai-me forças."*

Estava agora com quarenta anos. Fazia dez anos – lembrava – que fora escorraçada de casa porque o marido Severino a surpreendera em adultério. Fora obrigada a deixar os três filhos: Adalzina, Cícero, e Mateus, o nenê, que morreu logo em seguida. Apesar das promessas, do pedido de perdão, dos filhos, Severino não a perdoou. Expulsou-a. Permitiu que ela levasse apenas seus pertences pessoais. Logo ao amanhecer, ele fez com que ela saltasse da cama. Ao beijar a filha que ainda dormia, despertou-a com suas lágrimas. A garota agarrou-se a ela. Queria ir junto. Cícero estava acordado, mas fingiu que dormia. Um pouco mais velho, compreendia o porquê da atitude do pai e, embora amasse a mãe, não teve coragem de interceder por ela. Luzia cobriu o nenê e, estonteada, ganhou a estrada. Severino fingia-se de durão, mas estava sufocado de dor. Não fosse o orgulho ferido, tê-la-ia perdoado e tentado recomeçar.

Por uma frincha da janela, viu quando ela deu sinal a um caminhoneiro, pedindo carona. Por alguns minutos, uma boiada encobriu tudo. O som choroso e monótono do berrante penetrou sua alma e ele sentiu o coração estilhaçar-se. Mas não se arrependeu nem a perdoou. Era cabra macho. Do nordeste. Devoto do padre Cícero, tanto, que dera a um dos filhos o nome do santo padre.

Luzia enxugou as lágrimas trazidas pelo dolorido *flashback*.

Agora estava novamente sozinha e com uma filha de seis anos. Ia visitar os outros filhos e o ex-marido antes de decidir o que fazer da vida doravante. Não tinha a intenção de voltar a viver com o ex-marido, mesmo que ele quisesse, pois conhecia seu gênio intransigente, sua dificuldade em esquecer e perdoar. Ficaria sozinha ou, quem sabe, com João? Financeiramente não estava em má situação. Herdou do segundo marido o restaurante na beira da estrada e tinha, assim, como se manter dignamente.

Com um sorriso amargo, pensou novamente em Severino:

"Sempre tão duro, tão machista... Por certo, no primeiro momento que me vir, pensará que vim implorar novamente o seu perdão. Vai se sentir mais uma vez vingado. Mas, com a graça de Deus, eu soube aproveitar meu erro para aprender, para crescer. Já, muitas vezes, lhe implorei perdão... se ele não me perdoou, paciência."

Quando Severino expulsou Luzia de casa, amava-a como sempre a amara, todavia, não lhe perdoou a infidelidade. Jogou-a no mundo: "Para que aprendesse a viver" – dissera. Ela foi parar no restaurante da estrada. Chegou doente, abalada pelos tristes acontecimentos. Pediu emprego e, embora debilitada, Matias empregou-a. Quando se curou do mal, que era apenas desgosto e saudade dos filhos, foi trabalhar na cozinha. Cozinhava como ninguém. Os caminhoneiros gostavam do seu tempero baiano e a freguesia foi aumentando, para alegria de Matias.

Luzia sabia-se bonita e atraente. Tão logo se viu curada, conquistou o proprietário que se gabava de estar com quase cinquenta anos e ter-se livrado do casamento. Como era do desejo de Severino, ela aprendeu a viver. Os sofrimentos amadureceram-na. Envolver-se com outro homem? Só de papel passado – jurava.

Matias, naquela ocasião, tentou envolvê-la, viver com ela apenas uma aventura, mas não era este o desejo dela. Assim, atraía para si o homem: carinhosa, sensual, porém limitava até onde ele poderia ir com os carinhos. Deixava-o vislumbrar o céu para em seguida fechar-lhe a porta. Para possuir as chaves, só com a garantia do casamento.

Quando ela voltou pela primeira vez para solicitar de Severino a separação, ele pensou que afinal ela aprendera a lição; que voltava submissa e arrependida. Mal escondeu seu contentamento. Estivera aquele tempo todo se guardando para ela. Agora sim, ela poderia ficar. "Agora que ela já sofreu bastante, que já aprendeu com a vida uma boa lição, eu posso perdoá-la" – dizia a si mesmo. Mas não! Ela não lhe vinha rastejante, humilhada, rogando uma vez mais para ficar. Não lhe vinha como um cão saudoso lamber-lhe as mãos à procura de afagos. Vinha lhe pedir a separação legal.

E Luzia se casou. De véu e grinalda. Só no religioso, porque Severino se negara terminantemente a conceder-lhe o divórcio. Embatucou. Disse que não lhe daria a "alforria" – foi essa a expressão que usou.

Mesmo assim, ela se uniu a Matias. Foram felizes, mas parece que afinal ela não nascera para ser feliz, pois pouco durou o casamento. Matias sofreu um infarto e se foi. Mas lhe restava Mariah. E também os filhos do primeiro casamento.

Luzia suspirou fundo, amolentada pelas lembranças insistentes. A pequena Mariah dormia o sono dos inocentes. Luzia acariciou-a e só agora se questionava se fizera bem em voltar à antiga casa levando uma filha do homem que o ex-marido odiava. Odiava porque ele a socorrera, impedindo assim que ela voltasse a ele suplicando novamente o seu perdão, frustrando-o no desejo de mostrar sua "generosidade". E, no entanto, ele já tinha tudo arquitetado: Se ela voltasse e suplicasse uma vez mais o seu perdão, agora ele a deixaria ficar, dormindo talvez no chão ao seu lado, como um cão fiel. Dar-lhe-ia o resto de sua mesa e, quem sabe, às vezes, poderia até permitir que ela lhe dirigisse a palavra. Mas ela confundiu-lhe os sentidos. Quando finalmente, um dia, voltou, não foi para pedir clemência; foi para pedir a separação legal. Queria o divórcio para se unir a Matias. Ela não sofrera sem sua presença; ao contrário, estava muito bem, obrigada. Viu-se, então, traído mais uma vez. O orgulho bateu no chão e retornou como uma bofetada.

Luzia pensava no gênio ambivalente de Severino. Sabia que ele não era má pessoa, só um tanto confuso e paradoxal. Mesmo que já a tivesse perdoado, que a amasse, ainda, continuaria batendo o pé e dizendo que a mandaria mil vezes de volta se mil vezes ela voltasse. Morreria infeliz, mas não daria o braço a torcer. Nunca!

O que Luzia não sabia era que Severino rezava para que ela voltasse. Sonhava vê-la chegando: tristonha, abatida, carente do seu amor. Alimentava com sofreguidão a lembrança de todos os bons momentos que desfrutaram juntos. Rememorava até as pequenas rusgas domésticas, as pazes, os momentos de amor... Sua boca quase se abria num sorriso, sua alma quase se apaziguava. De repente, tudo se transformava em negrume: A boca se fechava num ríctus de ódio. Não! Ela não passa de uma adúltera. "Tem de comer o pão que o diabo amassou."

E, no entanto, não sabia viver sem ela. E não movia uma palha em prol daquele amor. E sofria brutalmente.

Luzia lembrou-se da primeira filha: "*Adalzina vai*

um dia se casar, espero em Deus que seja feliz. Que nem ela nem Mariah caiam nas armadilhas do caminho como eu caí."

O ônibus parou por dez minutos. Luzia não quis descer para não acordar Mariah. Uma mulher entrou. Carregava uma mala envolta por uma tira de couro porque a fechadura já se fora. Lembrou-se de que, não fazia tantos anos, ela também fora obrigada a carregar sua roupa em uma mala parecida àquela; também usara uma cinta velha de Severino para mantê-la fechada.

E era aquele mesmo Severino que ela ia enfrentar novamente. A revolta dele, agora, talvez fosse maior, pois que levava consigo sua Mariah. Se ainda estivesse sozinha e infeliz, talvez ele se esquecesse da mágoa. Talvez a perdoasse. Talvez lhe pedisse que ficasse, mas...

Mais três horas de viagem e chegaram. Cícero e Adalzina vieram correndo e cobriram a mãe e Mariah de beijos.

– Cícero, Adalzina! Que saudade!

– Que bom, mãe, que a senhora aceitou nosso oferecimento. E Mariah, como cresceu desde que a vi pela última vez!

– E o pai de vocês?

– Ele saiu, mãe.

– Acho que não quer me ver. Ainda não me perdoou de fato.

– Tenho a impressão de que ódio ele não tem mais. Talvez, ainda, um pouco de rancor, de inconformação.

– Rancor misturado com amor. Mais amor do que rancor – acrescentou Cícero.

– O pai tem sofrido muito. Acho que ele está criando coragem para lhe falar. Ah... mãe! Sabe aquela camisola sua que ele, sem que você visse, tirou de sua mala quando ...

– ... ele me expulsou de casa. Aliás, era a minha única camisola.

Riram.

Severino guardara aquela camisola durante todos aqueles anos como um troféu sagrado. Quando Luzia, inconformada com a expulsão, voltou para mais uma vez suplicar perdão, encontrou-o com ela nas mãos. Estava chorando. Estava sofrendo. Ao vê-la, disfarçou e escondeu-a sob o travesseiro.

– Mas que tem minha camisola, Zina?

– O pai ainda a conserva junto dele. Prova de que ainda gosta da senhora. No fundo, meu pai ainda é um romântico. Gostaria muito de que...

Antes que a filha concluísse, Luzia falou:

– Minha filha, pelo menos em curto prazo, não

há a menor possibilidade de reconciliação. Seu pai não perdoa fácil. Eu também reconheço que o que lhe fiz foi muito grave. Vamos dar tempo ao tempo – mas seu pensamento estava lá, junto de João.

Adalzina concordou. O melhor remédio continuava sendo o tempo.

A pequena Mariah atirou-se para o tio Cícero – conforme o chamava – e ria alto, galopando nos ombros dele.

– Mamãe, o tio Cícero é muito legal!

– Ora, ora, você sabe agradar alguém, sua danadinha – disse o irmão, fazendo graça.

– Cícero, fale-me de você. Está um homem feito! Há um ano era um franguinho...

– É, mas o franguinho cresceu e virou galo, "dona Luzia".

– E o coração? Ainda não encontrou sua musa?

– Ainda não, mãe. Já não se fazem mais musas como antigamente – riu.

– Não é isso, não! É que hoje em dia tudo está muito fácil. Tanto as mulheres quanto os homens, de forma geral, estão só preocupados com sexo. Barateiam-no. Tudo é uma grande liquidação. E casamento é muito mais que sexo – disse-lhe a mãe.

Ia continuar, mas lembrou-se de que também ela, em tempos idos, fora presa fácil de um conquistador sem escrúpulos, que se rendera também à força do sexo, deixando-se seduzir.

– É que os tempos são outros, mãe. Com a televisão, as notícias chegam rápido e as mudanças se atropelam. Nem bem se acostuma com uma coisa e já vem outra mais avançada. Os costumes das grandes cidades, que é onde as coisas acontecem, chegam aqui promovendo mudanças.

– E você, Zina? Já tem algum pretendente?

– Tenho o meu Pedro. A senhora vai conhecê-lo. Ele é demais!

– Meu Pedro... Veja, mãe, o Pedro é um cara legal, mas nunca falou em casamento com a Zina. Na verdade, é ela que vive grudada nele. O pobre não sabe como se livrar e vai ficando.

– Verdade, Zina? Olha que casamento com amor dos dois lados já não é fácil, imagine de um lado só.

Iam andando e conversando. Luzia percebia o quanto os filhos haviam amadurecido. "Foram obrigados a amadurecer rápido, talvez pela minha ausência, pela dor que involuntariamente lhes causei..." – refletia.

– Mãe, sabe que a Mariah está a cara do pai dela? – disse Zina.

– É o que todos dizem.

Cícero desviou a conversa. Por mais que se esforçasse, nunca simpatizou com Matias. De gênio ciumento, saiu-se ao pai. Nunca vira com bons olhos a união da mãe, embora de sua boca jamais tenha saído qualquer censura. Respeitava a decisão materna.

No início, Adalzina sentiu ciúmes. Depois, compreendeu que a mãe tinha direito de refazer sua vida. E ficou feliz com a felicidade dela. Lembrou-se dos conceitos que ouvira de um de seus professores: "As almas nobres compreendem, amam, perdoam. As mesquinhas ficam carregando o pesado lastro da incompreensão, da revolta, e tal peso mantém-nas chumbadas ao solo; impede que elas vejam com clareza; fecha as portas da alma, impedindo que a luz promova o saneamento necessário."

Capítulo 11

Espiritismo

JÁ ERA TARDE DA NOITE QUANDO SEVERINO VOLTOU. Estivera andando a esmo, sem coragem de enfrentar a ex-mulher, ainda mais agora que sabia que ela não vinha só, mas com a filha. Quisera o pobre homem poder passar uma esponja no passado, apagar aqueles últimos anos, apagar aqueles acontecimentos que nem de dia nem de noite davam tréguas ao espírito combalido. Não era feliz longe de Luzia. Tampouco o seria com ela. Se mantinha acesa a chama da ira, seu peito doía e o sufocava. Se tentava apagá-la, um rubor ardente lhe tomava as faces e ele se sentia menos homem. Assim, submergia na incompreensão, para emergir na dor equivocada daquele que não se dispõe a perdoar.

Passara as últimas horas em dolorosas recordações. Repassou, reviveu a dor sentida em cada momento: quando a expulsou do lar, a dor e a aflição dela, a angústia dos filhos, o roubo da camisola... Para sossegar e justificar-se ante a consciência, dizia a cada feito trazido à lembrança: "Ela foi culpada; ela e o miserável conquistador, que eu deveria ter matado! Fiz bem em mandá-la embora, só assim aprenderia a viver."

Pobre homem! Como poderia saber qual a melhor forma de se aprender a viver? Será que uma plantinha poderá agradecer a quem a calcina com água fervente afirmando que a intenção fora matar-lhe a sede?

Severino parou na frente da casa, sem coragem para entrar. Percebeu luzes no quarto da filha. Entrou sub-repticiamente e foi direto para seu quarto. Naquela hora, não teria coragem de falar com Luzia. "Amanhã. Amanhã" – pensou.

Jogou-se na cama sem mesmo tirar a roupa e ficou quieto, apurando os ouvidos para ouvir o que eles conversavam. Luzia estava ali novamente. "O maldito companheiro teve o fim que merecia por ousar querer a minha Luzia... Minha Luzia... que diabos estou dizendo? Ainda nem sei se a quero aqui. Talvez a mande embora amanhã mesmo... E a filha? Pensará Luzia que vou bancar o pai? 'Quem pariu Moisés que o embale', ora essa" – pensava, numa angústia crescente.

Luzia e os filhos ouviram quando ele chegou e se fechou no quarto.

– Deixe. É melhor assim. Todos estamos cansados – disse Luzia.

– Vamos todos dormir. Mariah dorme comigo neste colchão aqui no chão. Está morrendo de sono, a pobrezinha. A senhora dorme na minha cama.

– Antes vamos fazer uma prece juntos. Deus tem sido muito bom para todos nós – disse Luzia.

– Posso fazer a prece, mamãe? – perguntou Mariah.

– Claro, meu bem!

A menina ajoelhou-se, uniu as mãozinhas e disse:

– Papai do céu, agora vamos dormir. Proteja o nosso sono. Não permita que nenhum mal aconteça a mim, nem à mamãe, nem ao papai, nem ao tio Severino, nem ao tio Ciço, nem à tia Zina. Querido papai, seja feliz ao lado de Jesus e também nos ajude sempre. Assim seja.

Com lágrimas nos olhos, todos beijaram a pequena. Luzia orou um Pai Nosso. Quando abriu os olhos, percebeu que Cícero e Adalzina estavam bastante comovidos:

– Mãe, quem ensinou Mariah a fazer uma prece tão bonita?

Lembraram-se de que quando ainda estava com eles, a mãe não era dada às orações.

Mariah não esperou pela resposta da mãe:

– Foi meu pai e minha mãe. Sempre pedimos a Jesus por todos.

– Mas a senhora nunca foi religiosa, mãe – disse Cícero.

– Aprendi a ser. Eu, Matias e Mariah, frequentávamos uma Casa Espírita muito boa. Aprendi muito lá.

– Mãe, mas... Casa Espírita?!

– Sim, qual o problema?

– Lá eles não mexem com Espíritos?

– Não. Centro Espírita não "**mexe**" com Espíritos; **orienta** os Espíritos desencarnados quando necessário. E também os encarnados. E é uma religião que nos incita à reforma íntima, ou seja, procurar em nós – e não nos outros – o que deve ser mudado. Identificar onde estamos errando e lutar para não errar mais. Olhar para dentro de nós mesmos e nos enxergar tal qual somos e não como acreditamos ser. Tirar a casca grossa que nos envolve, que nos enceguece, impedindo-nos de ver a luz.

– Sei, mãe, mas isso é coisa certa? Não pode ser inspiração do demônio? O padre daqui sempre nos diz...

– Bem sei o que eles dizem. Mas estão equivocados. Acham que é coisa do demônio, como se o demônio pudesse nos incitar ao bem, à reformulação interior para um viver mais cristão. Felizmente, não são todos os padres que assim pensam. Conheço um sacerdote, um autêntico servidor de Deus, que reconhece a Doutrina Espírita como grande transformadora de caracteres para o bem. Infelizmente, ainda existem aqueles que desconhecem a Doutrina e põem-se a repetir asneiras que ouviram no passado; pessoas desinformadas, todavia, todas as suas pretensas verdades caem por terra ao se defrontar com a lógica, com o bom senso, com a verdade, trazidos pelos Espíritos superiores por intermédio de Allan Kardec.

Luzia fez breve pausa sondando os efeitos de suas palavras. E, ainda inspirada, continuou:

– Não só alguns padres ou representantes de outras igrejas pressupõem-se no direito de ofender e tachar o Espiritismo. Há, ainda, os que, sem o menor conhecimento, sem conhecerem as obras da codificação de Allan Kardec, papagueiam o que ouvem, sem o menor escrúpulo e responsabilidade. Só de ouvir falar. Para se julgar alguma coisa tem-se de conhecer muito bem essa coisa, não acham?

– Desculpe, mãe. A senhora tem toda razão. Não deveria ter-me deixado guiar pela cabeça do padre, pois tenho a minha própria.

– Na verdade, eu também já falei bobagens a respeito do Espiritismo até conhecê-lo e vivenciá-lo.

– Então... a senhora é espírita?!

– Sou, minha filha, embora não goste de rótulos, que só servem para dividir. Através, do Espiritismo, aprendi muita coisa. Cresci. Se eu já o tivesse conhecido antes, não teria feito o que fiz, causado tanto sofrimento a mim e a todos vocês. Sem menosprezo às outras religiões, pois que todas elas são necessárias, todas elas são caminhos que nos conduzem a Deus, a Doutrina dos Espíritos nos explica de forma tão racional, tão adulta, tão coerente os enigmas desta e de outras existências, que é impossível não aceitá-la. É impossível não nos transformarmos interiormente.

– Mas mãe, eu sou católica! Vou me casar na igreja. A senhora, então, não vai poder ir ao meu casamento?!

– Ora essa... e por que não iria? Claro que vou! Ainda que você não me convide. Acha que por eu ser espírita estou proibida de frequentar outros templos?

Adalzina suspirou fundo. A mãe riu de sua preocupação.

– Pode? O Espiritismo não proíbe?

– O Espiritismo não proíbe nada. Respeita o livre-arbítrio de cada um. Mostra a verdade, mas se quisermos abraçar a mentira, ele compreende; sabe que cada um de nós tem sua idade espiritual e que muitas vezes precisamos cair para aprender a levantar. Não há forçamento em nada.

Os filhos bebiam as palavras de Luzia. Estavam conhecendo um lado materno completamente desconhecido e se surpreendiam. Luzia continuou:

– Toda igreja consagrada ao bem é também amparada pelos mensageiros de luz, pelos Espíritos do Senhor.

Cícero despediu-se confuso por ouvir tais considerações. Nunca se dera ao trabalho de pensar em religião. Era católico por tradição e jamais questionava o que o padre dizia. Por comodidade, jamais discordava do que ouvia ou lia.

Mariah há muito que adormecera. Só as duas pareciam não se dar conta do avançado das horas e continuavam conversando:

– O que a senhora está dizendo?!! Espíritos dentro da igreja católica? Mas os padres... eles não acreditam nos Espíritos...

– Acha que porque os padres e a maioria dos católicos não acreditam neles, eles deixam de lá comparecer? De ajudar a quem precisa? Acha que se importam com isso? Todo Espírito superior já superou a fase do personalismo inútil.

– Eu não sabia... Espíritos dentro da igreja... Isso é fantástico!

Luzia queria aproveitar aquele momento de interesse da filha para levar algum esclarecimento sadio à sua alma. No fundo, sentia remorsos por nunca ter ensinado aos filhos a moral cristã, porém, compreendia que só podemos dar aquilo que temos.

– Os Espíritos de luz não têm preconceitos como nós. Somos todos cristãos e, no entanto, muitos não gostam de entrar em outra casa igualmente cristã, porque acham que com isso estará "traindo" sua religião. Pura bobagem de mentes ainda infantis.

A filha ouvia aquelas palavras, admirada por ver o quanto a mãe mudara desde que saíra de casa. Realmente, a dor havia refundido a alma materna.

Severino, no quarto ao lado, só ouvia os cochichos e se perguntava o que tanto falavam. Arrependera-se de não ter tido a coragem para ir até lá quando chegou. Agora, o momento se lhe tornara importuno. "De que me adianta ficar aqui, só de corpo, se meu Espírito está lá?"

– Mãe, exatamente por que os Espíritos vão às igrejas?

– Os Espíritos superiores, de luz, vão lá para captar o pedido que os fiéis fazem através da oração sincera e atendê-los na medida do possível. Também pode acontecer de ser por prazer, pela tranquilidade do lugar, para orar ou porque querem continuar cultivando os mesmos hábitos que tinham quando encarnados.

– Mas mãe, quando nós rezamos, pedimos a Nossa Senhora, a São Judas, a Nossa Senhora de Fátima, conforme a nossa devoção. Não pedimos aos Espíritos. Eles nos atendem assim mesmo?

– Atendem. Não importa se o pedido é feito para eles ou não. Os Espíritos Superiores não são egoístas como nós, filha. Fazem o bem em nome do Cristo Jesus e não fazem a menor questão do nome que lhes dermos. Não fazem questão de que saibamos que são eles e não o santo que declinamos quem atendeu às nossas rogativas. São sensíveis à nossa sinceridade, à nossa fé, ao nosso merecimento. Muitas vezes, diante das nossas rogativas, nada podem fazer, mas levam nossos pedidos para serem estudados quanto à viabilidade de atendimento ou não. Agora vamos dormir. Já é tarde.

– Puxa, mãe! Desculpe-me. É que o assunto está me prendendo tanto, que me esqueci das horas e do seu cansaço. Viajou tantas horas e deve estar exausta.

– Amanhã conversaremos mais.

No meio da noite, Luzia acordou com estranhos ruídos no quintal. O cachorro começou a latir sem parar.

Ela levantou-se e acendeu a luz do quintal. "Se for ladrão, vai se assustar com a luz acesa e vai embora" – pensou. Todavia, os ruídos não cessaram e os latidos eram cada vez mais intensos. Luzia arrepiou-

-se da cabeça aos pés. Aquilo parecia coisa do outro mundo. Cícero também se levantou.

– A senhora também acordou, mãe? Está com medo?

– Não. O que tem o cachorro?

– Não sei, não. Ele às vezes faz isso. Late, late, lá no barracão. Outras noites tenho me levantado pra ver o que é e nunca encontro nada.

Agora o cachorro gania como se estivesse com medo de alguma coisa.

– Você tem uma lanterna, Cícero?

– Tenho. Quer ir lá comigo? Tem coragem? A Zina morre de medo. É bom que ela nem acorde.

– Vou com você. Pegue sua lanterna.

O facho de luz tapizou o caminho. Foram até onde o cachorro estava. Luzia sussurrava uma prece. Cícero, atento a qualquer ruído, parecia um cão farejador. Tentava esconder o medo, mas seu queixo não parava de bater.

Ao avistar o dono, o cachorro veio-lhe ao encontro ainda ganindo. Depois, voltou para perto do barracão.

O rapaz e a mãe para lá se dirigiram. Pararam diante da porta. "E se for um ladrão? Não estariam correndo um sério risco? Pode ser também algum bicho" – pensava Luzia. Ela não tinha medo de assombração, mas de bicho, tinha.

– Cícero, não acha melhor voltarmos e chamar também o Severino?

– Está com medo, mãe?

– Estou. Vamos voltar. Pode ter alguém escondido aí.

– Que nada. Isso já aconteceu um mundo de vezes. Quer ver como não tem nada lá dentro?

– Que estranho. Nunca vocês viram nada?!

– Nunca. Eu e o pai até já desistimos de levantar. Hoje me levantei, porque vi que a senhora se levantou e não quis deixá-la vir sozinha.

O cachorro arranhava a porta, querendo entrar no barracão. Cícero abriu-a e ele avançou até onde estavam as máquinas agrícolas e recuou. Continuou de longe com os ganidos medrosos.

– Filho, aí tem alguma coisa, sim.

– Vou ver. Talvez algum bicho. Aqui tem muito ouriço.

Reunindo toda a sua coragem, segurou o braço da mãe e entraram no barracão. A luz da lanterna foi substituída pela da lâmpada que pendia do teto. O cachorro tinha o rabo no meio das pernas e continuava ganindo, ora avançando, ora recuando. O rapaz apanhou um grosso porrete e vasculhou tudo.

Arredou sacos de milho, balaios, arados. Nada. Nenhum bicho.

– Tá vendo, mãe? Não tem nada. E virando-se para o cachorro: – Tá satisfeito agora? Agora que me fez vir aqui de novo pra nada? – E deu um piparote na cabeça do animal que, no entanto, continuava a ganir, sem tirar os olhos de um arreio ali dependurado.

– Eu acho que já sei o que é, Cícero.

– Pois então, diga.

– O cachorro está vendo algum Espírito.

– A senhora quer dizer que aqui tem assombração?! – E o rapaz persignou-se.

– Espírito não é assombração, meu filho.

– Mas Espírito assombra, não assombra? Então é assombração.

– Você gostaria de ser chamado de assombração depois de desencarnado?

Cícero não queria saber de prosa. Ficou com mais medo ainda. Bicho ou ladrão, enfrentava, mas de Espírito, tinha pavor. Sem responder à pergunta da mãe, fechou rapidamente a porta, pegou-a pela mão, chamou o cachorro e entraram todos em casa. Estava arrepiado como porco-espinho. Luzia arrependeu-se. Não tivera a intenção de amedrontá-lo.

– Mãe... é verdade? Animais podem ver almas

do outro mundo? Amanhã de dia quero que a senhora me explique isso direito.

– Posso lhe explicar agora. Não sei grande coisa.

– Não. Amanhã de dia – disse rápido. Não confessou que durante o dia sentiria menos medo.

Luzia, apesar de todo conhecimento, também estava amedrontada. Se existia ali um Espírito, com certeza era um sofredor.

Antes de dormir, rezou pela paz do suposto Espírito.

***

– Mãe, quer dizer que a senhora, ontem à noite, viu uma alma penada? Viu assombração? Deus meu! Ainda bem que eu estava dormindo!

– Alma penada não é bem o termo. Muito menos assombração, Zina. Era simplesmente um Espírito, ou melhor, eu acho que era. Você e o Cícero precisam perder essa mania. Um dia todos nós seremos Espíritos desencarnados.

– Desculpe, mãe. Não tá mais aqui quem falou. Mas como o Leão pôde ver um Espírito?

– Às vezes, os animais veem, ou pressentem os Espíritos desencarnados. É a falada mediunidade dos animais. É pouco comentada, mas dizem que existe, de fato. Creio que é por isso que o Leão late. Ele vê o que nós não podemos ver.

A moça franziu a testa e se persignou, ainda meio incrédula. Enquanto a mãe arrumava a mesa para o café, ia-lhe explicando o que sabia a respeito.

Adalzina parou de perguntar e ficou olhando o pai que se aproximava. Severino tinha tomado banho, se barbeado e estava com sua melhor roupa. Luzia acompanhou o olhar da filha e deu com ele, que se aproximava com alguma indecisão. Também ela parou de falar. Não sabia como proceder. Esperaria Severino falar primeiro? Será que ele falaria com ela? E se a expulsasse dali novamente? E se, impiedosamente, lhe jogasse na cara uma vez mais sua traição? Sua ingratidão?

Depois de segundos que lhe pareceram horas, Severino se aproximou. Cumprimentou-a formalmente. Alguma coisa ficava entalada no seu gogó, como se entre ele e Luzia não houvesse necessidade de palavras. Tudo o que ensaiara para lhe falar ficou lá, grudado na garganta.

Luzia estava confusa, mas foi mais efusiva no cumprimento. Abraçou-o. Ele ficou rijo como uma pedra. Desejava, como desejava abraçar a mulher, estreitá-la nos braços num longo e terno abraço, dizer-lhe da falta que ela sempre lhe fizera, da vida besta que levava, do olhar sempre perdido na estrada onde um dia a vira desaparecer. Mas os braços permaneceram inermes junto ao corpo. Na sua boca, as palavras ficaram amotinadas. Tão obstinadas quanto ele mesmo.

Luzia agradeceu-lhe a hospitalidade, explicou-lhe que não tencionava se demorar e pediu que ele se sentasse; ela lhe serviria o café.

Severino pouco ouvia do que ela falava. Tão impenetrável estava, que nem mesmo a expressão do olhar traía o que lhe ia à alma.

Adalzina saiu, pretextando ir acordar o irmão. "Sozinhos sentir-se-ão mais à vontade. Tomara que se entendam de vez" – pensou, fazendo figa. Embora soubesse que não seria fácil uma reconciliação entre eles, Zina não perdia as esperanças.

Severino tomou um café e saiu. A presença da ex-mulher o alegrava e o incomodava ao mesmo tempo. Quando estava longe, ansiava por estar perto, quando estava perto, um sentimento rancoroso azedava seu humor. Percebeu, com muita raiva, que Luzia estava ainda mais bonita do que quando em sua companhia. Seus longos e morenos braços estavam mais delgados; a cabeleira encaracolada tinha um tom castanho-avermelhado – efeito da tintura – e se esparramava sobre as espáduas e parte do rosto. E ele? Reconhecia-se mais envelhecido. Mais feio. Onde se esconderam os cabelos brancos de Luzia? Afinal, ela já estava com quarenta anos, apenas seis a menos que ele. Estugou os passos como se isso afugentasse o amor e a mágoa que sentia. Compreendeu, pelo tropel do coração, que ainda muito amava aquela mulher. Agora que a viu... se ao menos ela estivesse mais judiada, mais envelhecida, menos atraente... Se ela, ao invés de dizer que logo iria embora lhe suplicasse para ficar; se dissesse que sentiu muito a falta dele; que não conheceu momentos melhores do que o que ele lhe oferecera naqueles anos todos; ainda ele poderia perdoá-la. Ainda haveria esperanças para eles. Mas Luzia não parecia sofrer. Nem estava judiada. Tampouco tinha o olhar súplice de outros tempos. E ele ficara esperando em vão a volta de uma Luzia humilhada e amargurada. Uma Luzia necessitada dele para continuar vivendo.

Severino se embrenhava mata adentro em direção ao rio, como um bicho que precisasse encontrar logo a sua toca e lá se enfiar. O cachorro o seguia, ora latindo, ora se assanhando para ele. Sabia onde terminaria a jornada do seu dono e esperou-o lá no rio.

Ele se sentou num tronco de árvore que servira de banco para descanso das lavadeiras em tempos idos. Olhou o pequeno rio que passava indiferente à sua dor. Recordou quantas vezes vira a mulher ali, lavando a roupa enquanto cantava as nostálgicas cantigas de sua terra. Depois que ela se fora, fizera daquele local seu retiro de meditações. Às vezes, ficava ali horas, tentando entender por que seu lar ruíra, se fizera bem ou mal não perdoando a mulher, afinal, Luzia não era má pessoa. Ingênua e imatura, deixara-se enrolar por um homem sem caráter. Mas não! Quando tentava justificar a atitude da mulher, sua revolta como que se dobrava em tamanho. Agigantava-se, ameaçava sufocá-lo, e ele novamente a condenava; novamente achava pouco o que fizera.

Leão, percebendo que o dono não queria prosa, deitou-se a seus pés.

Severino ficou ali, remoendo uma, duas, mil vezes todo o seu passado, não dando a menor chance para o presente. O muito pensar o estava fadigando e ele já não sabia se as conclusões a que chegava eram lógicas. Agora, quanto mais pensava, mais confuso ficava. Era como se uma bruma fosse tomando conta de sua cabeça, cada vez mais, cada vez mais, cada vez mais, até que o cérebro ficasse completamente cheio de Luzia, incapacitado para pensar em outra coisa.

Abraçou a própria cabeça. Leão ressonava a seus pés. Naquele dia, não saiu para o trabalho. Era quase hora do almoço quando retornou.

Capítulo 12

Recuperando a confiança

O TEMPO PASSAVA RÁPIDO PARA LUZIA E OS FILHOS. Severino ainda não se desembaraçara dos seus conflitos. Perdoaria de vez a mulher, como o coração lhe pedia, ou não? Poderia pedir a opinião de Cícero. Ele também era homem e estava pensando em se casar. Mas aquele assunto era só dele, não devia envolver o filho, até porque Cícero amava a mãe e ele já sabia qual seria a resposta. Todavia, o que mais o impedia era o medo de uma recusa por parte de Luzia. Ele não percebia nela o amor de outros tempos. Ela, até aquele momento, ainda nada lhe pedira. Era uma mulher independente. Tinha o restaurante que o "desgraçado do Matias" lhe deixara. Tinha também Mariah. A lembrança da menina encheu-o de um sentimento paterno, logo repudiado, por se lembrar que era filha do outro.

Sua cabeça vivia lhe pregando peças. Na noite anterior – quando rolava na cama desejando que Luzia ali estivesse – já não havia decidido que se ela não falasse em ficar ele mesmo lhe pediria? Que estava disposto a aceitá-la, perdoando-a de vez? Que lutaria para refazer a vida, que costuraria todos os pedaços dos momentos felizes e se envolveria neles, que cobriria com uma grossa camada de indiferença os pedaços de tristeza que ainda se enroscavam nele? Mas, ai dele! Se à noite decidia uma coisa, de dia voltava atrás e fazia outra. Passou a odiar os dias. E cada noite era esperada com ansiedade, porque fazia escuro e ninguém podia ver a expressão de felicidade que tomava seu rosto na alegria do sonho. Do sonho bom com Luzia.

Severino não sabia o quanto a ex-mulher havia sofrido. Para ele, ela o ludibriara. Ao invés de sofrer, de sentir sua falta, de implorar mil vezes o seu perdão, dera-se ao desplante de unir-se a outro homem. E parecia tão feliz... E isso ele não podia aceitar. Nunca! Morreria infeliz, mas não lhe perdoaria o deslize.

Luzia aproveitara os acontecimentos amargos pelos quais passara, para refazer sua vida. Sabia muito bem o quanto havia errado. Amadurecera através da dor. Tentava tirar de todo o mal daquela experiência negativa um saldo positivo a seu favor. Aproveitara o mal e o transformara em um bem; em um ensejo para seu crescimento moral-espiritual. Daquele dia em diante, amava tudo o que tinha. Valorizava o homem que lhe estendera a mão, valorizava o lar, os filhos. Queria reconstruir sua vida. Não era mulher de ficar chorando o tempo todo, de desmilinguir-se em queixas. E seu pensamento foi ao encontro de João. "Falaria ele sério? Quer mesmo me desposar ou só passar alguns momentos agradáveis? De qualquer forma, não custa ficar atenta. Prometi a ele ir visitá-lo em sua casa, agora estou em dúvidas se fiz bem... Não estarei correndo atrás de novos sofrimentos?" – meditava.

Espantou os pensamentos desconfortáveis que ameaçavam deprimi-la e, como por encanto, a vida se lhe tornou novamente agradável de ser vivida. Lembrou-se de que Deus escreve certo por linhas tortas. Quem sabe agora não a estivesse levando ao encontro de João? "De que me adianta ficar vivendo no passado? Quem vive no passado perde oportunidades valiosas de realizações no presente" – disse a si mesma.

Ela entendia o passado tão somente como experiência vivida, como sinal de alerta, como uma voz amiga que orienta, mas que passou – não volta mais.

Compreendia agora, por intermédio dos esclarecimentos espíritas, que haveria de reparar cada erro, pois o arrependimento é desejável, mas não é suficiente; não desobriga ninguém da correção necessária.

Tampouco seria coerente desgastar energias, chorando sem fazer nada de útil.

Sabia, agora, que toda ação gera uma reação, e com ela não seria diferente. Deus não conhece o favoritismo e nem usa de dois pesos e duas medidas. Todos, sem exceção, têm o livre-arbítrio para agir, mas enfrentarão as consequências advindas dos seus atos.

André Luiz, no seu livro *Ação e Reação**, nos adverte:

> (...) Da justiça ninguém fugirá, mesmo porque a nossa consciência, em acordando para a santidade da vida, aspira a resgatar dignamente todos os débitos de que se onerou perante a Bondade de Deus; entretanto, o Amor Infinito do Pai Celeste brilha em todos os processos de reajuste. Assim é que, se claudicamos nessa ou naquela experiência indispensável à conquista da luz que o Supremo Senhor nos reserva, é necessário nos adaptemos à justa recapitulação das experiências frustradas, utilizando os patrimônios do tempo. (...)

É difícil compreendermos o porquê dos nossos sofrimentos, mas quando paramos para pensar, quando procuramos esses motivos, percebemos que eles são o retorno a nós daquilo que já fizemos, ou ainda hoje fazemos.

A justiça de Deus é tão sábia, que não há necessidade de ficar alguém debitando nossos erros para cobrar mais tarde, pois que as consequências sempre voltarão a nós. Tudo o que fizermos de bom ou de mal

---

*Editora FEB

ficará registrado no nosso corpo perispiritual. Somos herdeiros de nós mesmos. Inútil pretender burlar as leis divinas. A nossa cegueira não impede o sofrimento até que aprendamos a ver.

Muitas vezes, o motivo do sofrimento não está tão evidente; não está nesta existência presente. Então, tem-se de buscá-lo em outras. A ação que gerou tal reação, se não está aqui, com certeza está em vivências pregressas. Sabemos que a vida não sofre solução de continuidade com nossas encarnações e desencarnações. Aqui ou na espiritualidade, teremos sempre vida. O agente é sempre o mesmo Espírito, apenas o corpo é diferente. Matéria mais densa, ou matéria mais sutil: corpo material, ou corpo perispiritual. Concluímos, então, que a resposta aos nossos atos pode nos alcançar a qualquer momento, não necessariamente no instante da ação.

Isso é castigo? Deus está nos punindo? Não. Não é castigo algum. Deus, que ainda não podemos compreender integralmente, não tem desses sentimentos humanos. Ele nos ama. Não deseja vingança, mas sim, nosso aprendizado, nosso crescimento.

Se não é castigo, o que é, então? Simplesmente a aplicação de suas leis. Ele deixou o mundo assentado em leis. Todas as vezes que transgredimos essas leis, as consequências vêm naturalmente a nós. Só assim vamos aprendendo a selecionar o que nos convém, daquilo que não nos convém.

Paulo de Tarso nos disse, um dia, que tudo nos é permitido, mas nem tudo nos convém.

As disparidades da sorte são oriundas das disparidades de caracteres.

Cada criatura está num grau evolutivo. Cada criatura vive de acordo com seu próprio modo de ver a vida e, assim, as respostas a essas ações fatalmente virão. Cedo ou tarde. Aqui e no além.

Em última análise, é o sofrimento, quer moral, quer físico, um sinal vermelho: Pare. Pense. Analise.

Severino sofria e não conseguia dar novo direcionamento à sua vida. Ficava perdido nos seus conflitos; perdido no passado, deixando escapar grande oportunidade de refazimento.

"Tudo o que nos acontece, nos proporciona uma oportunidade de crescimento espiritual. É a evolução que nos incita a raciocinar, que nos empurra, quer queiramos ou não. Assim, um dia, Severino, de tanto pensar, chegará à conclusão de que esteve jogando seu tempo fora, alimentando duendes do mal, laborando para sua própria infelicidade" – meditava Luzia.

– Que tanto pensa, mãe? O que a senhora decidiu? Fica com a gente, não fica? – Zina perguntou.

– Não sou eu que tenho de decidir, minha filha.

– Acho incrível o gênio de meu pai! Sofre, mas

não dá o braço a torcer! Ele quer que a senhora implore, mãe. Conheço o "seu Severino".

– Isso não farei novamente.

– Orgulho, mãe?

– Não, Cícero. Faz tempo que desalojei do coração esse sentimento. Não é orgulho, não. É respeito pela decisão de seu pai. Não quero forçá-lo a nada para que depois ele não venha me dizer que me perdoou devido à minha insistência. E depois...

– Depois?

Luzia não sabia se devia contar aos filhos sobre João. Talvez eles não compreendessem e a tomassem por volúvel, afinal, fazia poucos anos que Matias desencarnara.

– Depois o quê?

– Nada, Zina. Não é nada.

– Vou falar com aquele cabeça dura.

– Não, Cícero, por favor, não tome partido. Eu acho que não poderei mesmo ficar. Tenho de tomar conta do restaurante. Deixar nas mãos de empregados, você sabe que não dá certo.

Na verdade, era por João que ela não queria reatar, embora tivesse, pelo ex-marido, muito carinho e um respeito que antes não tivera.

– Sabe que tenho vontade de ir embora com a senhora? Não me quer como gerente?

– Seria maravilhoso, filho, mas não quero separá-lo de seu pai e de Zina. Eles precisam de você. A lavoura está que é uma beleza.

– É verdade. Depois das colheitas, quero comprar aquele pedaço de terra lá perto do rio.

– Nem me precisa dizer que construirá lá uma casa para quando se casar.

– Creio que uma casa é o sonho de todo mundo. Depois pensarei na mulher – disse rindo.

– Acho que deveria ser o contrário: arrume uma mulher, depois pense na casa.

– Compro a casa, depois arrumo a mulher. E ainda arrasto a senhora comigo, já que o cabra macho do Severino não se decide.

Adalzina, que havia saído com Mariah, retornou. Estavam, as duas, vermelhas da corrida que apostaram e que Zina deixou que ela ganhasse.

– Ouvi alguém dizer que arrasta a mãe? Nem pense, seu Cícero. A mãe vai morar comigo quando eu me casar com o Pedro.

Cícero deu uma gargalhada.

– Casar com quem? Com o Pedro? Só se você levá-lo amarrado pra igreja e seu Severino ficar atrás com um trabuco.

– Sem graça!

– Sabe, pensei muito durante a noite e resolvi ir embora amanhã mesmo – disse Luzia de supetão.

– Como? Não está falando sério.

– Estou sim, meus filhos. Será melhor para todos. Vejo que Severino não fica muito à vontade comigo aqui. Está sempre casmurro. Não tenho o direito de lhe trazer mais sofrimento.

– Isso é ridículo! O pai ainda gosta da senhora. Sabe do que mais? Vocês parecem duas crianças pirracentas.

Luzia riu com a indignação de Zina.

– Não, Zina. Acho que esse amor está mais na sua vontade.

Ficaram ainda discutindo a volta de Luzia. Cícero e Zina queriam conversar com o pai, porém a mãe lhes proibira terminantemente. No dia seguinte, recebeu uma carta de seus compadres que haviam ficado cuidando do restaurante. Estavam já cansados e pediam o seu retorno. Depois disso, não houve quem a fizesse mudar de ideia. Escreveu uma carta para João, desculpando-se por não ter ido visitá-lo conforme havia prometido.

Na manhã seguinte, embarcava de volta. Estava satisfeita. De bem com a vida, embora Severino não tivesse movido uma palha para que ela ficasse.

Capítulo 13

Confidências de João e Luzia

Quando recebeu a carta de Luzia com os pedidos de desculpas pelo não cumprimento da promessa, João não se deu por vencido. Viajou no dia seguinte e foi visitá-la no restaurante. Foi a melhor semana de sua vida. Percebeu que a paixão tomara-lhe a alma de assalto. Já não podia viver sem aquela mulher. Se mais sensível fosse, perceberia que o Espírito Glória Maria, chorosa, o acusava de traição, de homem cruel, que esquecia com tanta facilidade o amor que ela lhe dera por tanto tempo e que ainda estava vivo em seu coração.

Tanto ela insistiu com suas lamentações e acusações, que acordou as lembranças de João. Então ele se lembrou dela. Lembrou-se ainda do que Thereza lhe falara sobre aquele seu ciúme, que persistia, embora ela já respirasse em outra dimensão. Entristeceu-se. Gostaria de saber orar para orar por ela e pedir o seu entendimento. Queria lhe dizer que ele a amava também, que seu coração era grande, e amar Luzia não implicava em tê-la esquecido.

O Espírito Glória ouviu os pensamentos dele. Sentiu suas vibrações carinhosas, mas longe de se acalmar, mais se enfureceu.

Naquela semana, Luzia contou toda sua vida a ele. Falou de sua infidelidade de outrora, quando esposa de Severino, de sua imaturidade de então, do seu sofrimento, do seu arrependimento. Falou-lhe de Matias, o homem que Deus colocou no seu caminho para ampará-la. Contou-lhe que, infelizmente, ainda estava legalmente casada com Severino e que este se negava a dar-lhe o divórcio.

João lembrou-se de que Thereza já havia se referido àquela infidelidade de Luzia. "Então era verdade! O Espírito Glória Maria sabia de tudo e contou à filha. Mas não vejo em Luzia uma aventureira nem uma adúltera. Com certeza foi o ciúme de Glória quem ditou aquelas palavras maldosas" – pensava, com uma ponta de medo, porque, se era verdade que a ex-mulher desencarnada sabia de tudo, bem poderia obstar seu casamento com Luzia. E com Espírito ele não saberia lidar. Com Espírito, queria distância, mesmo sendo o Espírito sua ex-esposa.

Embora um tanto preocupado com as reações da finada esposa, não desistiu dos seus intentos. Luzia já era muito importante em sua vida.

Também João contou a ela todo seu passado. Falou-lhe de seu amor, que queria reconstruir sua vida, que não abriria mão dela e de que seria um verdadeiro pai para Mariah.

Ela confessou que também se inclinara a ele desde o primeiro momento, que era algo diferente daquilo que sentira pelo marido e também por Matias. Com Severino fora um casamento de conveniência. Ela era ainda uma menina e o pai lhe impusera Severino por marido. Do sertão nordestino vieram fugindo da seca e da fome. Com Matias, ela bem sabia, fora por gratidão. Ele lhe estendera a mão num momento em que ela estava sozinha, doente, com fome e infeliz. Livrou-a da sarjeta e lhe dera um lar, uma filha, uma vida decente.

João lhe falou da ex-esposa, dos ciúmes dela, da impressão de ouvir seus lamentos e acusações.

– Devemos orar muito por ela. Comigo também acontece uma coisa incrível, João! Muitas vezes me pego como a discutir com uma mulher. Uma mulher portuguesa que se confunde com Glória Maria. Ela me incrimina por eu estar com você. Será... então...

– O Espírito dela?

– Não o **Espírito dela**. O Espírito não é dela, **o**

Espírito é ela. Talvez seja ela mesma em outra existência; com outra personalidade.

– Você acha possível?

– É possível sim, João. Pode ser que Glória Maria tenha sido essa portuguesa numa existência passada. Mas não nos preocupemos, o que tem de ser, será. Não devemos ter medo. Vamos redobrar nossas preces.

– Luzia, você que conhece tão bem as coisas do Espírito, diga-me: nós vamos nos casar, espero. Em breve você será minha esposa. Um dia todos nós vamos morrer. Certo?

– Tão certo como dois e dois são quatro.

– Então, se como você e Thereza afirmam, não há morte, ou seja, o Espírito não morre, eu vou ficar lá com duas mulheres? Com você e com Glória?

Luzia não pôde conter o riso.

– É sério. Estou curioso. Também com certo receio, pois a Glória Maria é danada de ciumenta.

– Olha, João, na espiritualidade não tem necessariamente marido e mulher. O compromisso da Terra fica na Terra, principalmente nas uniões cármicas, mas pode ser que, para favorecer a educação fraternal, fiquemos os três juntos. Eu não sou ciumenta, mas Glória o é, então ficaremos juntos a fim de aprendermos que todos somos irmãos, que qualquer ligação tem de ser da alma e não da matéria.

– Quer dizer que lá... na espiritualidade, não existe casamentos?

– Eu não disse isso. Poderá haver, sim. Casamentos de almas, de afinidades espirituais, de puro amor. Há, segundo tenho lido, verdadeiras famílias que lutam juntas para conquistas maiores.

– Voltando à Glória, você acha que ela está mesmo interferindo em nosso plano de casamento? Está infeliz?

– Tenho certeza disso.

Luzia tinha muita sensibilidade e algumas vezes sentia a presença inamistosa do Espírito Glória. Parecia-lhe, então, que grande porta se lhe descerrava no subconsciente e ela se via, de forma nebulosa, sendo vítima da perfídia de uma mulher... daquela mesma mulher portuguesa que a vinha perseguindo em sonhos e que outra não era que não o Espírito Glória de então.

– João, seja como for, Deus decidirá por nós. Depositemos em suas mãos as nossas vidas, e se não for possível nossa união aqui, é porque ainda não merecemos esta dádiva. Saibamos aguardar.

– Quando você me fala dessa forma, sinto uma angústia apertar-me o coração. Talvez eu ainda não a mereça. Vejo-a tão sensata, tão... tão etérea, como diria Thereza.

– Qual etérea! Sou muito terra a terra, isso sim.

Não me atribua uma perfeição que ainda não tenho, que pode se decepcionar mais tarde.

Dali em diante viam-se com frequência e, pela afoiteza dele, marcariam imediatamente a data do casamento, porém Luzia pediu-lhe um tempo. Precisava conversar com os filhos e tentar novamente uma separação legal junto a Severino.

Capítulo 14

O segredo de Janice

A VIDA CORRIA DIFÍCIL PARA THEREZA. SEU ÚNICO prazer era frequentar a escola, conversar por telefone com a irmã Heloísa e ler sobre seu tema favorito: Espíritos, Espiritismo, espiritualismo.

O pai, depois que conheceu Luzia, entrou numa felicidade de fazer gosto. Agia como um adolescente com a primeira namorada. Só pensava em se casar novamente e não escondia a ansiedade.

Naqueles dois anos junto à tia, pouca coisa pudera fazer. Às vezes, os obsessores davam alguma trégua à alcoolista, e tinham, então, momentos de paz. Porém, Janice não conseguia livrar-se do álcool. Dava a impressão de estar mesmo fadada a morrer pelo vício.

Também no porão continuava o mistério. Janice, com receio de que a sobrinha ali entrasse, trocou os cadeados e escondeu a chave. Isso mais acirrou a curiosidade de Thereza. Já é sabido que coisas encobertas e proibições, mais acirram o desejo do descobrimento.

Ela já havia até cogitado em aproveitar uma das bebedeiras da tia para procurar a chave e entrar lá, mesmo desobedecendo às ordens recebidas.

Um dia aproximou-se e ficou à espreita. Novamente vislumbrou sombras que andavam; que saíam pelas paredes e pelo telhado. Espiou pelo buraco da fechadura: Uma mulher (mulher?) de semblante infeliz, sentada em uma cadeira de balanço. Tinha o olhar fixo sobre uma mesa desconjuntada que ali estava.

De repente, o espectro olhou em sua direção. Os olhos pareciam duas chamas bruxuleantes. Thereza saiu correndo sem mesmo olhar para trás. Tropeçou e caiu. Por uns bons tempos manter-se-ia bem longe dali.

Certa noite, Janice ficou tão mal que parecia morrer. Thereza chamou uma vizinha.

– Thereza, Janice precisa de tratamento médico. O alcoolista é, acima de tudo, um doente. Doente do corpo e da alma – disse a vizinha, na impossibilidade de prestar ajuda eficiente.

– Bem sei, dona Sara, mas ela é teimosa...

– Vamos dar-lhe um banho frio. Ouvi dizer que nesses casos funciona bem.

E a alcoolista foi levada para debaixo do chuveiro. Ria, chorava e xingava todo mundo. Depois do banho deram-lhe um café bem forte e sem açúcar.

No dia seguinte, ela prometeu à sobrinha que procuraria um médico. Mas ficou só na promessa. Tinha ojeriza de médicos. Sabia o que eles lhe diriam.

– Tia, a senhora precisa de tratamento. Está cada dia pior!

– Olha, Thereza, acho que devo fazer alguns banhos de defesa... algum despacho... sei lá. Já falei com uma senhora espírita. Ela me pediu algumas velas e disse também que precisamos defumar a casa, que isso afasta as perturbações.

– Tia Janice! Que história é essa?

– A senhora espírita... a dona Sílvia...

– Conheço essa senhora. Ela não é espírita, pois que os espíritas não se prestam a isso! Imagine! O Espiritismo não tem ritual, nem superstição. Não valoriza exterioridades... Coisas desse tipo. Muito me admiro de que a senhora acredite nisso, tia!

– Como assim?

– Banho de defesa? Só se for defesa contra a sujeira física... daí sim.

– Não brinque, Thereza.

– Não estou brincando, não! Nossa defesa é Deus, tia! Nossa defesa é viver cristãmente, com harmonia, respeitando-nos reciprocamente. Nada poderá nos defender se não tivermos Deus nos nossos corações. O resto é pura invencionice de quem quer se livrar do mal sem nenhum esforço. De quem acredita em Papai-Noel!

– Sei, mas é que...

– Também velas, defumadores, plantas que nos defendem... Tia, como já lhe disse, nada daquilo que é externo, nenhum ritual tem validade aos olhos de Deus. São superstições do povo. Acreditar seria negar a sabedoria e a justiça do Pai Criador. Se fosse verdade, qualquer desonesto recorreria a esses expedientes e se livraria dos aborrecimentos. Burlaria a justiça divina. Se banhos de defesa, defumadores, velas, etc, realmente curassem, teríamos de admitir a falência de Deus!

Janice ficou envergonhada. Uma menina lhe mostrava com tanta lucidez a tolice que estivera a ponto de praticar.

– Thereza, e a Associação dos Alcoólatras Anônimos? Acha que vale a pena tentar?

– Sem dúvida, tia. Isso, sim, é uma ótima ideia.

E Janice começou a frequentar as reuniões. Estava feliz. Contava à sobrinha seus esforços para abandonar o vício. Thereza a ouvia também feliz, porque ela estava reagindo.

– Olha, tia. Se a senhora parar mesmo de beber, nunca mais falo em voltar pra casa.

– Menina! Isso é chantagem!

– É, tia. É chantagem.

Infelizmente, Janice resistiu apenas por dois meses.

Como se de repente a fortaleza caísse por terra, criaturas infernais envolveram-na. Ela tremeu. Fraquejou. Esqueceu tudo o que há poucos dias dissera. Voltou novamente ao vício.

Thereza pôde presenciar tal recaída. Teve um sobressalto. Quase desfaleceu. O obsessor, endurecido e cheio de ódio, tomou o corpo de Janice numa simbiose perfeita. A alcoolista entregou-se-lhe sem a menor resistência.

"Vamos a mais um trago. Estou seco. Quero beber e você também quer" – disse o Espírito.

Janice se levantou e saiu com a intenção de ir a um bar, pois em casa não havia mais bebida. E vendo o que se passava, Thereza tentou retê-la:

– Não saia, tia. Vamos orar. Venha comigo, por favor, ouça-me.

A tia, porém, já não a ouvia. Foi até seu quarto, pegou a bolsa e saiu, ou melhor, foi arrastada pelo Espírito.

Thereza ficou pasmada. Quando a tia passou por ela, o Espírito encarou-a. Sabia que ela também o via e, iracundo, agitou-lhe os punhos fechados.

Como já se habituara a fazer, Thereza elevou o pensamento a Deus numa prece. Percebeu perto de si a guerreira, que maternalmente a amparava.

– Não fiques com medo.

– Estou apavorada... nada pude fazer. Tentei.

– Na verdade, nem eu poderia intervir. Ela cedeu porque quis ceder. Não foi suficientemente forte. No íntimo, sentia vontade de voltar ao vício.

– Mas eu não entendo, ela estava feliz, fazendo planos.

– Janice não tem um querer determinado. Sente-se culpada pelo erro do passado e compromete o presente e o futuro. Ainda não se conscientizou de que com isso apenas joga o problema para mais tarde. Ela está muito envolvida com aquele Espírito e, se não for mais forte, se deixará aniquilar por ele.

– Envolvida com o Espírito? Por que razão?

– Ela lhe é devedora. Ele nada mais faz do que cobrar a dívida.

– Mas que dívida é essa? Tia Janice parece-me tão boa pessoa.

– Já cometeu erros monstruosos. Muito prejudicou o Espírito que ora a atormenta.

– Posso saber o que ela fez de tão grave assim?

– Não tenho permissão para te dizer nada. Um dia tu mesma descobrirás tudo. Verás que da Lei ninguém foge. Ninguém lesa seu semelhante e se safa. A lei o alcançará onde estiver... com quem estiver...

– Que posso fazer por ela? Devo trazê-la de volta?

– Não. Ela não te obedeceria e te exporias à toa.

– Que faço, então?

– Oração. Muita oração. A prece movimenta forças poderosas.

A ligação telepática se desfez. No seu quarto, Thereza começou a orar com fervor. De repente, uma vontade enorme de entrar no porão. Lá, lá estava todo o mistério que envolvia aquela casa. Talvez lá encontrasse a solução do enigma.

Vasculhou a casa e encontrou a chave sob o travesseiro da tia.

Resoluta, foi até lá. Antes, pediu proteção. Introduziu a chave, girou a maçaneta: *"Que Deus me dê forças."*

Ficou algum tempo parada à porta, olhando para o interior. A sujeira era de anos e anos. O pó se acumulava pelos móveis velhos ali amontoados. Teias de aranha, traças, camundongos, baratas. *"Se Helô estivesse aqui, ia morrer de medo, não dos Espíritos, mas das baratas"* – lembrou Thereza.

Antes de entrar, calçou bem a porta para que ela não se fechasse deixando-a trancada ali dentro. Já vira isso em filmes e quis garantir sua saída a qualquer momento se as coisas apertassem. Cautelosamente, foi entrando. Alguns camundongos correram e ela quase caiu de susto. Pensou em voltar, mas era como se estivesse subjugada por uma estranha força.

Iria até o fim, decidiu. Olhou demoradamente aquelas quinquilharias todas. Não atinava no porquê de a tia guardar ali tantos móveis que poderiam ainda servir aos necessitados.

Ia avançando, tirando as teias de aranha com uma vassoura que encontrou por ali. Abria gavetas, vasculhava tudo sem, no entanto, saber o que buscava. De repente, teve sua atenção voltada para um local debaixo de uma mesa desconjuntada. O piso ali estava quebrado. Era um quadrado de mais ou menos trinta centímetros de lado. As lajotas, algumas quebradas, estavam sobre a terra. Thereza se aproximou. Removeu-as, encontrando a terra úmida. Sentiu um medo atroz. Que seria aquilo? Deveria continuar a exploração? E se a tia chegasse a qualquer momento? Já ia desistir quando pareceu ouvir uma voz: "Não tenhas medo, nós te ampararemos." Olhou assustada. Não conseguiu ver nada. Nem as sombras costumeiras, o ruído, o choro, o riso, que antes já ouvira sair lá de dentro. Nada. Tudo estava calmo, somente os insetos correndo de um lado a outro, espantados com sua presença.

Thereza procurou uma enxada. Abriria aquele buraco, pois alguma coisa lhe dizia que ali estava o que ela viera procurar e nem sabia ainda o que era. Não encontrou nenhuma enxada. Lembrou-se da pá do jardineiro e foi buscá-la. Antes, espiou a rua para certificar-se de que Janice não estava retornando. De volta, afastou a mesa e pôs-se a cavar. Não precisou cavar muito. A pá bateu em uma caixa, presumivelmente de madeira. O coração de Thereza quase parou no peito. O que seria aquilo? Retirou de debaixo da terra a pequena caixa e a colocou sobre a mesa. Com mãos trêmulas, foi abrindo.

– Deus do céu! – E levou a mão ao peito para não deixar o coração fugir. Deus do céu! – repetiu novamente, enquanto um suor álgido se lhe escorria pelas costas.

Seu corpo amoleceu como se todas as energias lhe fossem repentinamente tiradas. Ela tremia: "Coragem, Thereza, você está indo muito bem. Não vacile agora, pois foi para descobrir isso que você veio para cá" – ouviu na intimidade da alma. E acalmou-se novamente.

Dentro da pequena caixa havia uma ossada de bebê: um pequenino crânio, ossinhos diminutos de braços, de pernas, de tudo o que compõe um corpo humano. Os cabelos de Thereza se eriçaram e ela ficou lívida. Em que mistério a tia estaria envolvida? Lembrou-se de que uma vez ouvira falar em ritual de magia negra, em assassinatos de crianças...

"Por essa razão me proibiu até de chegar perto. Por isso esse lugar é mal-assombrado" – disse a si mesma.

Thereza fechou a caixa e a guardou. Tremia... se não de medo, de indignação. Tencionava esclarecer tudo quando a tia voltasse. Caso ela estivesse sóbria.

Capítulo 15

A ossada

ERAM NOVE HORAS QUANDO JANICE SE LEVANTOU. Estava péssima. Grandes olheiras circundavam seus olhos. Após a higienização, chamou por Thereza.

– Como foi que voltei pra casa ontem? Não consigo me lembrar.

– Eu fui buscá-la. A senhora estava completamente embriagada – disse Thereza com grande tristeza.

Janice baixou os olhos, envergonhada.

– Tia, a senhora havia dito...

– ...que nunca mais beberia, não é?

– Sim, eu tinha esperanças de que a senhora mudasse de vida, que largasse esse maldito vício...

O mistério daquela ossada não saía de sua cabeça. Queria falar logo com a tia e arcar com as consequências de sua desobediência, mas isso não tinha importância; o que queria, de fato, era uma explicação sobre o achado. Não sabia como abordar o assunto. Via a tia deprimida e queria que ela se alimentasse primeiro antes da conversa que iriam ter.

– Venha tomar seu café, tia.

– Não quero. Obrigada. Estou péssima. Minha cabeça parece que vai explodir. Traga-me um analgésico, não posso nem me mexer. Quero ficar aqui sozinha, no escuro – disse, voltando para o quarto.

– Tia, precisamos conversar.

– Não agora, minha querida, por favor. Depois, tá bom?

Mas ela não conseguiu o repouso necessário. Junto a ela, compartilhando a mesma cama, o Espírito obsessor dormia. Ela não conseguia vê-lo com os olhos físicos, mas sentia a repulsiva presença e se incomodava grandemente.

A guerreira aproximou-se. Janice sentiu um forte arrepio e pensou: "a morte deve ter passado por aqui". Mas não era a morte, era o maior atestado do existir. A guerreira há muito que adentrara a verdadeira vida. Morta parecia Janice, todavia, como ninguém está órfão do amor de Deus, ela estava ali para ajudá-la a recobrar a vida. Aproximou-se da alcoolista e envolveu sua cabeça com ambas as mãos.

Orou a Deus, suplicando misericórdia para aquela criatura.

Sentindo os eflúvios maravilhosos da prece, a mulher lembrou-se também de orar. Titubeante, levantou-se e se ajoelhou. Por falta de hábito, não soube o que dizer. A própria prece decorada na meninice fugia-lhe da memória.

A guerreira envolveu-a em vibrações de equilíbrio e paz. Em outra época, Janice havia-lhe sido avó carinhosa. Inúmeras vezes a embalara junto ao coração. Agora que se tornara alma devedora pelos equívocos do caminho, pelo descurar dos ensinos de Jesus, competia a ela ajudá-la no soerguimento moral/espiritual.

Janice conseguiu, por fim, orar. Sentiu-se melhor, embora a sensação desagradável da presença do obsessor junto a si, compartilhando sua vida, sugando-lhe as energias vitais.

A guerreira deixou-a entregue às suas meditações e foi para junto de Thereza e envolveu-a:

– Thereza, queres ajudar tua tia?

– Quero. Só que não sei como.

– Segue-me até o quarto. Lá, sobre a cama, adormecido, encontra-se o mais ferrenho obsessor dela.

Thereza vacilou. Aquele Espírito já a enfrentara algumas vezes. Ela o sabia vingativo e perigoso. A guerreira percebeu sua indecisão:

– Nada temas, estarei contigo. Estaremos com Jesus.

– Que Deus nos proteja – gemeu Thereza.

Entraram no quarto da doente.

– Quero que fiques orando. Farás o serviço de sustentação. Envolvi-me em fluidos densos a fim de que ele me veja e me ouça. Tentarei convencê-lo a parar com a vingança. Ele já está indo longe demais.

Ainda trêmula, Thereza assentiu.

– Por ora vou instá-lo a que se recorde dos seus próprios erros do passado, para que ele perceba que também deve perdoar se quiser seu próprio perdão – disse a guerreira.

Muitas vezes, nos arvoramos em juízes e queremos julgar e condenar. Esquecemo-nos de que também temos errado no decorrer de nossas existências; que somos todos nós almas comprometidas com os débitos do passado e inúmeras vezes também com os do presente.

Estamos, quase sempre, na condição de devedores perante a Lei maior. Ainda pouquíssimas virtudes temos consubstanciado em nós. O lastro dos erros passados e presentes prendem-nos à Terra dificultando a nossa ascensão. Não fora a oportunidade sacrossanta da reencarnação e estaríamos todos fadados ao inferno.

Se o Espiritismo tivesse vindo apenas para nos

mostrar a realidade da reencarnação, muito já teria feito. Porém, mostra muito mais: que **não** somos criados já acabados, que um dia saímos simples e ignorantes da mente do Criador e que devemos, com nossa luta constante, de aprendizado em aprendizado, ir somando experiências, conquistando virtudes rumo à sabedoria. Ensina-nos que Deus não é aquele ser irascível, fiscal insensível que nos pune por erros que, pela própria limitação da inteligência insipiente, cometemos. Afirmam os Espíritos superiores que dispomos de muitas oportunidades de aprendizado; que não há condenações eternas e que todos nós fomos criados, não para a dor, mas para a felicidade.

Thereza obedeceu ao pedido que a guerreira lhe fizera. Recolheu-se em si mesma e orou enquanto ela ministrava passes magnéticos no Espírito desencarnado e ainda adormecido. Aos poucos, ele foi despertando, mas ainda sonolento, não conseguia reagir. Sentia-se manietado.

Depois de algum tempo, a guerreira disse a Thereza:

– Agora vamo-nos. Daqui a pouco ele acordará completamente e mais aliviado; mais acessível.

Depois da ajuda da guerreira, Janice mostrava-se mais disposta e otimista.

– Thereza, agora tomarei o café que você me ofereceu há pouco.

Enquanto a tia fazia seu desjejum, as perguntas

fervilhavam na cabeça de Thereza. Aqueles pequeninos ossos... que seria tudo aquilo? E olhava a tia de modo inquiridor.

– Thereza, o que foi? Vejo-a inquieta.

– Nada.

– Você está me olhando de forma tão estranha!

– Impressão sua, tia – ela queria esperar Janice se alimentar primeiro, pois que o assunto era deveras desagradável.

Janice livrou-se da bandeja e se levantou. Tomou o rosto de Thereza entre as mãos, obrigando-a a olhá-la nos olhos.

– Você está diferente, hoje. Parece que está me escondendo alguma coisa.

Ela aproveitou aquela oportunidade:

– É verdade. Precisamos conversar.

Janice sentou-se e a convidou a sentar-se também.

– Eu a desobedeci, tia.

– Como assim? Desobedeceu-me em quê?

– Desde a minha chegada aqui, há dois anos, que a senhora me proibiu de entrar no porão. Nesses dois anos aguentei a curiosidade, mas ontem...

– Ontem o quê?

– Ontem eu entrei lá. Me desculpe... não foi

uma curiosidade gratuita... Fui impelida a isso para o seu próprio bem.

Janice ficou branca. Tossiu. Levantou-se e, pegando Thereza pelos ombros, a chacoalhou com violência:

– Por que fez isso? Por quê? Tanto que eu lhe pedi!

– Bata-me se isso a torna satisfeita, mas o fato é que entrei. E não me arrependo, não. Já devia ter entrado há tempos.

Janice tremia da cabeça aos pés, mas nem de longe suspeitava que a sobrinha descobrira aquela caixa de madeira.

– Está bem, Thereza. O que está feito, está feito. Mas não torne a voltar lá. Aquele é um lugar maldito, você sabe.

Thereza continuava olhando para a tia de modo ressabiado.

– Parece que você ainda tem algo pra me dizer.

– Tenho.

– Diga.

– Eu encontrei uma coisa lá. Uma sepultura. Cavei e desenterrei uma caixa.

– Meu Deus! Olha, Thereza, eu posso explicar.

– É o que espero. Nem pude dormir direito. O que a senhora tem a dizer?

– Primeiro, espero que você confie em mim; espero que saiba que eu não sou nenhuma assassina – e começou a chorar.

– Tia, os ossos daquela caixa...

De repente, o obsessor ligou-se a Janice e, odiento, lhe disse:

– Vamos, diga, alma mesquinha! Diga que aqueles ossos são meus, são do corpo que você e sua filha megera impediram de nascer. Diga que sou o neto que você prometeu ajudar e que repudiou. E depois afirma que não é nenhuma assassina? O que é então?

Janice nada via, mas sentia aquela presença hostil. Uma dor profunda, como um espinho a ferir-lhe as entranhas, a fazia gemer. Ela confessou a verdade:

– Perdoe-me. Estou arrependida, mas é que... Leda Maria era ainda tão criança! Eu, viúva, desnorteada, dei-lhe um chá abortivo. Depois enterrei o pequeno corpo, certa de que ali ninguém descobriria. Oh, Deus! Mas fui punida. Como fui punida! Minha filha também se foi! E ela era tudo o que eu mais prezava na vida! Eu morri com ela. Morri e continuo viva sem poder morrer! Sofro, tenha piedade de mim.

– Pobre tia!

– Olhe para mim! Veja em que me tornei; como fui castigada. Que digo? Fui? Não! Ainda estou sendo. Ahnn!... Como o remorso dói! Ele tem mil garras que nos prendem, mil tentáculos que nos sufocam! Tenho conhecido o aguilhão da dor e do medo! O assédio de mentes perversas que me perseguem, me enlouquecem. Então preciso beber, beber. A bebida tem sido minha porta de salvação.

– Tia, a bebida nunca foi porta de salvação. Ao contrário, é porta de destruição! De aniquilamento.

– Agora sei...

– É a porta da prisão, das dores acerbas, dos grandes equívocos onde a alma resvala ao léu, onde se amesquinha ainda mais!

Thereza como que se desprendia da crosta terrena e buscava as alturas, no desejo sincero de ajudar os companheiros de infortúnio.

– Tenha piedade de mim, filha.

Quer pelo passe e informações recebidas da guerreira, quer pelas vibrações da moça, o obsessor também parecia ter seu ódio arrefecido. Olhou para Thereza, agora sem tanta revolta, porque a via como censora da tia. Mas tenta, ainda, jogá-la contra Janice:

"Não tenha pena dela, Thereza. Sempre se faz de vítima quando a vítima sou eu. Ela não passa de uma víbora peçonhenta.

Thereza vislumbrou a entidade e a ouviu distintamente. Na linguagem do pensamento, lhe disse, enquanto a envolvia em vibrações fraternas:

"Meu irmão em Deus-Pai, que a misericórdia

nunca nos falte ao coração. Quem nunca errou? Será que alguém de nós poderá olhar para trás sem tremer? Vasculhar a alma e lá não encontrar nenhuma nódoa do passado?"

– Eu nunca matei ninguém! Queria renascer para continuar minha evolução, para poder aceitar tantas coisas que ainda não aceito... mas ela não permitiu.

Janice não via ou ouvia o que se passava. Cabisbaixa e confusa, buscava socorrer-se na prece. Pela primeira vez, orava também por aquele Espírito obsessor que não pudera renascer por sua descaridade.

Thereza continuava sua conversa mental com ele:

– Meu amigo e irmão, perdoe para que Deus o perdoe por sua vez.

– Eu nunca matei! Ela, sim, e precisa ser punida. Não vou desistir de minha vingança por causa dessa sua melúria.

– Você crê em Deus?

– Nunca duvidei de Deus... por isso estou aqui. Deus está do meu lado na vingança. Ele tem-me dado forças pra prosseguir.

– Deus desconhece qualquer caminho que não seja o do amor. Ele é só amor. Nunca compartilha o mal, que é criação nossa.

– Mas Ele também se vinga dos culpados. Eu conheço a força Dele.

– A força Dele é o amor. É com amor que Ele nos faz retornar ao caminho da retidão. Sofremos porque Dele nos distanciamos.

– Mas esse amor não nos liberta da dor.

– A dor é apenas uma reação. Cada ato ou pensamento nosso gera uma reação que nos alcança onde quer que estejamos. A dor não é uma imposição de Deus, é o resultado da nossa insipiência espiritual, nossa idade espiritual. Quando aprendermos a ser realmente bons, evitaremos naturalmente a dor.

– Então... mesmo com Deus a dor existe.

– Digamos que com Deus a dor se transforma em esperanças e temos armistício; sem Deus, ela se transforma em revolta e temos guerra. Com Deus, avançamos; sem Deus, recuamos. A escolha é nossa.

– Se Deus permite a dor, então a dor de Janice, a minha dor...

– A dor só existe porque a buscamos através da vivência anticristã; porque sem ela não aprendemos, não evoluímos. Ademais, é a dor uma lembrança sempre presente que nos incita a buscar soluções àquilo que nos traz sofrimento. Assim é também na organização física: quando algum órgão está doente, a dor nos adverte disso para que procuremos soluções. Nos desvios de ordem moral/espiritual, temo-la também como advertência. É o sinal vermelho. É a dor-caridade, não a dor-punição. Ela é, em última instância, o atestado de nossa imperfeição. As criaturas angelicais, que não cultivam mais negatividades no coração, vivem felizes, integradas em Deus. Ela, a dor, é uma fase que persiste enquanto persistir o erro. Extinto o erro, extinta a dor. Sem causa, não há efeito. Tudo justo. Tudo perfeito na grande Lei.

– Você fala assim porque a injustiça não foi feita com você. Todo mundo é bonzinho quando a injustiça não o alcança... quanto a mim... não posso perdoar – e olhando para Janice, que se mantinha ainda em prece, disse: – "Ela há de me pagar! Hoje ou amanhã. Ainda hei de vê-la na sarjeta. Suja e infeliz!

Thereza propôs a Janice enterrar os ossos e fazer daquele lugar um recanto de oração. Aquele lugar amaldiçoado e temido deveria transformar-se em um lugar agradável. Um lugar abençoado.

No jardim, sob uma quaresmeira em flor, Janice enterrou os ossos. Plantou uma touceira de lírio da paz; a paz que sua alma almejava.

Depois se ajoelhou e, para surpresa de Thereza, disse, mãos postas, alma em enlevo:

"Senhor Deus, meu pai, nosso pai, bem sei que errei ao outorgar-me o direito sobre a vida. Agora sei que o que sofro são as consequências de tal cizânia. Minh'alma mergulha em trevas, porque eu própria apaguei a luz que me destes, que dais a todos os vossos filhos, que é a bendita

herança herdada por nós. Ó, pai amado! Bem sei o quanto ainda sou pequena, o quanto tenho de animalidade, de arestas a aparar, mas porque sois amor, ouso suplicar-vos: Perdoai-me. Ajudai o infeliz Espírito que por minha insensatez não conseguiu renascer. Ajudai também minha pobre Leda Maria, que não teve a mãe que merecia; que onde ela estiver possa estar feliz, amparada por vosso incomensurável amor. Abençoai, ainda mais, a nossa querida Thereza e que seus poderes possam crescer sempre mais e mais, para através deles, poder ajudar a todos, como tem ajudado a mim. Assim seja. Pai nosso..."

O obsessor, ao receber as vibrações de amor de Janice e os esclarecimentos vindos por intermédio de Thereza e da guerreira, tivera seu ódio abrandado, mas voltava a alimentar os desejos de vingança com toda a energia de que era capaz. "Não" – dizia a si mesmo. "Não vou me prender pelas lágrimas fingidas. Por essa lamúria de mulheres. Sofri muito. Ainda sofro. Ela tem de pagar! Nada mais faço do que cobrar o que me é devido."

E as boas disposições, das quais se vira ainda há pouco investido, esfumaram-se.

Todos temos o nosso livre-arbítrio. Se preferimos a taça de fel ao cálice de néctar, ninguém contrariará nossa decisão. Somente o tempo, a dor, as desilusões, haverão de nos dobrar a cerviz.

Capítulo 16

"Agasalhando" a dor

Mais um ano transcorreu moroso. Janice teve uma pequena melhora, todavia, ainda não conseguira abandonar por completo o vício.

Passava horas perto do canteiro florido que guardava os ossos daquele que poderia ter-lhe sido filho ou neto.

Heloísa acabara de telefonar para Thereza. Iriam juntas visitar o pai.

Fazia tempo que não se viam e João queria marcar a data do casamento com Luzia na presença delas.

Luzia também decidiu visitar os filhos. Queria lhes falar sobre o namorado João e sondar a reação deles. Durante aquele tempo todo o conhecera melhor. João era um homem decente. Não tinha mais dúvidas de que se casaria com ele. Mariah o estimava muito. Se Severino continuasse a negar-lhe o divórcio, paciência; unir-se-ia a João da mesma maneira que já se unira um dia a Matias.

Só se preocupava pela reação dos filhos, que sempre esperaram que ela e Severino se reconciliassem.

Cícero foi buscá-la no restaurante. Conseguira comprar o pedaço de terra que queria e já planejava sua futura casa.

Zina continuava tentando prender Pedro, que não tinha ânimo para desfazer o relacionamento. Não queria causar dor àquela boa moça, irmã de seu melhor amigo.

Agora que Pedro era um fazendeiro bem sucedido, Zina esperava que ele logo se decidisse a pedi-la em casamento.

Severino, mais taciturno desde que Luzia e Mariah se foram, fazia planos para quando a ex-mulher voltasse. "Desta vez" – dizia a si mesmo – "não serei tão orgulhoso. Se for preciso, vou-lhe implorar para que fique comigo" – mas no fundo, sabia que não seria tão fácil assim.

Os latidos do cachorro, latidos como quem faz festa ao dono, tiraram Severino de seus pensamentos.

Espiou pela frincha da janela. Lá vinha Luzia, Cícero e Mariah. A menina corria na frente para brincar com Leão.

Severino olhou-se. Sua aparência não era das melhores. Havia acabado de chegar da roça e ainda estava sujo da poeira vermelha.

Correu para o chuveiro, sem tempo sequer de apanhar roupa limpa. Não poderia se apresentar a Luzia sujo feito um porco. E ela estava linda dentro de um vestido estampado e justo, que mostrava suas formas exuberantes.

Zina correu feliz, distribuindo abraços e beijos.

– Menina... – disse para Mariah – você está crescendo que nem pé de cana, garota! Está muito chique nessa roupa bonita. Quem fez seu vestido?

– Mamãe.

– Grande costureira me saiu a dona Luzia – disse, gracejando.

Luzia não estava muito à vontade. Percebera que Severino a espiava pela frincha da janela e esperava que ele viesse ao seu encontro. "Um ano desde que estive aqui pela última vez e ele ainda continua o mesmo" – pensou.

Entraram na grande casa avarandada. Severino se demorava no banho. Só quando fechou o chuveiro, percebeu que não havia levado roupa limpa, e se saísse enrolado na toalha, correria o risco de topar com

Luzia antes de se enfeitar para ela. Rezou para que ela continuasse na sala. Enrolou a toalha nos quadris e saiu, olhando de todo lado.

Para seu azar, Luzia entrou naquele exato momento e, vendo-o, dirigiu-se a ele:

– Como vai, Severino?

O pobre homem não sabia se a abraçava, conforme era o seu desejo, ou se segurava a toalha que, muito pequena, cairia se ele a soltasse.

Como outra oportunidade poderia não surgir, largou a toalha e abraçou-a com vigor. Sentiu a toalha resvalar-lhe pelo corpo e ir ao chão. Estava ali, nu, abraçado à mulher que amava. Cícero também entrou e, diante daquela cena, não conteve o riso. Luzia desprendeu-se do abraço e, vermelha como pimenta, retirou-se.

Severino estava sem graça, mas não se arrependera de ter preferido abraçar a mulher a segurar a toalha. Aquele abraço, de alguma forma, o redimia da saudade sentida naqueles anos todos. Aspirou fundo e sentiu que o perfume adocicado de Luzia ficara-lhe impregnado no corpo.

Cícero continuava rindo.

– Viu passarinho verde? – perguntou o pai, também com um meio sorriso.

– Vi. Mas não era verde...

Severino saiu rápido. Vestiu-se. Penteou-se com cuidado. Pena que os cabelos estivessem tão embranquecidos...

Dizem que o hábito faz o monge. Concordo. Porque Severino tanto já se habituara à dor, que foi buscar alhures motivos de preocupações.

Era o inferno. Para cada momento de prazer ele se impunha dois de angústia, de pensamentos desencontrados, de incertezas, de dor. Assim, enquanto se arrumava para se juntar às visitas e aos filhos, a alma correu na frente e lhe apresentou um quadro bem diverso do idealizado naquele momento: Aquela mulher que chegava a sua casa, faceira, trazendo consigo a filha de outro homem, não merecia o seu amor. Não era a sua Luzia, a Luzia que lavava sua roupa, que lhe preparava o almoço, que ralhava com os filhos. Era a adúltera que um dia ele expulsou de casa para que ela aprendesse a viver e que, todavia, retornava vitoriosa, cheia de vida, mais bonita, mais culta. Sim, ele bem percebera seus modos de grã-fina, os livros que sempre lia. Bem ouvia os comentários que ela fazia com os filhos, as palavras difíceis que usava. Não. Não era a sua Luzia.

E já o sorriso se fechava. Já pulava do céu ao inferno. Assim era Severino. Sempre bulindo na ferida, como se a casca que vagarosamente se formava, fosse a presença da mulher que precisava ser sempre repudiada. Assim ficava a carne viva. Exposta. Dolorida...

Ruminando aqueles pensamentos, ao invés de juntar-se a eles mostrando a alegria pela sua volta, afastou-se, cabisbaixo e amuado.

– Seu pai, pelo jeito, continua o mesmo – disse Luzia aos filhos. – Pensei que depois desse tempo todo ele já estivesse em paz consigo mesmo. Mas ele não se permite ser feliz. Cultua a dor. É pena.

– Mãe, a senhora conhece o gênio dele melhor do que eu. É danado de turrão. Aposto que está feliz com sua vinda, mas faz questão...

– ... de mostrar que ainda não me perdoou. Faz questão de sufocar qualquer sentimento que não seja o de rancor. Alimenta com tenacidade cada lembrança infeliz. Revolve a alma e traz lá do fundo a dor.

– Francamente! Depois que vi aquele abraço, ele nu e a toalha no chão, pensei que as coisas fossem evoluir – disse Cícero, relembrando a cena e caindo novamente na risada.

– E eu que perdi essa! – lamentou-se, Adalzina.

– Olha aqui os dois. Não tem graça.

– Ah, se tem! E como tem.

As galinhas já procuravam seus lugares nos poleiros e nos galhos das árvores. O Sol já descambava lá longe, na linha do horizonte, quando Severino voltou. Difícil saber o que se lhe passava na alma, pois seus olhos pareciam vitrificados olhando o nada.

– Severino, se você não me quer aqui, fale. Só vim porque estava saudosa e porque preciso muito conversar com você.

O homem, girando o chapéu entre as mãos, falou rápido como se tivesse medo de se arrepender:

– Eu nunca disse que não quero você aqui. Fique o tempo que quiser.

Mariah chegou e abraçou as pernas dele:

– Oi, tio Severino.

Severino abaixou-se e a levantou no ar. Tentou parecer feliz.

– Como você cresceu, menina! Quase que não aguento mais seu peso!

– Sempre como toda a comida que mamãe me dá. Quero que quando meu pai me vir lá do céu não fique triste comigo.

Pronto. Sem querer, a menina metera o dedo na ferida que ainda sangrava. Severino tossiu, desenxabido, colocou-a no chão e saiu novamente. Luzia condoeu-se dele e foi atrás. Não gostava de vê-lo tão machucado.

Sob as primeiras estrelas que brotavam no firmamento, conversaram. Ela procurava um meio de lhe falar sobre a necessidade do divórcio, de sua decisão de se casar com João e refazer sua vida, porém, já era tarde e achou melhor deixar para o dia seguinte.

Capítulo 17

O ódio

– Mãe... estou curiosa. O que tanto a senhora e o pai conversaram ontem à noite?

– Conversar mesmo, bem pouco. Aliás, foi quase um monólogo. Ele só fez me ouvir.

– O pai é tão esquisito. Eu já desisti de conversar com ele.

– Não faça isso, filha. Ele é seu pai. É bom e honesto, só tem as manias dele.

Adalzina fez um muxoxo. Pegou uma das flores que colhera e pôs nos cabelos da mãe. Olhou-a com amor. Percebeu, pela primeira vez, que na sua memória se formara um hiato doloroso. Um hiato de mais de oito anos: a ausência da mãe. Era como se a vida passada longe dela não tivesse existido de fato. No entanto, a dor fora real, o sentimento estranho de quem vive sem viver, deixara-lhe n'alma marcas que jamais se apagariam. Viu-se novamente pequena, ouvindo a mãe falar com os irmãos. Lembrou-se do caçula; de como ele não pudera viver sem a mãe e morrera quase por inanição após a partida dela. Lembrou o pai: taciturno, rancoroso, pensando só na própria desdita.

Adalzina levou as mãos ao rosto para secar as teimosas lágrimas. Eram lágrimas doloridas, como aquelas que a mãe derramara quando de sua despedida. Ela achou, na sua inocência, que a mãe voltaria no dia seguinte, que era só um castigo à toa, porque o pai era bravo. Nada falou. Ao pai todos obedeciam.

– Por que está tão quieta, Zina querida? – perguntou Luzia.

Adalzina assustou-se. Havia retornado tanto ao passado, que lhe foi difícil voltar ao presente. Olhou a mãe com as flores no cabelo:

– Dona Luzia, o seu Severino não vai resistir. A senhora está linda!

– Tá sim, mãe – ratificou Mariah. Depois, saiu correndo com o cachorro.

– Vocês não têm jeito mesmo.

Luzia percebeu o quanto a filha queria sua reconciliação com Severino.

– Zina, amanhã vamos falar sobre isso...

– Sobre sua volta definitiva pra cá?

– Não, filha. Não é isso. Não crie expectativas inúteis. Amanhã falaremos, que o assunto é longo.

– Mãe, por quê? O pai é um bom homem. Tem lá as esquisitices dele, mas é bom, como você mesma disse!

– Eu sei disso, minha filha. Sou grata por tudo o que ele fez e faz por vocês, mas...

– Mas não pode se esquecer de que um dia ele foi implacável com a senhora, não é? Também ainda não esqueceu...

– Não é nada disso. E depois, eu mereci. Não estou questionando a atitude dele. Não lhe guardo nenhum rancor, antes, eu o entendo. Minha falta foi muito maior do que a dele.

– Jamais pensei que um dia a senhora reconhecesse isso. Como a senhora mudou, mãe!

– Aprendi muita coisa durante esses anos todos. Uma delas é que não só o amor, mas o ódio também une as pessoas.

– Isso não sei, não. Eu, se um dia odiar alguém, não quero mais união com ele. Nem aqui, nem no céu, nem no inferno. Nunca mais.

– Eu também já pensei como você. Mas Deus, quando assentou o mundo em Suas Leis, felizmente não consultou o orgulho de ninguém. Tudo o que fez é justo. Você, que diz não concordar que o ódio também une, já pensou que aquele que odeia não tem sossego? Que está sempre pensando no seu desafeto e vibrando para que ele se dê mal na vida? Que, se Jesus nos mandou perdoar ao inimigo é porque já sabia que nós também muito temos de pedir clemência a Deus? Que só o amor pode trazer paz e alegria aos corações?

Adalzina ouvia a mãe, interessada no que ela lhe dizia.

– Zina, aprendi, lendo *O Evangelho Segundo o Espiritismo*, que não odiar já é um princípio de caridade, e quem se recusa a perdoar é porque ainda não aprendeu a viver a caridade que Jesus veio nos ensinar. Ainda não sabe ser cristão.

– Mas, mãe, você concorda que é muito difícil amar um inimigo?

– Claro que é. Espere aí.

Luzia foi apanhar o citado *Evangelho*. Abriu-o.

– Encontramos aqui o seguinte: *(...) equivoca-se geralmente sobre o sentido da palavra amor nessa circunstância; Jesus não quis dizer, por essas palavras, que se deve ter pelo inimigo a ternura que se tem para com um irmão ou amigo; a ternura supõe a confiança; ora, não se pode ter confiança naquele que sabemos nos querer mal; não se pode ter com ele os transportes de amizade, porque se sabe que é capaz de abusar disso; entre pessoas que desconfiam umas das outras, não poderá haver os laços de simpatia que existem entre aquelas que estão em comunhão de pensamentos; não se pode, enfim, ter o mesmo prazer ao se encontrar com um inimigo do que com um amigo.*

Esse sentimento resulta mesmo de uma lei física: a da assimilação e da repulsão dos fluidos; o pensamento malévolo dirige uma corrente fluídica cuja impressão é penosa; o pensamento benevolente vos envolve de um eflúvio agradável; daí a diferença de sensações que se experimenta à aproximação de um amigo ou de um inimigo. (...)

Amar os inimigos não é, pois, ter para com eles uma afeição que não está na Natureza, porque o contato de um inimigo faz bater o coração de maneira bem diferente do de um amigo; é não ter contra eles nem ódio, nem rancor, nem desejo de vingança; é perdoar-lhes sem segunda intenção e incondicionalmente o mal que nos fazem; é não opor nenhum obstáculo à reconciliação; é desejar-lhes o bem, em lugar de desejar-lhes o mal (...)

Luzia fechou o *Evangelho*, recomendando à filha que o lesse na íntegra.

– A senhora está cada vez mais entendida dessas coisas, mãe. Percebo que tem aproveitado bem seu tempo. Nunca vi ninguém mudar tanto em tão poucos anos! E mudar para melhor!

Luzia continuou:

– Quando digo que o ódio também une, é porque aprendi que o ódio é um sentimento negativo, uma vibração pesada que, em partindo de nós, nos liga ao desafeto. Essas vibrações "acordam" sentimentos de igual natureza na pessoa a quem são endereçadas.

– Vibrações?

– Sim, vibração é pensamento. Quando pensamos, estamos emitindo ondas mentais, não estamos? Assim como quando falamos emitimos ondas sonoras, assim como um aquecedor, ou o Sol, emitem ondas caloríferas, e daí por diante. Não sou catedrática no assunto, estou apenas dando algumas pinceladas superficiais pra você entender.

– Mas a senhora ainda não explicou direito por que o ódio também une.

– Calma. Quando amamos, vibramos esse pensamento positivo que, partindo de nós, nos beneficia de pronto pela qualidade positiva da vibração. Depois, quando alcança o objeto amado, igualmente o beneficia. Geramos um círculo vicioso benéfico: emitimos amor, recebemos amor. Doamos bons fluidos, recebemos bons fluidos. Ora, com o ódio o processo é o mesmo. Quando odiamos, esse sentimento negativo, em partindo de nós, primeiro vai-nos contaminar – são vibrações pesadas, nocivas, lembre-se – e depois contaminar àqueles a quem estão sendo direcionadas, ou seja, o objeto do nosso ódio. Vale lembrar que este **objeto do nosso ódio** só absorverá a vibração se estiver na mesma sintonia negativa de quem a enviou.

Geramos, assim, um círculo vicioso negativo. Emitimos ódio, receberemos ódio. Tudo vai e volta. E nosso desafeto, cada vez que recebe nosso pensamento, como que acorda e também retribui com seu ódio. Por isso a união de ambos. Quem odeia, assim como quem ama, não consegue se afastar – em pensamento – do objeto amado ou odiado. Ondas mentais estão sempre cruzando o espaço. Basta estabelecermos sintonia com elas para que entremos em contato. Assim, de conformidade com nosso "modus vivendi", estaremos recebendo amor ou ódio.

A moça estava realmente admirada com a prolixidade da mãe.

– Mãe, quando a senhora se foi, lembro-me de que não era dada a estudos. Agora me surpreende com tanta coisa nova e bonita!

– Mudei. Eu e Matias fizemos um curso supletivo à noite. Toda vez que ele viajava, me trazia um livro. Tenho todos os livros da codificação do Espiritismo. Leio de tudo que me cai às mãos. É a evolução que nos empurra, filha. Eu me cansei de ser uma caipirona que não sabia nem conversar.

– Sabe que a senhora sempre me impressionou por sua determinação? Sua garra? Superou tudo tão depressa...

– Não foi tão depressa assim. No começo, fiquei tão mal que quase morri. Precisei desenvolver técnicas de autodefesa. Não fosse Matias ter-me estendido suas mãos...

– Técnicas de autodefesa?

– Claro. Você pensa que é fácil para uma mulher sem marido livrar-se dos homens que surgem no seu caminho? A maioria deles acha que se você está só, então está disponível. Se errou com um, tem de errar com todos. Acham-se no direito de reivindicar favores.

Luzia suspirou fundo:

– Quando seu pai me expulsou daqui, peguei carona com o primeiro caminhoneiro que apareceu. Tive de fingir-me de tuberculosa para fugir de seu assédio.

Adalzina abraçou a mãe. Chorava.

Quando se está à beira do abismo, muitos querem empurrar. Poucos são os que estendem mãos amigas. Assim é o mundo...

Luzia aprendera naquilo que se costuma chamar escola da vida. Apesar de ser encarada como uma boa escola, infeliz daquele que só tem a ela para evoluir. Pode-se aprender, mas as feridas que deixam n'alma são de difícil cicatrização.

– Bem, não adianta ficar chorando sobre nossos erros. Errar todos erram: "Aquele que estiver sem pecado atire a primeira pedra". Foi o que Jesus disse aos que queriam apedrejar a mulher adúltera. Com isso, todos recuaram cabisbaixos, lembrando, talvez, suas mazelas.

A filha assentiu com a cabeça e a mãe continuou:

– Quando se erra e do erro se tira um bem na forma de experiência para evitar erros futuros, o mal teve lá o seu lado bom. Erros servem para se deixar de errar – concluiu Luzia.

Capítulo 18

A revolta

Thereza estava apreensiva. Acabara de ler uma carta do pai dizendo de sua intenção de se casar com Luzia e do seu desejo de marcar a data com a presença delas. Estava eufórico. Ela sentiu uma ponta de ciúme picar-lhe o coração. Lembrou a advertência da mãe-Espírito: "Essa Luzia é uma aventureira. Não podemos deixá-la enganar assim o seu pai. Lutaremos juntas. Conto com você."

Preocupada, telefonou à irmã antecipando a data da viagem já marcada para o mês seguinte. Iriam sem demora na próxima semana. Não tinha a intenção de impedir o casamento do pai, primeiro porque lhe faltava forças para isso, depois, porque não era dona da vida e do destino de ninguém. O que a mãe desencarnada lhe dissera fora fruto de um desequilíbrio que esperava ser passageiro. Queria conhecer melhor Luzia e sua família para poder fazer seu próprio julgamento, sem, todavia, contrariar as decisões paternas. O pai era ainda novo, preferível se casar a ficar vivendo de aventuras aqui e ali.

Ao pensar na mãe, imediatamente se estabeleceu a ligação fluídica: Viu-a chorosa, pedindo-lhe ajuda para evitar aquela loucura.

Thereza sensibilizou-se. Estava quase concordando em ajudá-la, quando a guerreira interveio:

– Thereza, não te envolvas em assunto que não te diz respeito.

– Mas minha mãe está infeliz... Não é justo...

– Não tens condições de avaliar o que é justo ou injusto. E depois, tu também estás enciumada e isso não é bom.

– Enciumada? Eu?.

– Sim. Analisa-te e verás que tenho razão.

A moça enrubesceu.

– Mas, e se esta tal Luzia for mesmo uma aventureira?

– Thereza, abstenha-te de repetir conceitos que ouves e não sabes se são verdadeiros. É do teu conhecimento que tua mãe, infelizmente, abandonou a colônia espiritual onde vivia. Preferiu ficar ligada à família terrena. Com isso, nada progrediu. Nada aprendeu. Não acumulou créditos para pedir qualquer intercessão – se intercessão aqui coubesse – e por ela mesma não tem condição de ajudar ninguém, se este fosse o caso. Portanto, para teu próprio benefício, não te alies a ela; lembra-te de que nada é feito à revelia da vontade de Deus. Somos ainda Espíritos primários e grandemente devedores. Não convém aumentar nossos débitos no Banco divino.

Thereza registrava a advertência de modo singular. Não a ouvia pelos órgãos da audição, mas pelo corpo todo. Era um falar sem falar, de alma a alma.

Compreendeu a justeza daqueles conselhos. Não se imiscuiria na decisão paterna. Procuraria ser amiga de Luzia, ajudá-la como pudesse.

Quando a guerreira se afastou, ela viu a mãe desencarnada chorando a um canto da casa. Disse-lhe mentalmente:

"Mãe, pelo amor de Deus, não interfira em assunto que não é da sua conta. Já foi muito ruim a senhora não ter ficado na colônia espiritual, que é o seu lugar."

Soluçante e indignada, a desencarnada disse:

"Se não fiquei lá foi por amor a vocês. É errado amar a família?"

"Não é errado amar a família, porém, se não temos ainda valores espirituais para ajudar objetivamente nossos entes queridos, melhor será adquiri-los primeiros. Ninguém pode dar aquilo que não tem, mãe. Volte para a colônia. Reequilibre-se. Conforme-se com sua situação e deixe os problemas daqui para outros. Somos Espíritos ainda muito limitados, nada temos de nós para ajudar com sabedoria. Veja que, com sua rebeldia, abandonando o pouso de tratamento e estudo, não conseguiu ajudar-se a si própria, muito menos a quem a senhora ama."

A mãe continuava chorando, parecendo nem ouvir a filha.

"Volte, mãe. Volte pra lá. A guerreira está disposta a recambiá-la novamente. Lá encontrará a paz do Espírito conturbado, entenderá melhor os desígnios do Criador, aceitará suas determinações e não será elemento desagregador da família a quem diz amar. Nós também muito a amamos, e quando se ama não há separação definitiva."

O coração da mãe, todavia, estava por demais endurecido e revoltado para compreender. Thereza, num desses belos momentos de inspiração, continuou:

"O amor, mãe, jamais é possessivo. Quem ama de verdade doa-se a si mesmo aos queridos do coração. Quem ama olvida-se a si próprio; coloca as razões dos amados sempre acima das suas próprias. Quem ama é como se fora um farol em meio à procela: Sua luz é o aviso que norteia, que conduz a porto seguro, que impede o esboroamento nas pedras do caminho."

Thereza parou. Estava ela própria surpresa com sua prolixidade, pois que, de gênio retraído, sempre falava pouco.

O Espírito Glória Maria exibia, apesar de tudo, semblante endurecido. Thereza percebeu que estivera falando às paredes. Suspirou fundo e arrematou:

"Bem, minha mãe, já falei tudo o que tinha de falar. O resto é com você. Não posso forçar sua decisão, mas não espere minha colaboração no seu intento. Nada farei para a infelicidade de meu pai."

O Espírito saiu silencioso. Se aprendera alguma coisa de tudo o que a filha lhe dissera, só o tempo haveria de dizer.

Capítulo 19

A ave que voa alto...

JANICE ESTAVA NUM DOS RAROS MOMENTOS DE LUCIDEZ. Por mais que a sobrinha se esforçasse, o muito que conseguiu foi levá-la a uma casa espírita.

Se por uma lado a tia permanecia impermeável às modificações de atitudes, modificações essas que a livrariam da opressão dos obsessores, Thereza muito se beneficiava com as reuniões semanais. Sua sensibilidade, seu poder – como dizia Janice – aumentavam ainda mais. Estava com quase dezenove anos. Havia concluído o colegial e se preparava para ingressar na faculdade. Já não queria voltar à casa do pai. Não queria incomodá-lo na sua futura vida com Luzia.

A tia presenciara sua conversa muda com o Espírito. Era tomada de grande curiosidade quando via a moça imóvel, naquilo que ela chamava de "o poder de Thereza".

– Thereza, de quem é essa carta? O que se passou ainda há pouco? Você estava extática...

– Calma, tia! Uma coisa por vez. Esta carta é do meu pai, comunicando que quer nossa presença para marcar a data do seu casamento com Luzia. Diz que já guardou bastante a viuvez.

– Mas que danado, esse João! Não sabe viver sem mulher.

– Melhor que se case de uma vez. É ainda novo, acho justo que queira nova família.

– Quando será? Posso ler?

A moça entregou-lhe a carta.

– Humm... Quer se casar ainda neste ano. E Glória Maria? Quer dizer, seu Espírito... Sempre foi tão ciumenta, possessiva. Vem cá, Thereza, você que vê tantos Espíritos, nunca viu a Glória?

– Já a vi mais de uma vez. Ela mora aqui; está bem perto de nós.

– Aqui?! Mas ela não devia estar no mundo dos Espíritos?

– Devia, mas fugiu de lá para ficar com a família.

Janice franziu a testa. Naquela hora estava ainda sóbria, mas a movimentação dos Espíritos ao seu redor preocupava a sobrinha, que tentava envolvê-los em vibrações de amor e paz. Sua presença perto da tia de alguma forma os inibia, pois percebiam que Thereza os via, e se Thereza estava por perto, com certeza, a guerreira também estava.

– Infelizmente, tia, minha mãe continua desequilibrada e possessiva. Era com ela que eu falava ainda há pouco. Ela não compreendeu que na espiritualidade não existe mais o compromisso do casamento terreno; que todos somos irmãos, sem títulos transitórios impostos pela vida material.

– Menina! Que danadinha que é você! Como aprendeu tão depressa os ensinamentos espíritas?

– Reaprendi. Na verdade, reaprendi.

– Sabe, vou lhe contar um segredo.

– Conte.

– Quando vou ao centro, sempre durmo durante a exposição evangélica. Às vezes, quero prestar atenção, mas caio no sono. Um sono profundo. Outro dia, não sei se você reparou, cheguei a roncar! Que vergonha! Acho que nem vou mais lá. Pra quê? Pra dormir? Pra dormir durmo em casa que é mais confortável.

Thereza não soube explicar o porquê daquele sono numa hora tão importante, aliás, a hora mais importante, pois é com os ensinamentos evangélicos e doutrinários que o obsidiado vai compreendendo sua situação; que vai aprendendo a se libertar do jugo obsessivo. É na vivência desses ensinamentos que ele vai afastando de si os obsessores, quando não os transforma em amigos e colaboradores.

Mesmo não sabendo explicar o porquê do sono intenso, Thereza lhe recomendou que fizesse força para se manter acordada.

Na verdade, esse problema é até bem corriqueiro e um dos mais graves nas sessões evangélicas. Quando alguém é levado ao centro para tratamento desobsessivo, o obsessor, geralmente, não quer ou não pode entrar. Não se pode generalizar, porque casos há também em que o obsessor permanece junto à sua vítima, sendo também esclarecido, quando, então, pode abrir mão dos seus intentos descaridosos. No caso de fascinação e subjugação, que são graus de obsessão mais profundos, em que a mente da vítima encarnada está inteiramente subjugada pela do Espírito, este, mesmo do lado de fora, continua envolvendo-a em fluidos entorpecedores. É como uma hipnose, que faz a vítima sentir sono justamente para não aprender e, consequentemente, não se libertar. Assim, ele poderá continuar dominando-a. Todavia, isso não deve ser motivo de afastamento do atendido, mesmo porque, através dos passes ele receberá ajuda, vai-se fortalecendo ainda que morosamente, até que um dia – nada é para sempre – o obsessor, que não quisera ou pudera entrar, é convidado a fazê-lo. Comunicar-se-á através de um médium e poderá modificar sua atitude. Dessa forma, ou desiste da vítima, transformando-se para o bem, ou se afasta, porque já nada mais pode fazer, uma vez que a vítima aprendeu a se defender – "Conhece a verdade e a verdade te libertará."

Vezes há em que é o próprio encarnado quem obsidia o desencarnado. É esdrúxulo, mas é real. É comum – por saudade daquele que se foi – o encarnado chamá-lo através do pensamento. Pensamento e vontade são forças que ainda conhecemos bem pouco. Então, essa entidade requisitada de forma tão veemente, pode ser arrastada – malgrado sua vontade – para junto de quem assim a solicita. Torna-se assim, o desencarnado, vítima do amor possessivo e egoísta daquele que ficou.

Incoerentemente e em nome do amor, o Espírito se vê prejudicado em suas novas necessidades, justamente por aquele que diz amá-lo, que não o esquece e que o mantém preso ao seu amor contraproducente, gerando a infelicidade de ambos.

O Espírito André Luiz relata nos seus livros, que são verdadeiros repositórios de sabedoria, casos de Espíritos desencarnados que se levantam do leito onde recuperam suas forças e, alucinados, correm atraídos magneticamente para aqueles que os chamam através da mente.

Thereza e Janice estavam conversando, quando o mais tenaz dos obsessores da alcoolista chegou. Thereza tremeu. Viu-o distintamente aproximar-se de

Janice e lhe sugerir uma bebida. Depois, olhou para ela e, sabendo-se visto, disse-lhe: "Você, sua abelhuda, fique na sua! Não se intrometa, ou se arrependerá."

Thereza se esforçou para orar, mas sua mente tornou-se um grande vazio. E presenciou a cena tantas vezes repetida: o obsessor ajustando-se à alcoolista numa simbiose perfeita. O domínio da mente dela, e sua entrega sem preâmbulos ao desejo do obsessor. Com esforço para vencer aquela inércia que a dominava, falou à tia:

– Tia, reaja em nome de Deus-Pai e do divino Jesus de Nazaré. Não se entregue com tanta facilidade. Lute! Você tem vontade própria!

– Eu quero beber. Eu preciso beber.

– Mas tia, lembre-se, não é a senhora que quer... Ligue-se a Deus! Ore! Eleve seu pensamento. Vejo o Espírito; ele a está manipulando, tia!

– É verdade. Não quero! Não quero beber! Meu Pai, sê conosco...

O obsessor afastou-se de Janice, como se subjugado por uma força maior. E partiu para cima de Thereza, de punhos cerrados, imerso em ódio. Ela fechou os olhos e também buscou Deus. Ainda não conseguira orar e pedir ajuda. No entanto buscava ligar-se a planos mais elevados, vibrando amor e compreensão. A guerreira aproximou-se e, mãos estendidas, transmitiu-lhe forças.

Passados alguns longos segundos, quando o que sentiu foi apenas uma comoção nervosa, abriu os olhos: Janice jazia inconsciente no chão. Do Espírito, nada sabia. Fora-se. Só então Thereza recuperou o domínio sobre si mesma. Olhou ao seu redor. A guerreira lá estava. Sua espada flamante ainda rebrilhava como se feita de luz.

A alcoolista recuperou os sentidos sob a imposição de suas mãos. O passe restabeleceu suas forças.

Thereza estava estonteada e não sabia o que pensar.

"Tua tia está tentando reagir à subjugação de que é vítima. A ajuda espiritual que ela vem recebendo na Casa Espírita, os passes, fortalecem-na, apesar de não aproveitados integralmente por ela" – informou a guerreira.

O passe é um dos recursos mais eficientes no tratamento e prevenção de doenças, tanto as orgânicas quanto as espirituais. Façamos aqui um interregno a fim de ver o que Edgard Armond nos diz a respeito, no seu livro *Passes e Radiações*.

> (...) Na criação universal, a vida se manifesta sob três aspectos, cujas limitações desconhecemos: como Matéria, representada pela Forma; como Energia, representada pelo Movimento, e como Espírito, representado pela Inteligência--Sentimento.
>
> O Espírito, utilizando-se da Energia, age sobre a Matéria, provocando reações e transformações de inúmeros aspectos e naturezas.

A matéria, em si mesma, nada mais é que a Energia "condensada" a vários graus e todas as transformações que nela se operam são resultados dessa interferência do elemento Espírito, que sobre ela projeta correntes vibratórias mais rápidas, finas e elevadas, que a desagregam ou modificam.

A Energia está sempre em movimento, condensando-se ou expandindo-se, formando correntes no seio da massa; no caso dos passes, o mesmo fenômeno se dá: o operador projeta correntes de fluidos mais finos e poderosos, que provocam transformações no movimento específico dos agrupamentos celulares do corpo denso ou do perispírito.

Toda vez que uma corrente de energia, acionada por um operador inteligente, interfere em um campo da matéria, surgem limitações, resistências locais; forma-se uma cadeia de fenômenos decorrentes dos mais variados aspectos e consequências.

Assim, uma resistência oposta a uma corrente elétrica dá origem ao calor e à luz; a interferência sobre uma corda de violino suficientemente tensa produz som, etc.

O corpo humano tem um ponto certo de equilíbrio, de estabilidade, e qualquer interferência do Espírito que o habita ou de forças ou entidades do ambiente exterior produz alterações, distorções, desarmonias, distúrbios, moléstia (...).

O passe não é uma invenção do Espiritismo, como muitos podem pensar. Jesus, quando impunha as mãos sobre um doente, estava-lhe dando um passe. Paulo de Tarso, no caminho de Damasco, quando ficou cego pela visão do Cristo Jesus, teve seus olhos curados pelos passes recebidos das mãos do cristão Ananias, a quem ele fora prender. E agora, sob a ação de um passe, Janice conseguia se reequilibrar. As correntes vibratórias poderosas, agindo sobre a matéria grosseira do corpo denso, bem como da mais sutil do perispírito, propiciaram-lhe mudanças positivas.

Thereza sondou o ambiente:

– O Espírito foi obrigado a deixá-la? Ela está conseguindo reagir?

"Está começando, mas a tua ajuda também foi eficaz."

– Mas eu nada fiz. Sequer consegui orar.

"Não conseguiste articular nenhuma oração, todavia, o poder da prece não está na palavra articulada. Orar é vibrar, e podemos vibrar com toda a energia de nossa alma sem necessidade de palavras decoradas ou declinadas."

– Por que tia Janice desmaiou?

"Devido aos fluidos pesados do obsessor que, nada conseguindo, alvejou-a sem dó. Só não fez o mesmo contigo porque não houve sintonia espiritual. Ele respira num ambiente e tu noutro. A ave que voa alto não é devorada pela víbora que rasteja, lembra-te bem disso."

Janice espreguiçou, estremunhada:

– Meu Deus, quando isso vai ter fim?

– Tia... não sei se devo lhe contar ou não...

– Contar o quê?

– O obsessor mais cruel, este que ainda agora

esteve aqui, é o Espírito daquele que seria o filho de Leda Maria, sua filha.

– Quê?!!

– É verdade, tia. A senhora poderia agora ter um neto amoroso, mas com o que fez, conseguiu um inimigo ferrenho.

– Você tem certeza? Deus do céu! Perdoe-me.

– Muitas vezes, tia, cavamos nossa sepultura com as próprias mãos.

Janice ficou pensativa. Teria razão sua sobrinha? Porém, tentou aquietar a própria consciência: Leda Maria era ainda uma criança, ela era viúva, melhor ter feito o que foi feito. Mas a consciência, longe de se aquietar, lhe gritava: "És por acaso dona da vida? Desde quando decides sobre quem deve e quem não deve viver? Desde quando possuis o inequívoco poder para julgar imparcialmente?"

– Não posso mais voltar atrás. Leda Maria está morta. O bebê está morto. Eu própria estou morta. Os ossos...

Tia e sobrinha se abraçaram. Daquela vez, ganharam do obsessor.

Capítulo 20

De amor e ressentimentos

Luzia e Severino quase não se falavam. Ele, ora queria perdoá-la, ora queria maltratá-la; ora queria que ela ficasse, ora queria que se fosse. Assim, embora o mutismo dele, ela se sentia pequena, como se o erro do passado lhe vergastasse a alma. Aprendera já, através da doutrina abraçada, que o perdão existe para os devedores, porém, teremos de arcar com suas consequências; que é ele, não o esquecimento da dívida, mas a oportunidade da correção. Havemos de voltar sobre os nossos passos e corrigir, refazer uma, duas, dez, mil vezes nossos atos até aprendermos que nosso próximo tem direitos iguais aos nossos; que como nós mesmos, são Espíritos de Deus em evolução.

A natureza não tem pressa. Espera por nós. Espera pelo nosso progresso moral e intelectual para aprendermos e aceitarmos essa verdade.

Luzia encaminhou-se para o rio. Queria meditar, pensar na melhor forma de dizer a Severino que precisava da separação legal porque estava prestes a se casar com João. Ainda não tocara no assunto com os filhos. Preocupava-se com a reação deles. Não queria magoar ninguém, mas reconhecia que a vida naquela casa lhe seria de constantes lembranças; lembranças que ela desejava esquecer. Queria criar Mariah longe dali. Tentar ainda ser feliz, refazer mais uma vez a sua vida. Agitou a cabeça para espantar as lembranças.

O murmurar das águas do rio era sua canção preferida. Tirou os sapatos, sentou-se com os pés na água. O Sol do entardecer já tingia de dourado a linha do horizonte; os pássaros já começavam sua cantilena de fim de dia, de busca dos ninhos.

Severino viu quando ela se dirigiu para o rio e a seguiu sem ser visto. Naquele dia, teve vontade de conversar ou, quem sabe, escarafunchar um pouco mais a ferida?

– Pensando na vida? – perguntou, abrupto.

Luzia empalideceu de susto.

– Santo Deus, Severino! Que susto! Assim você me mata!

– Não tive a intenção, me desculpe.

– Tudo bem – disse Luzia, levando a mão ao coração.

– Você continua gostando desse lugar, né, Luzia?

– Aqui é como um santuário.

– Mas santuário... – Severino parou no meio da frase.

– Continue. Santuário...

– ... é lugar sagrado.

– Parece que sim. Mas aonde você quer chegar?

– Olha, Luzia, não vamos desenterrar o passado.

– Mas é você quem o está desenterrando! Você não esquece nunca? Já não acha bastante o que sofri? O que sofremos? Que quer, afinal? Expulsar-me uma vez mais? Vamos, faça-o!

Luzia estava com as faces afogueadas. Não suportava mais as constantes insinuações de Severino. Ele era como a gota d'água que vai imperceptivelmente abrindo crateras.

– É que eu não consigo me esquecer que foi aqui... Você entende.

Luzia entendia. Severino fazia questão de manter viva a chama do passado. Não queria que ela se apagasse. Era preciso castigar a mulher ainda mais. E aquele rio era a testemunha que lhe exacerbava as lembranças. Fora bem ali que ele a surpreendera nos braços de outro.

– Severino, creio que já conversamos bastante sobre isso. Já esgotamos o assunto. Homem, como você é cruel! Como revolve sem piedade a ferida alheia! Já não está satisfeito com tudo o que sofri?

Um rubor queimava o rosto de Severino. Queria abraçar a mulher. Queria, no fundo, que ela lhe compensasse com seus carinhos todos aqueles anos de saudade e sofrimento longe dela. Queria uma coisa e falava outra. Feria-a na esperança de que ela chorasse. Assim, ele a tomaria nos braços, enxugar-lhe-ia as lágrimas com seus beijos e ali, ali mesmo onde ele a surpreendera há mais de uma década em cenas comprometedoras com outro homem, poderiam se amar. Era aquela a sua maneira de dizer ao rio que parasse de cantar as infidelidades daquela mulher; que agora poderia mudar seu repertório e cantar seu amor com ela. Mas voltou ao habitual mutismo, à dor, à casmurrice. Tudo o que idealizou de bom ficou só na intenção. Emaranhado na sua cabeça. Tudo foi novamente guardado para ser ruminado mais tarde, quando o coração ameaçasse perdoar.

– Agora percebo que realmente não temos a menor chance de recomeçar. Você seria meu juiz implacável e presente até o fim de meus dias. Se não me enlouquecesse de dor, não ficaria satisfeito. Nada agora me impede de casar. E sem nenhum remorso.

Severino deu um pulo.

– Quê!!! Casar? Ora essa! Você não perde tempo mesmo, heim?

Uma dor de mil tentáculos se lhe infiltrou no coração. Ele esperava qualquer desfecho, menos aquele. E foi num misto de amor e ódio, que disse:

– Você ainda é minha mulher! Ainda estamos ligados pelo casamento.

– Severino, eu gostaria de falar com você noutro tom. Pensei muito. Não queria que fosse assim, como dois inimigos. Você já veio com essa mesma conversa quando o falecido Matias e eu viemos aqui a fim de obter a separação legal, uma vez que, de fato, já estávamos separados.

– Não lhe dei o divórcio naquele tempo e não vou lhe dar agora. Se quiser, vai ser só amigada. Amasiada. Amancebada.

Luzia deu um riso nervoso:

– É esta a sua vingança? Ora essa... já vivi amancebada antes. Viverei de novo.

– Você está falando isso só pra me atazanar os miolos. Na verdade, não tem ninguém!

– Precisamos conversar. Vamos nos sentar ali e falar como gente civilizada. Como adultos.

– Fico em pé, mesmo. Pode falar.

– Desde a última vez em que vim aqui, que estou de namoro firme com um homem honrado. Pretendemos nos casar. Se ainda tinha alguma dúvida, algum remorso por deixar você, esta sua atitude de ainda há pouco me mostrou que não temos a menor chance de voltarmos a ser marido e mulher. Você estaria se lembrando sempre. Não se permitiria esquecer e nem abriria mão de me atormentar. Na verdade, você não me quer feliz. Para você, eu deveria acabar minha vida afogada em lágrimas. Mas, não, Severino. Fui culpada, sim, mas você não está de santo nesta história, não! Nunca soube ser gentil, carinhoso. Nunca soube pedir nada. Nosso relacionamento era unilateral. Quando você queria sexo, não se importava se eu queria também ou não. Se você estava disposto, nunca se preocupava com minhas indisposições. Era uma obrigação minha. Eu tinha de me submeter. Era sua mulher; estava ali para aquilo. Você era o homem, eu a sua serva. Você mandava, eu obedecia. O prazer deveria ser só seu, que para a mulher isso não tinha importância. Às vezes, fico pensando que você parou no tempo. Tem certos conceitos, certas atitudes, que mais parecem do homem da Idade Média, ou da pré-história. Acorde, Severino! Quem sabe se você ainda não encontra uma santa incorruptível no seu caminho?

Luzia nem respirava. Falava depressa, indignada. Compreendeu que, ainda daquela vez, ele não lhe daria o divórcio.

O homem rodava e rodava seu chapéu na mão. Mal podia acreditar que seus sonhos, agasalhados ainda há pouco, se desfizessem tão de repente. Leão aproximou-se dele e foi asperamente rechaçado.

– Vou falar com Zina e com Cícero. Espero que eles me compreendam. Quanto a você, desisto de fazê-lo compreender. Fique sozinho com seu passado.

Luzia calçou os sapatos e voltou para casa. Severino ficou ali, embora já a noite houvesse chegado.

– Mãe, que cara é essa? Não viu o pai por aí?

Cícero e Zina viram quando ela foi para os lados do rio e logo depois o pai também para lá se dirigiu. Bateram palmas: "Agora vão se entender."

– A senhora e o pai se entenderam, afinal?

– Creio que sim.

– Que maravilha! – disse Zina.

– Que boa notícia! – disse Cícero.

– Só não sei se vocês vão gostar do "entendimento".

– Quer explicar, "dona Luzia"? – disse Cícero.

– Olha, eu preciso conversar com vocês. Mariah... Onde está?

– Está lá tentando ler um livro que eu lhe dei.

– Vamo-nos sentar. A conversa é longa.

Os dois irmãos olharam-se, curiosos. Luzia, sem rebuços, falou:

– Com o pai de vocês não há a menor possibilidade de nova união. Ainda agora, lá no rio, ele me mostrou que guarda muitos rancores. É uma alma equivocada e presa ao passado. Tenho pena dele. Sofre, mas cultua a dor. Perderá sua identidade se lhe tirarmos o sofrimento.

– Como assim, mãe? – perguntou Zina.

– Ele gosta de sofrer. Acostumou-se a viver no passado e com isso se desequilibra. Não vê o presente. Fala dos tempos passados, do meu erro, só para atormentar-se. Como se eu os repetisse a cada momento. Para ele, esses dez anos transcorridos são o ontem... o hoje... o agora... o sempre. Bem, mas tenho outro assunto pra falar. Quero lhes contar uma novidade. Vou me casar novamente. Com o João, um bom homem que conheci há quase dois anos.

– Não acredito!! Como nunca nos disse nada?

– Aguardava uma ocasião propícia. Queria lhes dizer pessoalmente, sondar a reação de vocês. Se acham que eu ainda mereço ser feliz... Mereço?

Os dois jovens não responderam de pronto. Estavam confusos. Por um momento, acharam que aquela situação teria um final feliz. Que os pais, finalmente, se acertariam, mas, e agora?

– Não dizem nada? Devo interpretar isso como uma reprovação?

Foi Cícero quem primeiro falou, abraçando-a:

– Mãe, torci muito para a senhora e o pai se acertarem, mas se não foi possível, boa sorte! Pode contar com o meu apoio. Só quero conhecer esse cabra de sorte que conquistou seu coração.

Adalzina chorava.

– Minha filha, não está feliz, não é? Eu a decepcionei mais uma vez, não foi?

– Não, mãe. Não é isso, é que... Eu esperava...

– Sei o que você esperava, filha, mas realmente não há condições. Se seu pai não fosse tão estranho, eu talvez até renunciasse ao João por amor a vocês todos, mas seria uma renúncia inútil. Ninguém seria feliz. Nem ele, nem eu, nem você e Cícero. Não há como conciliar as coisas. Não nesta vida.

Por fim, a filha também a abraçou, desejando felicidades.

– E o pai, mãe? Ele já sabe?

– Já.

– Como reagiu?

– Do mesmo modo de há dez anos. Ficou furioso. Disse que não me dará o divórcio.

– E agora?

– Ora, nestas condições, papel é assunto secundário. Viverei com João da mesma forma que vivi com Matias. Procurarei ser feliz, fazer o João feliz, e dar uma vida tranquila para Mariah.

Capítulo 21

Luzia inacessível

NAQUELA NOITE, SEVERINO NÃO CONSEGUIA CONCILIAR o sono. Estava aborrecidíssimo: "*Que grande besta que eu sou! Agora ela se vai de vez e talvez nunca mais retorne. Tá vendo, seu asno, seu cabeça de ostra, o que você ganhou com suas prosas?*"

Luzia também não estava conseguindo dormir. No dia seguinte, iria com os filhos para a casa de João. "*As filhas dele já devem estar lá. Será que vão ser minhas amigas ou terão ciúmes? A Thereza, eu conheci aquele dia na estação, quando fui para Presidente Prudente. Agora deve estar moça. Ela me pareceu irritada com minha conversa com seu pai. Mas talvez fosse o cansaço da viagem. Segundo João me conta, ela é uma grande médium. Heloísa, esta, ainda não conheço..."* – pensava Luzia enquanto o sono ia embora de vez.

Levantou-se e, pé ante pé, para não acordar ninguém, foi para a cozinha. Pretendia fazer um chá para ver se o sono chegava. Acendeu a luz e deu com Severino ali no escuro:

– Que faz aqui, homem de Deus? Virou coruja? Aqui, nessa escuridão!

– Não tenho sono.

Severino mostrava no corpo o abatimento que lhe ia à alma. Parecia um morto-vivo, tal a lassidão em que se encontrava. Amava Luzia muito mais do que até então supunha. Durante todos aqueles anos, alimentara a ideia fixa de que um dia ela voltaria. Cansar-se-ia do tal Matias – que, segundo ele, era um desgraçado que só queria se aproveitar dela – e voltaria para ele. Com a repentina viuvez dela, sua esperança crescera ainda mais. Dava como certa a reconciliação. Agora... o desgraçado do João!

– Quer que eu lhe faça um chá?

Ele acenou que sim.

– Luzia, sei que você ficou zangada. Sabe, eu não sei explicar; quero dizer uma coisa e digo outra. Não sou bom com as palavras. Fique comigo, eu lhe peço. *"Pronto, saiu, graças a Deus!"* – pensou.

Luzia imaginou o quanto deve ter sido difícil

para ele fazer tal pedido. O quanto teve de lutar contra seus conceitos de homem durão, que não perdoa fácil. Toda mágoa que pudesse ter contra ele, naquele momento extinguiu-se.

– É para o nosso bem que eu me vou, Severino. Você não consegue esquecer e eu não tenho o direito de lhe causar mais aborrecimentos. No início, você poderia até gostar, mas com o tempo, voltaria tudo a ser como antes. E eu não suportaria mais ler minha condenação nos seus olhos.

– Luzia...

Estava trêmulo e a voz lhe saía embargada. Tentou abraçá-la e ela se afastou.

– Não, Severino. Não tem mais sentido. Para nós, não tem mais jeito.

– Tem de ter, Luzia. Tem de ter.

– O amor que tenho por você é o de irmão, compreenda.

– Ao inferno com esse amor de irmão! Não preciso dele.

– Fale baixo, por favor! Pelo menos uma vez na vida, compreenda. Não seríamos felizes. Entre nós estariam sempre as lembranças amargas.

Severino nada respondeu. Compreendeu que nada do que dissesse conseguiria ser fiel ao que estava sentindo. Na maioria das vezes, não conseguia dizer o que realmente queria, complicando-se ainda mais.

– Amanhã quero levar a Zina e o Cícero, se você permitir, para conhecer a família de João. Como já lhe disse, estamos pensando em ficar juntos.

– Eu também vou. Quero conhecer **esse cabra**.

– Não acho uma boa ideia. Haveria constrangimento dos dois lados. Pra que buscar mais sofrimentos? Escarafunchar a ferida?

– Onde ele mora?

– Aqui perto. Cícero já alugou um táxi. Tem umas duas horas daqui até lá.

– Se ele mora tão perto, talvez eu o conheça. Quem é ele? Onde você o conheceu?

– Não creio que você o conheça. E se não o conheceu até agora, melhor será que continue sem conhecê-lo. Severino, quanto ao divórcio...

– Esqueça! Sua alforria? Nem quando eu morrer.

Luzia suspirou fundo. Ofereceu-lhe o chá e ficou em silêncio, pensando naquele modo estranho de agir. Convivera tanto tempo com ele, e agora percebia que estava longe de entender seu modo de ver as coisas.

De repente, Leão começou a latir. Luzia arrepiou-se. Lembrou-se da última vez em que pressentira o Espírito sofredor lá no barracão. "Qualquer dia vou convidar a Thereza para vir aqui. Ela é médium, quem sabe não pode ajudar o pobre Espírito?"

Severino tomou quase todo o bule de chá. Luzia deixou-o e voltou para o quarto. Fez uma prece por ele, pedindo a Deus que o ajudasse. Também orou pelo Espírito do barracão. O cachorro continuou latindo noite adentro.

Capítulo 22

O medalhão

THEREZA VIAJARIA COM HELOÍSA NO DIA SEGUINTE PARA a casa do pai. A contragosto, deixaria Janice em casa. A tia não queria acompanhá-la, apesar do medo de ficar sozinha. Fazia três anos que Thereza estava morando em sua casa. Ela estava melhor, mas ainda não perdera o hábito da bebida. Esperava que, frequentando o centro espírita, tudo se arranjasse. Como num passe de mágica, os obsessores seriam afastados, ela não sentiria mais vontade de beber e todos seriam felizes para sempre.

Janice, como quase todo mundo, era contraditória. Ambivalente. Buscava as virtudes do ser real, que é o Espírito, mas não esquecia os vícios da vida material. Era, como no dizer de ela mesma, prática.

Precisava ir ao centro? Ia. Gostava da bebida? Bebia.

Onde, então, a reforma íntima necessária para operar mudanças? Onde as transformações para um viver harmônico? Para uma cura definitiva?

Apesar de ela possuir algumas qualidades, tinha sérias limitações de entendimento. Frequentava o centro como quem cumpre uma obrigação. Não reagia quando o sono a tomava. Já fora advertida que era aquilo um recurso do obsessor para mantê-la presa a seu jugo, mas não se dispunha a colaborar na própria cura. Raras vezes se dava conta de que carecia mudar de atitude.

De casa ao centro, do centro para casa. Passes e mais passes. Habituara-se a eles, sentia-se muito bem, contudo, porque não se dispusesse a mudar sua conduta, a cura definitiva não acontecia.

Em qualquer situação, em qualquer templo religioso, não existe favoritismo. Deus não privilegia ninguém e, se a criatura não fizer a sua parte, sua colheita será sempre espinhosa. Só colherão flores aqueles que buscam as transformações para o bem; que não ficam à espera do lume alheio, mas que procuram acender o seu próprio.

Os passes, os trabalhadores espirituais, ajudam-nos, mas temos de fazer a nossa parte. Que ninguém espere ser carregado no colo, que outros lutem por ele. Sempre haverá ajuda desde que não nos omitamos diante da necessidade da reformulação interior. Jamais conseguiremos ludibriar, burlar as leis do Senhor.

Na qualidade de seres humanos, de racionais, conquistamos nosso livre-arbítrio, ou seja, podemos fazer tudo o que queremos, mas, em contrapartida, haveremos de receber de volta tudo o que semeamos pelo caminho. É da Lei. É da justiça. E por mais que o tempo passe, lá adiante vamos encontrar sempre alguém a nos esperar e a nos dizer: "Aqui está o resultado do seu plantio."

Enquanto Thereza lutava para melhorar-se ainda mais, Janice pouco esforço fazia. Em todo tratamento desobsessivo, para que a cura seja completa, há que haver mudança de conduta do obsidiado. Inútil querer safar-se. Inútil querer a cura sem abdicar-se dos vícios. Inútil querer enganar-se a si mesmo achando que a maquiagem superficial resolve. Os bons Espíritos esforçam-se para nos ajudar, mas não fazem o nosso serviço. Por outro lado, os obsessores se riem da nossa ingenuidade ao achar que banhos de defesa, amuletos, defumação, velas, ou algumas orações ditas sem convicção, vão afastá-los do nosso caminho.

Somente a autoridade moral/espiritual tem o poder de afastar obsessores que, embora não violente a vontade do desencarnado, os modifica, com o grande poder transformador do amor.

A bebida já mostrava seus estragos no organismo de Janice. Os últimos exames médicos apontavam para uma cirrose hepática.

– Tia, não estou querendo viajar e deixar a senhora aqui sozinha.

– Não quero ir. Conheço muita gente por lá. Estou horrorosa! Inchada, olhos de bêbada... Não. Não vou, não.

– A senhora é incrível, tia! Sabe muito bem do mal que faz a si mesma e continua bebendo.

– É que, sem a bebida, sinto-me morrer. Fico trêmula, angustiada, as ideias embaraçadas...

O alcoolista, embora sofra os mesmos sintomas do viciado por outras drogas, em geral não merece das autoridades governamentais os mesmos cuidados. A sociedade é um tanto equivocada. Enquanto trata o toxicômano como um doente, tolera o vício do álcool e do fumo, que são tão graves quanto os vícios químicos condenados.

No livro *Psiquiatria Em Face Da Reencarnação*, do Dr. Inácio Ferreira, encontramos:

> (...) O alcoólatra leva consigo a herança mórbida, pois no laboratório da natureza, com a morte, o corpo apodrece e se consome, dispersando-se os elementos com a decomposição.

> A lepra, a tuberculose, o câncer, males que se estabelecem no corpo e usufruem os seus elementos químicos, se dispersam com a transformação, mas os vícios, como o álcool e os entorpecentes, são conservados pelo perispírito, sofrendo a intoxicação do seu ego, a intoxicação psíquica. (...) Morto o alcoólatra, o seu Espírito continua intoxicado e enfermo; tanto que se em vida humana o seu vício o levou ao manicômio, nos manicômios do espaço continuará para a desintoxicação perispiritual (...)

Razões não faltavam a Thereza, alma já mais amadurecida, para preocupar-se com o caso da tia.

– Estou preocupada, a senhora me parece muito doente. Antes da viagem, vamos ao médico.

– Não preciso de médico, sei que estou no fim. Mas não faz mal, assim me junto a Leda e a Ângelo.

Thereza abraçou-a, dizendo:

– Tia, bem se vê que a senhora não está prestando a atenção devida às palestras lá do centro. Não se recorda de que, ainda na semana passada, foi falado sobre os suicidas? Dos sofrimentos deles?

– Do que você está falando? Eu não estou pensando em me matar, sossegue. Jamais teria coragem.

– Todavia, está se matando através do álcool. Não é diretamente uma suicida, mas o é indiretamente.

– Thereza, o que você está dizendo? Eu não sou

suicida, nem direta nem indiretamente. Apesar de tudo, quero viver.

– Minha tia, acorde! Quando alguma coisa nos faz mal, quando desequilibra nosso organismo, nosso psiquismo, e mesmo assim não abrimos mão dela, estamos nos matando lentamente. É como se fôssemos suicidas, não concorda? Na literatura espírita há muitas narrativas sobre isso, não estou dizendo nenhuma novidade.

Janice balançou a cabeça, confusa, tentando entender o que a sobrinha lhe dizia. Depois, gemeu e principiou a reclamar daquela vida, atribuindo ao destino a cruz pesada que carregava.

– Maldito destino!

– Segundo tenho lido, o destino da forma como a maioria entende, não existe.

– Como não existe? Então não estamos cansados de ver pessoas sofrendo, pessoas alegres, outras infelizes? Não vemos toda sorte de destinos?

– Até podemos chamar de destinos, se quisermos. Mas na verdade, eles não nos são dados aleatoriamente. Cada um de nós, através do nosso livre-arbítrio, é que decide como vai ser a nossa vida.

– Quer ser mais clara, Thereza? Não consigo entender muitas das coisas que você me fala. De uns tempos pra cá, você é pura erudição!

A guerreira aproximou-se de Thereza e a ajudou nas explicações:

– O destino só existe e só foi anteriormente traçado, se o encararmos como provações cármicas. Dessas, sim, não há como fugir. Cedo ou tarde, as enfrentaremos. Mas veja, minha tia, "este destino" não é assim, de graça.

– Não estou entendendo aonde você quer chegar.

– É fácil entender. Lá atrás, em outras existências, **nós** desencadeamos essas respostas que agora nos alcançam. Lá atrás, fizemos o "nosso destino". Em cada minuto de nossas vidas estamos fazendo "nosso destino". Se hoje sofremos, não é porque nos foi dado um destino ruim, mas porque assim o fizemos para nós. Quando aprendermos a viver bem o presente, quando já estivermos harmonizados com o passado, então nosso destino será a felicidade. Nunca ouviu dizer que Deus não nos criou para a infelicidade e, sim, para a felicidade? Que o mal não é obra Dele, mas do Homem?

Janice olhava a sobrinha com enlevo. Tentava entender o que ela lhe dizia, mas bem pouco realmente absorvia. Muitas vezes, Thereza percebia o abortado junto dela, e então o envolvia também em vibrações de amor e paz. Aos poucos, parecia que ele ia modificando a carantonha e se entediando do mal. Agora, percebendo que ele lá estava sem o ódio costumeiro, a guerreira quis aproveitar tal disposição e sugeriu que elas fizessem uma prece. Imediatamente o Espírito se enfureceu, mas continuou ali. Janice, porque estivesse mentalmente ligada a ele, também se sentiu aborrecida, todavia, acompanhou a sobrinha na prece. Eram só os lábios que se moviam. A mente e o coração continuavam recobertos pela indiferença. Thereza percebeu:

– Orar dessa forma de nada adianta.

– De que forma estou orando? Ora, menina, você está ficando cada vez mais exigente. Que coisa!

– É que orar de modo mecânico, sem vibração, sem sentimento, sem fé, é como se não orássemos. Se não pudermos fazer a oração com o coração cheio de energia e fé, ela será inócua.

– Ora, prece é prece. De qualquer modo que se ore, é uma prece.

– Não mesmo! Fora desses parâmetros que citei, ela não tem eficácia alguma.

– Eu não sei rezar de outro jeito, depois, estou mesmo com pressa.

Thereza viu o Espírito obsessor rir com escárnio e se envolver ainda mais com Janice. A guerreira, vendo sua decepção, lhe disse:

"Já fizemos nossa parte. Continuaremos a ajudá-los, mas não podemos violentá-los na sua vontade.

Eles terão de aprender, mais dias menos dias, aqui ou do outro lado da vida." – E se foi.

– Mas a senhora disse que tinha alguma coisa pra me dizer.

– Tenho. É que, sabe, sinto que não vou viver muito tempo.

A sobrinha a olhou. Não teve ânimo para contestar, porque também ela sabia que a vida da tia na Terra estava prestes a se findar. O fígado não suportaria mais por muito tempo tanta agressão.

Ficou em silêncio, ouvindo o lamuriar de Janice. Ela, efetivamente, entregava-se sem a menor luta.

– Por fim, querida, quero lhe pedir que tenha um pouco mais de paciência comigo. Já estive no cartório. Passei toda minha herança pra você. Está tudo na gaveta da minha escrivaninha, lá no meu quarto.

– Tia, continuarei sempre do seu lado fazendo tudo o que for preciso, mas fico por amor, e não pensando na herança. De qualquer forma, sou-lhe muito grata; mas espero que a senhora ainda largue esse vício e viva muitos anos.

Janice forçou-se a rir. Depois, tirou do pescoço um medalhão e mostrou-o à sobrinha. Abriu-o. De um lado estava uma pequena foto de Ângelo, o marido falecido, do outro, a filha Leda Maria. Ela mesma colocou a joia no pescoço da sobrinha:

– Esta joia é a que mais amo na vida. Agora é sua.

Thereza sentiu uma sensação estranha ao sentir o medalhão tocar seu pescoço. Lembrou-se imediatamente de Ângelo, o tio que bem poucas vezes vira. Ângelo também fora alcoolista e desencarnara com cirrose hepática.

Capítulo 23

Elo entre os planos

HELOÍSA CHEGOU BEM CEDO. ESTAVA EUFÓRICA. AO contrário da irmã, era extrovertida e não se preocupava com questões filosóficas. Sempre desconversava quando Thereza enveredava por assuntos mais complexos.

Enquanto se acomodavam no trem, Thereza percebeu o Espírito daquela que lhe fora mãe terrena. Sempre chorosa, as acompanhava. Sem saber explicar, Heloísa também pressentiu aquela presença:

– Thereza, e nossa mãe? Se é verdade que existe vida depois desta, se o Espírito conserva as lembranças, os ódios, os amores, então ela deve estar sofrendo com esse namoro do pai.

– Ela está aqui.

– O quê?!! Aqui?! Thereza, não me assuste! Pare com isso!

– Não é brincadeira para te assustar, não, Helô. Ela está mesmo aqui.

– Onde ela está?

– Bem nesse canto aí, ó. Bem perto de você – disse Thereza, apontando com o dedo indicador.

Heloísa deu um pulo enquanto se persignava. Ficou em pé. Não queria mais sentar-se.

– Thereza, por favor, eu tenho medo dessas coisas.

– Nossa mãe não é **essas coisas**.

– Claro. Vai desculpando aí, mãe. Mas, por favor, vá pro canto da Thereza. Ela já está acostumada. Então, compreenda. Vá pro lado dela, certo?

E fez um gesto engraçado, como se falasse a uma pessoa encarnada.

– Sente-se, Helô, que o trem vai andar e você pode cair. Não há motivo pra medo.

– É que ela já está morta.

– Quem disse? Está muito mais viva do que nós duas juntas.

– Olha, Terê, vamos parar com essa conversa. Estou toda arrepiada. Esperava que você, agora que já é uma moça, tivesse perdido a mania de ver coisas do outro mundo.

– Agora é que estou desenvolvendo **essa mania**, sua boba. Já lhe contei que frequento, com a tia Janice, um centro espírita? Pois então. Lá, estou aprendendo um bocado de coisas. Passei a compreender questões que não compreendia antes. É pena que a tia só vai lá pra dormir... do contrário, já teria se curado.

– Da minha parte, morro de medo de quem já passou para o lado de lá.

– Quem já passou para o lado de lá e nos amava, continuará nos amando e não nos fará mal algum. Pelo contrário, quererá o nosso bem. O amor não se extingue com a morte. Se se extinguir, então não era amor.

Heloísa não estava à vontade. Sempre fugira de tudo o que não fosse concreto e palpável.

– Acha que nossa mãe, que tanto nos amava, nos faria algum mal, Helô? Não seja tola.

Nós, humanos, temos dessas incoerências. Enquanto no mesmo plano de vida, relacionamo-nos uns com os outros, cultivamos a amizade, o amor, basta que um passe para o outro lado para que aquele que ficou não aprecie mais aquela presença espiritual, ainda que o amor continue.

Heloísa amava a mãe. Fora filha dedicada e amiga. Mais velha do que Thereza, sempre desfrutara mais a presença materna. No entanto, assim que a mãe se foi, ela se fechara como um caramujo. Que a mãe ficasse "na sua", que ela ficaria "na dela".

Esse Espírito-mãe, assim que se viu curada pelos trabalhadores do posto espiritual onde foi recolhida, dali fugiu, retornando ao antigo lar. Sentira com pesar a rejeição do marido, de Heloísa e do filho. Somente Thereza retribuía-lhe o afeto e tentava fazê-la entender a necessidade de voltar ao mundo que doravante lhe pertencia. Mas era como falar a um surdo. O Espírito perturbado, revoltado porque fora obrigado a deixar a família terrena, não atendia a seus rogos e preces. Agora estava ali, junto às filhas. Sabia que Thereza a via e que Helô estava assustada. Achegou-se à filha e lhe pediu que dissesse à irmã que ela não lhe faria mal algum.

– Helô, nossa mãe está dizendo pra você ficar tranquila. Ela não lhe fará nenhum mal. Diz que nos ama a todos.

– Thereza, ela disse isso mesmo? Então, me diga como ela está.

– Pode-se dizer que não está bem espiritualmente, porque está viajando pra lá pra impedir que nosso pai se case novamente. Está desequilibrada pelo ciúme.

– E ela pode impedir?

– Sinceramente, não sei. Talvez sim, talvez não.

Depende do que ela fizer. De qualquer forma, não estamos à mercê das decisões equivocadas de Espíritos desequilibrados. A guerreira me disse para eu não sofrer antes da hora, isso me tem dado o que pensar.

– Guerreira?! Que guerreira?!

– Ahn, ainda não lhe falei dela. A guerreira é um Espírito maravilhoso. Na verdade, eu a chamo assim, porque ela tem uma espada mágica. Uma espada que afasta os Espíritos perturbadores. Em casa falaremos mais dela. Estávamos falando sobre a mãe, sobre minha preocupação.

– Vamos parar de falar nisso. Estou tão feliz em voltar pra casa, abraçar o pai, rever os amigos. Nesses anos todos, poucas vezes retornamos.

O trem, no seu ritmo monótono, foi atravessando cidades e campos. Thereza, nariz colado ao vidro da janela e coração opresso, pensava se fizera bem em deixar a tia sozinha. Ao pensar nela, instintivamente levou a mão ao medalhão. Recebeu um pequeno choque e retirou-o do pescoço. Abriu-o. Seu coração bateu arrítmico. O tio lá estava. Olhar sisudo, olhos empapuçados. Não era feio, todavia, tinha um olhar estranho – ou à Thereza assim pareceu. Do outro lado, a prima Leda Maria. Tão menina ainda! Era quase impossível acreditar que já não existia no mundo dos encarnados, que sua vida fora tão curta e tão marcada pelo infortúnio.

Lembrou-se da ossada que jazia, agora, sob uma quaresmeira. Lá estava, como um botão de flor arrancado antes do tempo. Um botão que não tivera tempo de se abrir; que fora despedaçado e alijado do útero. Ele se fora, mas levara consigo a mãe que lhe negara a oportunidade da vida, do recomeço, da esperança.

Todos receberam seu quinhão de dor naquele infeliz desfecho: Leda Maria, assim que desencarnou, foi arrebatada por Espíritos trevosos. Depois, pelo Espírito que lhe seria o filho, agora transformado em obsessor. Padeceu algum tempo presa numa caverna odiosa, até que trabalhadores de Jesus conseguiram retirá-la de lá e recambiá-la para um pronto-socorro espiritual.

Janice sofria até aquele momento a subjugação do abortado. Sofria mais que a própria Leda Maria, pois que fora a maior responsável na decisão do aborto. Aquele que induz, que estimula ao erro é tão – ou mais – culpado que o agente do erro. Ambos, porém, sofrerão o choque de retorno, a reação da ação praticada. A dor permanecerá até que tudo seja devidamente retificado, e a alma culpada só encontrará a paz após se reequilibrar com a Lei um dia desrespeitada. Tudo grandioso. Tudo harmônico. Tudo justiça na obra de Deus.

Thereza fechou o medalhão. Recolocou-o no pescoço e sentiu novamente um tremor desagradável, como se se lhe enrodilhasse uma víbora pegajosa.

Só não o arremeteu janela afora porque a tia poderia pedi-lo de volta.

Olhou para Heloísa a fim de ver se ela notou seu gesto de repulsa, mas a irmã cochilava, embalada pelo som cadenciado do trem.

De repente, dois olhos empapuçados a olhavam. Thereza estremeceu. Reconheceu os olhos do tio. Lembrou-se de que nunca o apreciara. Nas poucas vezes em que o vira, sentira aquele mesmo arrepio e mal-estar que ora sentia. O tio também fora alcoolista. E morrera vitimado pela bebida. E a tia era também alcoolista. E mais dias menos dias, morreria do mesmo modo.

Thereza viu-se pequena no colo do tio. Eram-lhe um suplício aqueles agrados. Cada vez que ele falava, um hálito embriagador lhe bafejava o rosto. Emanações etílicas que a deixavam estonteada e faziam com que ela fugisse dele.

"Por que será que só agora o tio me aparece? Três anos junto com tia Janice e eu jamais havia pensado nele. Agora... O medalhão! Sim, o medalhão é o elo."

Capítulo 24

Psicometria

O TREM FAZIA SUA PRIMEIRA PARADA. HELOÍSA ACORdou. Massageou o pescoço. Thereza sorriu para esconder a preocupação. Não bastassem tantos problemas e via agora o tio ligado ao medalhão, como a lhe inquirir o porquê de ele ter saído do pescoço de Janice para o dela.

Lembrou-se vagamente de um livro que lera sobre Psicometria.

A psicometria é conhecida em Psicologia como um método de avaliar e medir nossa capacidade mental e psicológica, a eficiência, a potencialidade e a função dos componentes psicológicos através do emprego de testes mentais.

Na Doutrina Espírita, não é fenômeno dos mais conhecidos, embora esteja estreitamente ligado à mediunidade. É uma vidência especial em que o médium, na presença de algum objeto, consegue desvendar todo o seu passado: a quem ele pertenceu, em qual drama esteve envolvido, etc. É possível até localizar uma pessoa desaparecida através de um objeto que lhe pertenceu e que chega às mãos de um psicômetra. Entidades desencarnadas também podem permanecer por muito tempo ligadas a algum objeto que lhe foi caro ao coração, relembrando os acontecimentos passados. Tal objeto fica, então, impregnado com os fluidos desses Espíritos, facilitando seu reconhecimento pelo médium.

André Luiz, no seu livro *Nos Domínios da Mediunidade* – cap. 26, nos contempla com interessante caso de Psicometria:

> "(...) Numa instituição como esta, é possível realizar interessantíssimos estudos. Decerto, já ouviram referências à Psicometria. Em boa expressão sinonímica, como o é usada na Psicologia experimental, significa "registro, apreciação da atividade intelectual", entretanto, nos trabalhos mediúnicos, esta palavra designa a faculdade de ler impressões e recordações ao contacto de objetos comuns (...).
>
> (...) Ao lado de extensa galeria, dois cavalheiros e três damas admiravam singular espelho, junto do qual se mantinha uma jovem desencarnada, com expressão de grande tristeza.
>
> Uma das senhoras teve palavras elogiosas para a beleza da moldura, e a moça, na feição de sentinela irritada, aproximou-se lhe tateando os ombros. A matrona tremeu, involuntariamente, sob inesperado calafrio (...).

Muitas vezes, um Espírito fica, durante décadas ou até mesmo séculos, encarnado ou desencarnado, ligado a um objeto que lhe é caro. O objeto fica, então, impregnado com seus fluidos, facilitando seu reconhecimento por um médium psicômetra.

O Espírito sente ciúmes quando esse objeto é passado para outras mãos.

Thereza, embora com muito receio, queria fazer a experiência com o medalhão, pois parecia que o tio vivia ainda em Espírito ali junto àquela joia que ele dera a Janice. Teve vontade de falar com Heloísa sobre o acontecido, mas sabia que a irmã tinha medo e se calou. Mas estava decidida a psicometrar o medalhão.

– Ai, que sono bom! O trem não devia parar, assim chegaríamos mais cedo. Thereza, a mãe continua...

– Ahnn?

– Cruzes! Onde você estava? Não ouviu o que eu falei?

– Não ouvi, mesmo. O que foi?

– Deixa pra lá.

– Fala. O que é?

– Nossa mãe em Espírito ainda está aqui?

– Está sentada do seu lado.

Heloísa ficou branca.

– É brincadeira, sua boba. Vê se tem cabimento! Ter medo de quem tanto te amou e ama ainda.

– Nunca mais brinque assim comigo.

Thereza pôs os dedos em cruz sobre os lábios, mas disse a si mesma:

"Qual brincadeira, qual nada. Ela viaja mesmo sentada entre nós. Está tão perturbada, que às vezes se esquece de que já desencarnou. Não sei muito bem qual a intenção dela. Pobre mãe! Sequer tem consciência de que poderia viajar com muito mais rapidez se tivesse permanecido na colônia espiritual e adestrado suas potencialidades. É tão ignorante das leis do próprio mundo, que desconhece as coisas mais simples e corriqueiras. Quando ela resolver sair do seu egocentrismo, quando aceitar que não mais pertence a este mundo e se voltar para Deus, então será mais feliz".

Heloísa olhava o vaivém dos passageiros com impaciência.

– Helô? Sabe que ansiedade também mata?

– E quem está ansiosa?

– Eu que não. Olhe pra você. Vai chegar lá sem unhas! E também vai ficar velha antes do tempo. Olha só os vincos na testa.

Heloísa suspirou fundo e massageou a testa para desfazer os citados vincos.

– Thereza, tenho a impressão de que alguma coisa boa vai me acontecer por esses dias. Sabe, tem uma coisa no ar... não sei explicar.

– Se for coisa boa, que aconteça logo. Eu já tenho a impressão...

Thereza não concluiu o que ia dizer, estancou no meio o riso que tinha nos lábios e ficou séria. Arrependeu-se daquilo que ia comentar, pois traria preocupações inúteis à irmã.

– Você dizia que também tem uma impressão. Pode ir falando, não adianta fazer-se de mudinha.

Thereza sabia que teria de contar. Do contrário, Heloísa não lhe daria mais sossego até o fim da viagem. Só que não era boa para mentir. Às primeiras palavras, a irmã já perceberia que ela faltava com a verdade.

– Bem... Se você tem uma impressão de que alguma coisa boa vai-lhe acontecer, infelizmente a minha impressão é bem contrária à sua.

Heloísa franziu mais a testa, aumentando o vinco. Sem tirar os olhos da irmã, pediu que ela se explicasse melhor. Considerava as impressões de Thereza muito mais dignas de crédito do que as suas.

– Sossegue. Não estou dizendo que essas impressões sejam com respeito a você. Dizem respeito a mim mesma. Eu é que posso ter alguma surpresa dolorosa, não você.

De qualquer forma, a irmã ficou apreensiva. Conhecia Thereza. Ela tinha o dom da premonição. Conviria, portanto, ficar atenta.

Thereza encolheu-se no seu canto. Queria recolher-se em si mesma para pensar, para verificar com mais acerto se procedia ou não aquela impressão que a perseguia desde que se preparara para aquela viagem.

A irmã insistiu:

– Sabe, Thereza, às vezes fico muito preocupada com você.

– Ora essa, preocupada por quê?

– Parece-me que você vive isolada no seu mundo; não gosta de festas, de namorar... Ainda por cima convive com uma alcoólatra.

– Não vivo isolada no meu mundo, ao contrário, parece que vivo entre dois mundos. Conviver com tia Janice em nada me prejudica. Desenvolvo, ali, minha tolerância, minha compreensão, o amor fraterno... E sinto-me feliz por poder ser útil a quem precisa. Falo o necessário. Quem fala demais ouve pouco e fala muita besteira.

– Então você deve ouvir muito. Se a gente não puxar as palavras de sua boca, a língua cria teia de aranha.

– Exagerada. Não falo pouco. Falo o necessário.

Depois, não sou sempre assim. Veja, hoje falei demais e assustei você.

– Bem, reconheço que você melhorou muito vivendo com a tia Janice. Aquela, fala por dez. Pena que beba tanto! Mas, vamos lá, vá falando quais são essas impressões desagradáveis, não pense que me enrola fácil. Vamos, vamos, fale.

– Desde que comecei a me preparar para esta viagem, sinto uma coisa estranha, uma sensação de ganho seguida de outra de perda. Uma dor, não dor do físico, mas uma dor de alma, como se, de repente, o mundo caísse sobre mim e me esmagasse como a uma formiguinha. Tento reagir, não me entregar a essas impressões, porém, elas são mais fortes do que eu.

– Por que não recorre à sua guerreira? Ela talvez possa ajudar.

– Já recorri. Mas ela nada me disse. A cada parada, tremo como se fosse acontecer "algo" naquele momento. Por isso, fico no meu canto, orando. Sei que, quando acontecer, deverei estar fortalecida, ligada com minha protetora espiritual, pois que sou ainda uma criatura fraca e preciso de ajuda.

– Espero estar fora dessa coisa.

– Sim, Heloísa. Você está fora "dessa coisa".

– De qualquer forma, agora estou preocupada. Não quero que nada de ruim lhe aconteça. Não a você.

Heloísa abraçou-se à irmã e chorou.

– Tá vendo? Você insiste pra saber, pra eu falar... Depois fica preocupada. Não seria melhor eu ter-me calado? Não seriam, agora, duas a se preocupar.

– Você devia saber que aqueles que se amam gostam de dividir não só as alegrias, mas também as preocupações. Já é sabido que quando dividimos, diminui o peso.

– Obrigada, Helô. Amo você.

– Idem, idem.

Capítulo 25

Formas-pensamento

O Espírito Glória Maria estava impaciente. Olhava as filhas. Às vezes, abraçava-as e chorava. Seu raciocínio estava cada vez mais deficiente. O olhar baço, perdido, mostrava a confusão que lhe ia à alma. Sentia fome e frio. Começou a pensar em Luzia e em João com grande revolta. De repente, um grupo de Espíritos ruidosos, atraídos por aqueles pensamentos bélicos, adentrou no trem e uniu-se a ela, fortalecendo-a nos seus propósitos e estimulando-a a um revide. O ambiente foi então se modificando. Aqueles Espíritos recém-chegados sabiam manipular fluidos, e *flashes* constantes de um crime passional eram exibidos ao Espírito Glória, como a lhe sugerir um caminho. E ela se viu envolvida naquela tragédia, atribuindo toda culpa a Luzia e a João. Vibrou com energia toda sua revolta contra os dois e, imediatamente, estranhos bonecos (bonecos?) postaram-se à frente dela. Todavia, não estavam ali nem em corpo astral e nem em corpo físico. Eram formas fluídicas criadas pela vontade férrea do Espírito Glória Maria e pela ligação emocional que existia entre eles. Essas criações fluídicas balançavam no ar e embaraçavam ainda mais a mente conturbada de Glória.

Ernesto Bozzano nos relata no seu livro *Pensamento e Vontade* (FEB, 7ª ed., p. 25), um fato bastante parecido com este.

> "No dia 26 de fevereiro de 1908, bateu-me à porta um distribuidor de brochuras e revistas da "Sociedade de propaganda cristã", e acabou por conseguir que eu lhe comprasse um número da revista, a título de experiência.
>
> De pronto, despertou-me a atenção um artigo sobre o Espiritismo, no qual não se contestava a realidade dos fatos, mas atribuía-se-lhes uma origem diabólica.
>
> Mandei entrar o visitante e logo engajamos, a propósito, viva controvérsia.
>
> Por fim, como sói acontecer nestes casos, cada qual se retirou na suposição de haver batido os argumentos contrários.
>
> Assim, não se retirou o adversário sem elevar a Deus uma prece, para que me abrisse os olhos à "verdadeira luz".
>
> Quereria com isso dizer me fosse aniquilada a diabólica faculdade de clarividência –, que sem embargo foi, desde os tempos mais remotos, o sinal dos servos e profetas de Deus –, e esclarecido o meu Espírito de modo conformativo com as opiniões dele suplicante.

Isto feito, lá se foi, assegurando-me que dali por diante os diabos ficavam expulsos de minha casa.

Pouco depois, recostava-me ao sofá, para repousar e meditar, e eis que repentinamente me surgem três "diabinhos", absolutamente idênticos ao tipo ortodoxo: – corpo humano, pés de bode, pequenos chifres atrás das orelhas, cabelos lanudos, quais os dos negros, tez cobreada.

Francamente, confesso haver sido de susto a minha primeira impressão, e creio que o mesmo sucederia a qualquer outro observador.

Meu primeiro cuidado foi erguer-me, para melhor certificar-me de que não estava sonhando.

Sem embargo, lá estavam os diabinhos!

Alucinação... quem sabe? Mas a coisa era, nem mais nem menos, idêntica ao que se dava quando eu divisava os "Espíritos", nas sessões mediúnicas –, Espíritos esses, sempre identificados por um assistente.

Concentrei-me, então, no intuito de atingir o estado que denomino – "condição superior", graças à qual as faculdades clarividentes se me tornam mais latas do que quando as utilizo em público.

Conseguido o meu "desideratum", não tardou percebesse que os tais "diabinhos" não passavam de formas efêmeras, como se fossem figuras de papelão.

Os Espíritos-guias sugeriram-me, então, uma sentença cujo sentido ora não me ocorre, e que teve a virtude de desintegrar e dissolver instantaneamente os tais "diabinhos".

(...) É provável, portanto, que certas aparições de fantasmas, inertes e sem vida nos sítios mal-assombrados, não passem de "formas-pensamento" engendradas na mente da pessoa tragicamente falecida em tais sítios (...)"

Glória Maria criou ainda, ajudada pelas entidades trevosas que atraíra para si, outras formas esdrúxulas e apavorantes, porém, reservo-me o direito de não descrevê-las.

Thereza orava em pensamento quando a guerreira inteirou-a do que acontecia.

"Veja, Thereza, o produto de um pensamento fixo e pertinaz carregado de fortes emoções" e aplicou-lhe recursos magnéticos a fim de que ela também visse.

Thereza assustou-se.

"Que vejo? Por que esses 'fantoches' se parecem com Luzia e João? São mesmo eles ou... Meu Deus, não estou entendendo nada disso! Luzia e João estão aqui em Espírito?! E por que estão assim... parece que animados de uma vida fictícia?

"Na verdade, não estão aqui.

"Não?! Mas... o que vejo, então?

"O que vês são formas-pensamento.

"Formas-pensamento? Já li alguma coisa sobre isso. Pode me explicar melhor?

"Quando pensamos energicamente em alguém, ou em qualquer coisa, nós a criamos ideologicamente. Criamos um retrato, mas que não tem vida própria. Permanece enquanto o alimentamos com nossa vontade e pensamento.

Esta verdade foi o que levou Jesus a dizer que, ao pensarmos no mal, já o mal está feito.

"Vejo, também, minha mãe rodeada de Espíritos

malfeitores. E outros "fantoches" que não consigo visualizar direito.

"Glória Maria, através de pensamentos vingativos, atraiu Espíritos afins, que lhe mostram quadros fluídicos de um crime. Foi a forma que encontraram para induzi-la ao crime. Eles se julgam distribuidores de justiça e abraçam a causa de Glória.

"Que terrível! Não podemos evitar que eles construam esses quadros?

"Como intervir no pensamento e na vontade de alguém? Podemos, quando se faz necessário, saber o que pretendem através da visualização desses quadros e tentar evitar que se concretize o mal. Podemos também pedir a Deus que modifique as disposições criminosas deles. Vamos tentar influenciá-los com pensamentos de amor e perdão, mas não sei se conseguiremos em tão curto prazo.

A guerreira e Thereza oraram em favor daquela turba infeliz, que tecia, para si mesma, algemas vindouras.

Glória Maria, por estar ligada à filha, foi a única que recebeu algum benefício daquelas preces. Imediatamente, seu padrão vibratório se elevou e ela pôs-se a chorar desconsoladamente. Timidamente pensou em Deus, sem, contudo, se apossar inteiramente do seu raciocínio e sua vontade. A fixação mental em que se demorava havia aprofundado suas raízes. Os demais que a incentivavam, nada perceberam, porque se localizavam em outra faixa vibracional e, aborrecidos pela quebra de sintonia, afastaram-se. As formas-pensamento foram-se esmaecendo e desapareceram completamente.

Thereza e a guerreira permaneceram em prece. Heloísa dormia placidamente.

"Glória Maria está um pouco mais receptiva aos bons pensamentos. Talvez não leve a efeito suas intenções malévolas – disse a guerreira.

Por sugestão dela, Thereza desligou-se daqueles problemas e voltou a seu mundo interior. Começou a pensar no amor. Até ali nunca tivera essa preocupação. Agora, o tema tão preferido das moçoilas de sua idade, vinha-lhe à mente. Estava com quase dezenove anos e nunca se interessara por ninguém. Nenhum rapaz até ali a fizera suspirar. Nenhum príncipe encantado jamais a arrebatara no seu cavalo branco e a levara para o céu dos apaixonados. E agora, estava tendo a impressão de que corria em busca do amor que estava lá, no seu passado distante. E lhe ciciava doces palavras. E lhe fazia promessas de sonhos dourados. E depois, acenava-lhe adeuses. Lágrimas. Saudades. Renúncia. Medo. Um medo que se lhe infiltrava alma adentro, qual visco que não podia arrancar, que lhe tomava de assalto a felicidade e lhe dava em troca dores e dissabores.

Do seu inconsciente, tirava notas esparsas que se alinhavam impiedosas e impertinentes.

Capítulo 26

Thereza (re)conhece Álvaro

ERA QUASE NOITE QUANDO O TREM CHEGOU AO SEU destino.

O pai, Luzia, Cícero e um amigo deste, esperavam-nas na estação. A emoção de todos falava da felicidade do reencontro.

Heloísa gostou de Luzia assim que a conheceu. Eram parecidas de gênio. Thereza já tivera oportunidade de conhecê-la há mais de três anos, quando da viagem à casa da tia. Naquela ocasião, não simpatizara muito com ela, porque, mais jovem, sofria mais objetivamente a influência do Espírito Glória Maria. Agora, todavia, percebia o quanto Luzia haveria de fazer bem ao pai.

Ao ser apresentada a Cícero, Heloísa ficou deslumbrada. A partir de então, só tinha olhos para ele. O rapaz, tímido a princípio, foi-se soltando e ria com as "tiradas" engraçadas da moça. Também ele sentia que a seta do cupido o acertara em cheio. Thereza também o achou interessante; ficou imaginando se não seria aquela a concretização da impressão agradável à qual ela se referira durante a viagem.

Se Thereza simpatizou de imediato com Cícero, antipatizou também de imediato com o amigo dele, Álvaro. Desde que o trem parara na estação, que o rapaz não lhe tirava os olhos. Ao ser apresentado, não disfarçou a grande emoção. A mão lhe tremeu ao ser estendida. Não pôde evitar a tremura na voz. O coração se lhe disparou, qual corça em presença do caçador. O mesmo instante era, para Álvaro, de alegria e dor. Esperança e desesperança. Certeza e dúvida!

Thereza recuou ante a mão estendida. A palidez a tornou marmórea, enquanto um suor álgido se lhe umedecia a fronte.

Cícero e Heloísa, perdidos um no outro, caminhavam à frente e nada notaram. João e Luzia não sabiam o que pensar sobre a transformação repentina de Thereza ao ser apresentada a Álvaro.

E continuavam os dois jovens, um na frente do outro, mudos, rebuscando cada qual o seu passado, tentando trazer ao consciente acontecimentos distantes e amaros.

– Minha filha, o que foi? Está se sentindo mal? Já conhece Álvaro?

– Talvez o estresse da viagem... – aduziu Luzia, só para dizer alguma coisa.

Thereza, num esforço inaudito, enfim, estendeu a mão ao rapaz.

– Prazer, seu Álvaro. Desculpe-me. Tive uma sensação de desmaio. Já passou.

– O prazer é meu, Thereza. Mas, olhando pra você, parece que já a conheço.

– Impossível – disse a moça, ainda trêmula. Mas não quis dizer que ela tivera a mesmíssima impressão. A impressão desagradável sentida desde que encetara aquela viagem. Agora estava explicado. Realizou-se, uma vez mais, sua premonição. Também a da irmã.

Soltando rapidamente a mão do rapaz, arrebatou a mala das mãos do pai e saiu quase correndo: *Meu Deus! Ele existe de fato. Tive esperanças de que tudo não passasse de uma alucinação, mas não! Ele é real! Tão real quanto minha aversão por ele. Deus, o que ainda me aguarda? Ajude-me, meu Jesus querido.*

Álvaro, muito sem graça, perguntou a João se Thereza sempre fora esquisita daquele jeito. Foi Luzia quem respondeu:

– Não posso compreender a atitude dela. Mas vai passar, pode crer. Comigo também, logo que nos conhecemos, ela reagiu de forma estranha. Parecia que tinha ódio de mim sem que eu lhe tivesse feito nada. Não ligue, logo passa.

– É que minha Thereza sempre foi excêntrica. Mas é doce como mel. Depois que você a conhecer melhor, vai me dar razão – disse João.

Thereza alcançou a irmã e Cícero.

– Nossa! O que você tem, Thereza? Parece que viu o capeta!

– E vi mesmo – tartamudeou ainda trêmula.

– Capeta? Do que vocês estão falando?

– É brincadeira, disse Heloísa.

Cícero, só então, se lembrou do amigo. Parou para esperar por ele.

– Por favor, Cícero. Vamos indo na frente. Não quero conversar com esse seu amigo.

– Ahnn... então o motivo disso tudo é o Álvaro? – E riu.

Thereza começou a chorar. Ainda tremia. Heloísa segurou-a, assustada, perguntando o motivo daquilo tudo.

A passos largos, o pai, Luzia e Álvaro os alcançaram. Vendo que sua presença era o motivo das lágrimas da moça, Álvaro ficou desenxabido e desnorteado.

– Desculpe, Álvaro, é que ela não está bem hoje – disse Heloísa.

O rapaz respondeu com um aceno, olhando de soslaio a chorosa Thereza. Naquele olhar, lia-se amor mesclado de rancor. Depois, rapidamente se despediu e se afastou. Caminhou a esmo, coração magoado. Sim, era a sua Thereza que ali estava. Tão perto e tão distante! Agora que encontrara novamente seu norte, sua estrela confundia-se na escuridão da própria alma. Aquele amor, todavia, longe de lhe pacificar a alma, a fazia estremecer de mágoa, de angústia, de revolta. Mas revolta por quê? De quê? Em que enigmática história estariam ele e Thereza envolvidos?

A razão e a consciência emudeceram, mas na intimidade da alma, nos escaninhos onde somente ele tinha acesso, percebeu que eram almas em conflitos; que alhures haviam-se envolvido em questões que agora requeriam solução. A vida sabe esperar, porém, cedo ou tarde chega a hora do enfrentamento.

No dia seguinte, Heloísa bombardeou a irmã com perguntas. Não estava entendendo por que ela fizera tanto escarcéu ao conhecer o amigo de Cícero.

– Vai falando, maninha. Que deu em você pra reagir daquela forma? Já conhecia o rapaz? Ora essa, o Álvaro é até bem bonitão. Não fosse o Cícero... olha...

– Não me pergunte, porque também não sei ao certo. É claro que não o conhecia!

– Não me venha com essa balela. Ninguém reage daquela forma com alguém que não conhece.

Thereza, só de voltar a falar no rapaz, tremia.

– Acho que você tem razão. Acho que o conheço, sim, mas de outra vida.

– Por que diz isso? Você viu alguma coisa do seu passado espiritual? Olha, Thereza, não que eu duvide... também não acredito assim, inteiramente, mas isso tudo é tão... tão difícil de acreditar!

Thereza lembrou-se da conversa no trem.

– Heloísa, você vai vivendo sua vida sem pensar, sem ligar um fato a outro.

– Do que você está falando, afinal? Eu pergunto queijo e você me responde marmelada?

– Então, se você não acredita nas coisas espirituais, como explicar a sensação fortíssima que ambas tivemos quando estávamos no trem?

Heloísa franziu a testa tentando se lembrar do que a irmã falava.

– Sim, Helô. Não se lembra de que você me confidenciou ter quase certeza de que nossa viagem lhe traria uma novidade boa ao coração? E tão logo chegamos...

– Bingo! É mesmo, menina! Puxa, foi como se eu tivesse, só naquela hora, reencontrado alguém muito querido. Sabe do que mais? Ele também teve a mesma impressão. Contou-me que comprou umas terras, porque tinha certeza de que em breve teria sua própria família e não queria morar na mesma casa do pai. Disse-me que era loucura, porque só naquele momento nos conhecíamos, mas assegurou-me que tinha a impressão de já me conhecer há séculos.

– É isso o que lhe digo. Realizou-se a sua impressão. E de onde acha você que essa impressão veio?

– Da alma?

– Sim. Do seu passado espiritual. Dos seus arquivos perispirituais. De vivências passadas.

– Menina! Como Luzia diz, você é porreta mesmo!

– E a premonição com respeito a mim? E a impressão de angústia que senti desde quando arrumava as malas? À medida que o trem ia chegando, mais crescia a minha angústia. Só depois pude compreender.

– Como podemos explicar isso?

– Já disse. Nossa vida espiritual é tão atuante, ou mais que a vida material. Vivemos paralelamente nos dois mundos. Paralelamente não é bem o termo, pois duas linhas paralelas jamais se cruzam, e nossas vidas, sim. Podemos ter, do lado de lá, outra família, outros amigos, outros amores. E, além disso, uma alma pode "ler" outra alma. Quando você e Cícero se encontraram, tudo que estava jogado lá no inconsciente foi trazido ao consciente pela lembrança, pela "leitura" das almas. E vocês não têm dúvidas de que nasceram um para o outro.

Heloísa abraçou a irmã. Estava comovida. As lágrimas tornavam seu olhar iluminado, refletindo a felicidade daquele reencontro.

– Mas e você, Terê? Sua impressão também se concretizou. Cruzes!!!

– Infelizmente.

– Não quer me contar o que você acha que lhes aconteceu no passado?

– Não sei ao certo. Na maioria das vezes, o plano espiritual deixa que vislumbremos apenas uma frestinha do passado espiritual. Apenas a pontinha do iceberg. Lá na estação, quando toquei a mão dele na apresentação, senti um choque e olhei para ele. Seu olhar me deixou estarrecida. Li sua alma através daquele olhar e percebi que ele ainda nutre por mim um amor doentio, um amor que já nos havia botado a perder em outros tempos. Sim. Ele também me reconheceu. Lera também nos meus olhos. Senti que estava mais uma vez perdida.

Thereza levou as mãos ao rosto. Não queria que a irmã a visse tão transtornada.

– Thereza, talvez seja só uma impressão ruim... Você sempre foi excêntrica.

– Louca, você quer dizer, não é?

– Excentricidade não é loucura.

– Você pode imaginar que eu fantasio. Mas não é fantasia. É intuição.

– Sabe, Terê? Fico pensando: se esses seus amigos, os Espíritos, mostram uma fresta, por que já não mostram tudo de uma vez?

– Tudo o que o plano espiritual superior faz, o faz da melhor maneira possível. Se não mostra tudo, deve ter uma razão lógica. Os livros espíritas relatam que se tudo que já vivemos nas vidas passadas nos fosse mostrado, nós não teríamos condições de viver a atual. Desequilibraríamo-nos. E não teríamos forças para cumprir as necessidades atuais, retificar nossa conduta, crescer e evoluir.

– Certo. Mas continuo sem saber exatamente por que você odiou tanto o Álvaro.

– Eu não o odiei. Talvez em outras vivências, sim. Agora, não. Só tenho medo.

– Medo?! Você, Thereza? Eu nunca vi ninguém mais forte do que você. Eu sempre invejei seu destemor.

– Eu é que sei. Mas fiquei com medo. Estou com medo. Um medo atroz. Injustificável, se não fosse uma estranha reminiscência.

– Que reminiscência?

– Desde menina, conforme papai conta, acordava gritando e chorando desesperadamente. Sempre fui introvertida – isso ainda sou um pouco – e tinha em mente, como se gravado a fogo, uma cena que ia e vinha, ininterruptamente: Via-me presa em uma gruta abandonada, amarrada e amordaçada. Com frio, fome e medo. E ele, Álvaro, está ligado a tudo isso. Nada mais sei. E agora também nem quero saber.

– Que será que aconteceu? Tudo é muito estranho, Terê. Mas agora me lembro. Você disse que tinha uma impressão ruim, mas também tinha outra boa.

– Não me esqueci disso. É o que me tem dado alento. É um misto de dor e alegria. Ainda não consegui entender... Já interroguei a guerreira e ela me disse: "Não vamos passar a carroça na frente dos bois."

– Mudando de assunto, na semana que vem, o pai vai fazer a reunião. Vai apresentar Luzia a toda a família e aos amigos. Está eufórico, porque Luzia está aqui – disse Heloísa.

– É mesmo. Mas que danado! Como é ciumento de sua Luzia! Imagine que não a deixou retornar à casa do Severino. Disse a ela que, se ele desse o divórcio, ótimo, se não desse, unir-se-iam da mesma forma.

– Cícero diz que o pai dele está péssimo. Anda montando até cavalo bravo e doma o animal com uma fúria selvagem.

– Mas na idade dele não é perigoso domar cavalos?

– Imagino que sim. Ele já fez isso na mocidade. Agora, talvez pra dar vazão à raiva que sente, resolveu voltar a montá-los. Diz que é só por farra, mas Cícero está preocupado.

– Tenho pena dele. Deve estar sofrendo muito. Parece que ainda gosta da Luzia.

– Ahn... ia-me esquecendo, o Cícero sabe que você é médium. Então, como estão acontecendo umas coisas estranhas na casa dele, quer que você vá lá qualquer hora. Convidou-nos para passar uns dias lá na casa dele. Quer nos apresentar à sua família. Ele tem uma irmã, Adalzina. Deve ser mais ou menos da sua idade.

– Luzia já me falou dela. O que está acontecendo na casa deles?

– Parece que tem alma penada por lá.

– Que modo de se referir a um Espírito sofredor! Tenha respeito, Helô.

– Dizem que tem noite que ninguém dorme direito. O cachorro se põe a latir feito besta. Eles se levantam, vão olhar e não veem nada. E o cachorro continua olhando num determinado canto e não para de latir.

– Se for algum sofredor, haveremos de ajudá-lo. Quando vamos lá?

– Amanhã. Se você estiver disposta.

– Amanhã, então.

Capítulo 27

A vingança

Janice lutava contra o sono. Não queria adormecer. Não podia adormecer, porque ali, em um canto do quarto, o abortado a esperava pacientemente.

Durante o dia, o muito que podia fazer era sugestioná-la, obrigando-a a cumprir suas vontades, o que lhe parecia muito pouco para alguém que lhe impedira de forma tão cruel o nascimento.

Enquanto aguardava o desprendimento de sua vítima, pensava para onde a levaria. Haveria de ser um lugar inóspito, um lugar tão duro que nenhuma nota de harmonia chegasse. "A caverna. Ela irá hoje visitar o lugar onde a filha já esteve presa. Provará o que Leda Maria provou enquanto esteve lá sob o meu guante. A filha me escapou. Por um cochilo meu, os trabalhadores do Cordeiro ma arrebataram. Sim... a caverna é um bom lugar. Os que lá estão servirão para amedrontá-la ainda mais. Este é o momento. A abelhuda da sobrinha não está aqui para me atrapalhar os planos."

Janice ia, pouco a pouco, se desprendendo do corpo físico na anestesia do sono. O corpo exigia seu quinhão de refazimento. E o Espírito ganharia mais liberdade de ação; se ela pudesse ter essa liberdade de ação.

Durante nossa vivência diária, fazemos nossa opção: Luz ou sombras. Guerra ou paz. Amor ou ódio. Nem prêmio, nem castigo. Coerência.

Para sermos senhores do nosso destino, temos de andar sempre no caminho da retidão. Quaisquer deslizes serão cordas a nos prender, cerceando nosso direito à inteira liberdade de ação.

Janice, apesar de já conhecer muito da verdade, por força da companhia salutar de Thereza, ainda não se decidira a qual caminho seguir. Queria sair do abismo que era sua vida, mas sua vontade ainda era débil. Não consubstanciara em si mesma as verdades ensinadas pelo Cristo Jesus e se debatia em dúvidas.

A hora do repouso era-lhe incoerentemente penosa, porque, fora da proteção do corpo físico, ficava ainda mais à mercê do inimigo. E ele, agora, a esperava.

Ligada pelo cordão fluídico ao corpo que permanecia deitado sobre a cama, a alcoolista olhava assustada em derredor. O álcool já comprometera, pela intoxicação psíquica, toda sua organização perispiritual, e ela não conseguia apossar-se inteiramente do seu consciente, ficando ali, sem saber exatamente o que fazer. Hebetada. Debilitada. Era como se caminhasse no escuro, tateando para não cair. Assustada, vasculhou o quarto.

Querendo surpreendê-la, o abortado se escondeu. Enquanto ela o pressentisse ali, não abandonaria "a proteção", por mais exausta que estivesse.

O vingador esperou, mal contendo aquele ódio que teimava em alimentar, malgrado isso não mais lhe trazer a mesma satisfação de outrora. Esperou que ela saísse, que se afastasse do corpo. Não poderia aparecer de repente e com a mesma aparência, caso contrário ela fugiria espavorida e se refugiaria no corpo carnal novamente.

Teria de usar toda a sua perspicácia. Teria de disfarçar, moldar outra aparência, disfarçar suas verdadeiras intenções se quisesse atraí-la para a caverna. Lá, devido ao destrambelhamento do psiquismo dela, ele saberia mantê-la pelo maior tempo possível. Antes que ela pudesse proteger-se no corpo carnal, teria já sofrido os maiores castigos.

Dono de uma vontade obstinada, ele plasmou em si outro semblante. Mais ameno e mais amigo.

"Afinal, sempre gostei do meu aspecto como pracinha da FEB (Força Expedicionária Brasileira). Pena que morri. Guerra estúpida.

Janice assustou-se com aquela tão repentina aparição. Não reconheceu o perseguidor.

– De onde saiu você?

– Eu não saí. Já estava aqui – disse o Espírito, simulando naturalidade.

– Eu o conheço?

– Não.

– Esta farda lhe cai muito bem. É soldado, não é?

– Fui. Agora, estou morto.

– Quando foi que morreu? Sabe que eu tenho medo de morrer? Nem sei como estou aqui conversando com um defunto. Mas se você já morreu, por que continua usando essa farda? Não deveria estar de camisolão branco?

– Gosto dela. Mas, vamos tomar alguma coisa?

– É uma boa sugestão, mas agradeço. Creio que já estou "alta". Sinto-me estonteada. Sabe, minha sobrinha Thereza? Ela não gosta que eu beba.

O abortado olhou-a com um rancor mal contido. Por um momento, ela sentiu as mesmas vibrações negativas que já aprendera a identificar no seu carrasco, mas nem de longe imaginou que era ele quem ali estava.

– Olha, não tenho muito tempo. Vamos, conheço um bar não muito longe daqui.

Ela se deixou arrastar. Que mal poderia lhe fazer um pracinha tão simpático? Uns goles em sua companhia... poderia ser até gratificante.

O abortado pediu licença e segurou sua mão. Ela sentiu leve estremecimento e quis fugir, mas conteve-se. E lá se foram, rápidos.

A cidade ia ficando cada vez mais para trás. O Espírito Janice não sabia para onde estava sendo levada. Agora não mais se via o movimento nas ruas. O lugar era sombrio, assustador, e um vento sibilante ia formando círculos e círculos de alguma coisa parecida a ervas secas, mas que passavam gemendo, como se tivessem vida, como se sofressem as mais acerbas dores. Árvores secas e retorcidas apareciam por todo o caminho. Semelhavam-se a figuras mitológicas que, garras aduncas, carantonhas ferozes, lhe vigiavam os passos. Às vezes, aqueles estranhos rolos gementes enroscavam-se-lhe nas pernas e causavam dor aguda. Janice teve medo, mas a mente continuava toldada, inibindo-lhe qualquer ação.

De quando em quando, leve lampejo de consciência lhe clareava as ideias e ela tentava retroceder. O abortado continuava segurando fortemente suas mãos. Toda vez que ela parecia mostrar maior inquietação e consciência, ele a envolvia como que numa hipnose, e ela se aquietava deixando-se conduzir.

A região continuava inóspita. Horripilante. Estranhas criaturas se escondiam no mato ralo à passagem deles. A Lua, envolta em névoa sanguinolenta, não chegava a clarear o caminho, e o frio ia-se infiltrando no corpo perispiritual da alcoolista.

Ela, então, ainda mais apavorada, agarrava com força a mão do "pracinha". Poderia se soltar e voltar. Bastava querer com determinação e o cordão prateado a levaria de volta ao casulo carnal, porém, com o psiquismo enevoado pelo efeito do álcool há tempo ingerido, quedava-se alienada. O cordão fluídico era seu salvo-conduto, mas ela queria chegar logo ao "bar" e se deixava arrastar pelo inimigo.

Já agora atravessavam pântanos. Estranhos sons saíam daquelas águas pútridas, e seres de hediondo aspecto emergiam e submergiam como num bailado grotesco.

As sombras se fizeram mais espessas. Até a Lua desfalecente já deixara de ser vista.

Finalmente, a boca escancarada de uma caverna se abriu diante deles.

Janice foi empurrada para dentro. Não teve tempo de reagir. Ao cabo de alguns segundos, estava fortemente amarrada.

De olhar esgazeado, olhou para o "pracinha", que já agora tornara à sua real aparência. O grito saiu mudo. O espanto cegou-a por alguns instantes. Mais trevas a rodearam.

– Agora te prendi, alma mesquinha!

A custo, ela foi recuperando a visão e a voz, mas a mente girava, girava, não conseguindo coordenar as ideias, orar, suplicar. Via a entrada da caverna não muito longe dali, como um círculo de luz bruxuleante, e no mesmo instante em que pensava em fugir, um pequeno cadáver de bebê, estiolado, roxo, amorfo, interpunha-se entre ela e a saída da caverna.

Janice não compreendia o que se passava. Sua mente era um emaranhado de dúvidas e medos. *"Mereço tudo isso pelo que fiz"* – às vezes conseguia ouvir a voz da consciência.

O abortado acendeu algumas tochas que pendiam das paredes úmidas. Na verdade, a caverna era bem profunda, mas o obsessor, talvez com medo de adentrar mais, mantinha-se apenas a poucos metros da entrada. Mesmo assim, pululavam ali Espíritos devedores e em situações deploráveis.

Janice se encolheu de medo. Risos e deboches partiam de todas as direções. Alguns daqueles seres tocavam-na e diziam-lhe pilhérias grotescas. Ela, acreditando que dormia em sonhos alucinantes, não se movia dali. A caverna transformava-se-lhe no porão de sua casa e ela via-se cavando com sofreguidão uma pequena cova.

O abortado a vigiava de perto. Estranhamente, aquela vingança não estava lhe trazendo paz à alma, antes, parecia também sofrer, posto que vez ou outra deixava escorrer alguma lágrima. Depois de algum tempo, ele mesmo lhe disse:

Criatura estúpida, não percebe que tem ainda o seu corpo grosseiro? Aproveite. Fuja. Fuja, que estas cordas que lhe atam ao poste de suplício não têm o poder de te segurar indefinidamente aqui – falava, enquanto a desamarrava.

Pobre louco também ele! No mesmo instante em que a libertava das amarras, chamou um "guardião" da caverna e lhe disse:

– Quero que você a vigie na minha ausência. Não a deixe fugir, como me fugiu a filha. – Mas era uma recomendação frouxa, como se esperasse o não cumprimento dela.

Talvez porque se achasse merecedora do castigo, ela não movia um dedo para livrar-se daquela situação. Sentia mil tormentos, mas não se lembrava de que acima de toda parafernália humana reina um Pai de infinita bondade. Deixou-se ficar ali, recebendo açoites, até que a entrada da caverna se iluminou.

A aparição assemelhava-se a um anjo de inigualável beleza. Por um momento, Janice achou que havia sido transportada para um lugar celeste, para o céu dos justos, para junto de Deus. Todas as vozes e maldições se calaram. Só o choro discreto de alguns seres ali acorrentados quebrava o silêncio.

– Thereza! – disse Janice, entre lágrimas.

O Espírito aproximou-se primeiro do abortado, que já retornara a seu posto de vigilância:

– Meu amigo e irmão, que fazes?

– Vingo-me. É um direito que tenho.

– Ninguém tem o direito de tomar a justiça em suas mãos. Todos temos máculas. Do passado e do presente.

– Mas ela me fez sofrer. Ela e a filha.

– Isso não te confere o direito de fazer o mesmo. Há muito tempo, também tu erraste. Por tua causa, ela e Leda Maria sofreram na última reencarnação, quando devias ampará-las. Apartada da filha, ainda tão pequena, presa injustamente por um erro teu, ela padeceu na cadeia, saindo de lá dentro de um caixão funerário. Ela morreu amaldiçoando-te. A filha muito sofreu, jogada num orfanato da caridade pública. Não fora isto e Leda Maria teria te recolhido como filho querido do coração, porém, quando sentiu que carregava no ventre o causador de sua antiga desdita, ela não titubeou em arrancar-te, qual se arranca uma erva daninha. Claro que a não isento de culpa; um erro não justifica outro, assim como tu fazes agora.

Janice e os outros Espíritos calaram-se, como que hipnotizados. O abortado lhe disse:

– Não me lembro. É possível que te enganes.

– Se me permites, posso ajudar-te.

Ele aquiesceu. Thereza-Espírito ajoelhou-se ali mesmo e disse sentida prece:

Pai amado, pai de todos os aflitos; querido Jesus, divino amigo de todas as nossas horas. Reconsidera nossa avalanche de erros e permite chegue até nós um raio do seu amor. Desse amor que alimenta o faminto, veste o que tem frio, enxuga as lágrimas dos que choram, levanta o caído... Como na Estrada de Emaús, onde esclareceste os companheiros perdidos nas dúvidas, esclarece também, querido Jesus, os nossos irmãos que jazem nas dúvidas e na ignorância... que ainda não te puderam reconhecer como o amigo que caminha todo o tempo com eles, pronto a reconduzir-lhes o Espírito combalido para teu reino de paz e amor.

Enquanto orava, o Espírito Thereza mantinha as mãos sobre a cabeça do abortado. Alguns minutos se passaram. Outra entidade de radiante beleza – a guerreira – que ainda não fora percebida por ninguém dali, envolveu o Espírito Thereza. Era como se fossem um só Espírito.

O abortado lutava consigo mesmo. Tentou pensar em Deus. Lembrou-se de sua meninice, da mãe, da primeira prece balbuciada. Chorou. Todavia, lembrando-se do que sofrera, seu coração se fechou novamente, mas já ali, um pouco de luz havia entrado.

Janice a tudo presenciava, sem entender muito bem o que se passava. Como Thereza, que estava tão longe em viagem na sua terra, pudera saber que ela estava ali, presa naquela caverna? – se perguntava.

Depois de envolver o Espírito obsessor em vibrações de paz e amor, Thereza ajoelhou-se, mais uma vez, e agradeceu a Deus pela ajuda. Compreendeu que, agora, sim, Janice tinha chances de viver em paz. O gelo do coração daquele obsessor começava a derreter-se. Depois, aproximou-se da tia:

– Infeliz criatura! Não te deixarias assim aprisionar se não tivesses teu corpo perispiritual, tal qual o físico, intoxicados pelo vício.

– Thereza... perdoe-me.

– Não sou eu, ainda tão cheia de erros, quem deve te perdoar.

A guerreira, que por viver num plano superior de vida, não era vista por todos, afastara-se, deixando a caverna imersa em vibrações salutares. Alguns daqueles Espíritos que ali jaziam, acorrentados, viram-se livres e, chorando, abandonaram aquela escura prisão. Seus algozes, manietados por férrea vontade, permaneciam paralisados.

O Espírito Thereza amparou o Espírito Janice.

Aplicou-lhe passes magnéticos e, finalmente, a alcoolista regressou ao corpo. Acordou em lamentável estado de prostração. Estava doente. Sentia seu corpo todo dolorido. Manchas negras, hematomas, apareciam no corpo perispirítico.

Levantou-se e, mesmo antes do café, serviu-se de uma bebida forte. Apesar de tudo, ainda por muito tempo sentiria a dependência do álcool.

Passou o dia na cama. Febril, sentindo-se morrer. Teve vontade de chamar Thereza. Lembrou-se de que, mesmo distante, a boa sobrinha viera em Espírito socorrê-la na caverna dos horrores. E resolveu que não a chamaria de volta. Não seria justo.

Capítulo 28

Luzia se deixa obsidiar

Se Heloísa estava feliz ao lado do filho de Luzia, o mesmo não acontecia com Thereza. Álvaro, que não desistira de assediá-la, frequentava assiduamente a casa de João, sempre buscando um pretexto para falar com ela.

O Espírito Glória Maria, tão logo chegou, começou a perturbar Luzia e a sugestionar Thereza a fim de que ela lhe fosse cúmplice no afastamento da rival. Os bons propósitos abraçados quando ainda no trem, por efeito das preces da filha, foram-se.

Não bastasse a constante e incômoda presença de Álvaro, ela ainda sentia a presença e as vibrações de Glória Maria, obcecada no seu ciúme. Também se preocupava com a tia, principalmente depois do sonho que tivera, onde fora socorrê-la, em Espírito, em uma caverna trevosa.

João havia marcado uma reunião com a família e os amigos, quando pretendia anunciar seu casamento.

Severino curtia a mais acerba revolta ao ver que Luzia, mais uma vez, lhe fugia. Culpava-se por sua falta de tato. Fora duro demais com ela e a afastara ainda mais. Para seu maior escarmento, Cícero namorava uma das filhas do rival e já não parava em casa. "Só falta levar a cama pra casa dela" – dizia. Pior não poderia ser seu quadro amoroso.

Na véspera do dia anunciado para a comunicação do casamento, Luzia acordou agitada. Sentia uma dor estranha em todo o corpo, e atribuiu à noite maldormida. Por sugestão de João, tomara um chá calmante e deitara-se novamente. De repente, sentiu-se como que projetada no ar, sem apoio, como se estivesse caindo. Sua mente se turvou. Ela ainda tentou pedir socorro. Em vão. Estava imobilizada. Nenhum membro obedecia ao seu comando mental. A voz morria na garganta, como se alguém tivesse tirado do plugue a tomada que a conectava com a vida.

Depois de algum tempo, João entrou silenciosamente no quarto para ver se ela já dormira. Assustou-se com sua imobilidade e aparência. Jazia na cama com um dos braços erguidos. Parecia uma estátua de mármore esculpida naquela estranha posição. João tentou abaixar seu braço, mas em vão. Gritou por Thereza, que veio rapidamente, antevendo o acontecido.

– Thereza, minha filha, o que está acontecendo com Luzia? Veja em que estado a encontro! Que terá acontecido? Luzia... Luzia... – chamava, muito aflito.

– Não tenho certeza, mas acho que isso é coisa da mãe. Ciúmes. Inconformação pelo seu casamento.

– Bem que tive um sonho estranho. Ela sempre foi ciumenta. Pensei que já estivesse curada.

Thereza ajoelhou-se. João imitou-a. Nunca fora religioso, mas confiava em Deus. Depois da prece, Luzia mexeu-se, embora o braço continuasse erguido. Thereza viu claramente o Espírito da mãe completamente "incorporado" em Luzia. Parecia uma leoa ferida. Estava furiosa e começou a se comunicar, através da mediunidade de Luzia:

– Não pensem vocês que vão se livrar de mim, assim tão fácil. Você, João, jurou-me amor e fidelidade. Onde estão esse amor e fidelidade? E essa sirigaita, ladra da paz dos lares, não bastasse ter arruinado sua vida, quer-nos pôr todos a perder! – gritava o Espírito.

João tremeu de medo. Nunca imaginara que tal pudesse acontecer.

Ao pedido mental de Thereza, a guerreira apareceu. Envolveu-a:

– Em nome de Deus, o senhor da vida, eu lhe suplico: Deixe Luzia em paz.

Durante alguns segundos, Luzia resfolegou. Sentiu os fluidos benéficos sobre si. Conseguiu abaixar o braço e sentou-se na cama. Tinha um ar assustador. O ódio do Espírito subjugador transformava seu bonito rosto em esgares de desespero.

João se afastou para um canto do quarto e observava a ação da filha, muito tenso, mas confiando plenamente em Thereza.

A guerreira agia, enquanto Thereza falava:

– Por que age dessa forma? Não sabe que não podemos nos intrometer nas vidas alheias? Que cada qual tem o seu caminho?

– Esta mulher é uma intrusa! Rouba o que me pertence!

– Ela não lhe rouba nada. Não somos donos um do outro. Só Deus é o legítimo dono de tudo. Só Deus pode intervir e decidir.

– Eu não permitirei que eles se casem! Hei de interpor-me entre eles até separá-los. Até a morte!

João estava pálido. Conquanto não duvidasse da vida após a morte, relutava em acreditar que Glória Maria estivesse ali, desvairada, obstando seu casamento.

– Querida mãe, sei que a senhora nos ama a

todos, mas tem de entender que agora seu mundo é outro. Não deve alterar os desígnios de Deus. Não pode insurgir-se contra a vontade Dele, mãe.

Enquanto Thereza falava àquela que lhe fora mãe, a guerreira manipulava fluidos para serem utilizados oportunamente.

Depois, acercou-se novamente dela e ia-lhe sugerindo as respostas que deveria dar ao Espírito.

– Você se julga dona de João; conquanto todas as vidas pertençam a Deus, João, no princípio, sempre estivera ligado a Luzia.

– Que diz? É mentira! Uma deslavada mentira! Você é minha filha tão querida e luta contra mim! Está do lado dessa alcoviteira! João sempre foi meu. É a mim que ele sempre amou. A mim, entendeu?

Thereza não se inquietou com a agressividade do Espírito. Serena, continuou:

– João, há mais de duzentos anos, estava casado com Luzia quando você se imiscuiu na vida deles. A intrusa, portanto, não foi Luzia. Ela esteve afastada dele durante algum tempo por determinação da espiritualidade, porque se pensava que, pelo amor de João, você pudesse crescer em Espírito. Mesmo agora, Luzia só vai desposá-lo porque ele está viúvo. Sempre deixou o caminho livre para você. É assim que lhe retribui a renúncia?

A guerreira, ao mesmo tempo em que instruía

Thereza, manipulava os fluidos adrede preparados, com os quais ia compondo quadros fluídicos e mostrando a Gloria Maria-Espírito. Tais quadros eram descritos por Thereza, sob o olhar espantado de João e de Heloísa.

Primeiro quadro: Portugal. Lisboa. Numa casa de classe média alta, um casal com três filhos. João é alto funcionário do Governo e Luzia mãe dedicada. Glória Maria é empregada de Luzia. Mais por capricho do que por amor, tudo faz e consegue seduzir João. Vivem os dois por três anos debaixo do mesmo teto, atraiçoando Luzia. Quando esta e os filhos percebem, indignados, expulsam os adúlteros.

O pai de Luzia (hoje Severino), igualmente alto funcionário, consegue, a custa de suborno, implicar o ex-genro com o Governo Português. João é deportado para o Brasil, de onde nunca mais regressou. Glória Maria, já grávida, segue com ele.

Segundo quadro: João e Glória Maria, unidos pelo casamento. João é agricultor, possui vasta plantação. Glória Maria, que não gosta da vida na roça, foge com um empregado, deixando João com quatro filhos pequenos. João é pai e mãe dessas crianças e muito evolui nesta encarnação.

Terceiro e último quadro: a nova reencarnação das mesmas personagens: João, novamente casado com Glória Maria, e Luzia, casada com Severino. A desencarnação de Glória Maria.

Todos esses quadros fluídicos foram projetados numa tela especial, onde pareciam adquirir vida, e mostrados ao Espírito Glória Maria a fim de que ela visse o erro ao perseguir Luzia.

A comoção do Espírito perturbador é imensa. O choro sacode-lhe o corpo perispiritual. Das regiões abissais do Espírito, as lembranças, dantes esmaecidas, tornam ao consciente, claras como um dia de Sol.

A guerreira deixa que ela se desabafe enquanto a envolve em vibrações de amor e refazimento. Depois, ainda chorando, Glória pede perdão a todos. Finalmente, havia compreendido seu erro. A guerreira prometeu levá-la de volta à colônia espiritual de onde há tempos fugira.

Luzia voltou ao normal. João abraçou-a, pondo-a a par de tudo quanto se passara, pois ela de nada se lembrava.

Capítulo 29

Compreendendo

Finalmente, João e Luzia puderam desfrutar um pouco de paz. Faziam planos para o casamento e a vida se lhes tornara leve. Gostosa de ser vivida.

A partir daquele incidente, Luzia, João e as filhas oravam sempre pela paz de Glória. Luzia, principalmente, estava feliz, porque o ódio do coração daquele Espírito já não a perseguia. Haviam-se entendido e assim quebravam o círculo vicioso daquele mal que prometia seguir por muitas reencarnações. Recordava-se da passagem evangélica onde Jesus nos recomenda acertar nossas divergências, reconciliar com nossos adversários enquanto estivermos a caminho com eles. Porque, se não aproveitarmos a ocasião para a reconciliação, pode ser que leve muitíssimo tempo para que tenhamos a possibilidade de encontrá-los no nosso caminho.

Ela já havia perdoado de coração o mal que Glória lhe fizera em vidas passadas, mas Glória, menos evoluída, alimentava a revolta e o despeito contra ela. Todavia, nada permanece extático por muito tempo. Chega uma hora em que o mal cansa e entedia. É a evolução que a tudo e a todos empurra. Então, buscamos as fontes do bem e bebemos sua água cristalina. Começamos a construir nossas asas e iniciamos nosso voo às alturas.

Só uma lembrança empanava sua felicidade. Era saber que Severino sofria. Tinha-o na qualidade de irmão e amigo e doía sabê-lo tão avesso às mudanças da vida.

Uma única vez o viu depois desses acontecimentos. Ele fingiu ignorá-la, mas uma revolta mesclada de dor inundou seu ser. Ele parecia um duende solitário e inconformado. Um zumbi desfalecente.

Naquela noite, a infeliz imagem do ex-marido lhe veio à mente. Sonhou que ele suplicava seu amor, que dizia, no seu linguajar fragmentado, que só ela poderia salvá-lo da morte. Ao mesmo tempo, dizia-lhe que ela o ferira tantas vezes, que o matava um pouco a todo instante e que, mesmo assim, aquele amor que se lhe instalara no peito crescia... crescia... Após ouvir tais sentidas queixas, Luzia viu-se em um lugar distante, à sombra de uma árvore, conversando com Thereza sobre reencarnação, a necessidade de se acertar com Severino, redimir-se dos tantos erros e equívocos que sempre permearam suas vidas, trazendo infelicidade a ambos.

Depois daquele sonho, passou a sentir uma sensação de perda, de dor. Ao olhar para João, se perguntava se um dia estariam mesmo casados e felizes.

Tão absorta estava em seus pensamentos, que nem viu quando Heloísa e Thereza se aproximaram.

– Então, Luzia? Como vão os preparativos para o casamento? – perguntou Helô.

– Creio que já providenciamos tudo.

– Mas você não me parece muito animada. Por que essa cara triste?

– Estou feliz. Só um pouco preocupada com Severino, Helô.

– Não existe nada que possamos fazer.

– Podemos pedir a Deus que o ampare, que o ajude a vencer mais essa prova – disse Thereza.

Heloísa estava alegre e faladora. Para não contaminá-la com sua preocupação, Luzia se retirou.

– Thereza, logo mais à tarde, Cícero vem nos buscar para irmos à casa dele. Vamos mesmo passar uns dias lá, né? Ele está ansioso. Por dois motivos: apresentar-nos a seu pai e à sua irmã e resolver o problema da alma penad... quer dizer, do Espírito sofredor que continua lá. "Seu poder" já é do conhecimento de todos por lá.

– Qual poder coisa nenhuma, sua sonsa! Não sei se poderei resolver o problema. Não sou poderosa, embora a guerreira me dê muita força.

– Não seja modesta, maninha! Você consegue. Não conseguiu até dobrar nossa mãe ciumenta?

– Veja, Helô, vamos dar nomes aos bois: Não fui eu quem a "dobrou". Eu nada fiz. Não crie expectativas sobre mim, que pode se decepcionar.

– Como não foi você? Então eu não a ouvi falar com ela? Falar com tanta propriedade? Tive tanto orgulho de você, Terê.

– O que fiz foi só repetir o que a guerreira me ditava. O mérito é todo dela. Você sabe.

– Mesmo assim. Os quadros! Que demais! Quero que você me fale com mais detalhes, me explique isso direitinho.

– Segundo tenho lido, esses quadros fluídicos nada mais são do que o pensamento materializado numa tela apropriada. São recursos muito eficientes de que se recorrem os Espíritos superiores quando querem ajudar alguém a reconstituir seu passado. Às vezes, é a própria lembrança dos atos cometidos pelo Espírito que é reconstituída nessa tela especial. Aí não há como fugir da verdade.

– Qualquer Espírito pode se valer desse recurso?

– Qualquer um pode fazer um quadro fluídico. Muitos o fazem sem consciência. Até os encarnados. Basta concentrar o pensamento e a vontade. Aconselho-a a ler Ernesto Bozzano e André Luiz, porque este assunto é muito vasto.

– Outra hora conversaremos mais. Esse assunto é fascinante! Agora, vamos fazer nossas malas. Vamos ficar uma semana na casa dele!

Dando um risinho maroto, acrescentou:

– Vai ser ma-ra-vi-lho-so!

Capítulo 30

A força do Amor

Após a tempestade Glória Maria, a vida continuava com mais serenidade para todos, porém João continuava reticente quanto à repentina transformação da desencarnada. Não entendia os mecanismos usados pela espiritualidade no socorro aos necessitados e isso lhe gerava dúvidas.

– Thereza, não que eu duvide, mas...

– Mas... o quê ? Não acredita na intervenção espiritual ou não acredita que a mãe realmente se foi? Que finalmente entendeu seu erro?

– Não é isso. Sei que a Glória esteve aqui, que falou por meio da Luzia...

– Então, qual é a dúvida, meu pai?

– É que me parece que Glória se convenceu muito depressa. Não é do feitio dela dar o braço a torcer tão rápido.

João, inteligente e observador, percebeu que um Espírito renitente nas discórdias, enciumado, não se convenceria em apenas alguns minutos.

– Pai, quem lhe disse que foram só aqueles poucos minutos?

– Não?

– Thereza, explique-nos. Eu também penso como seu pai, até porque vinha sentindo a animosidade de Glória Maria desde muito tempo. Esta não foi a primeira vez. Eu tenho andado em guarda, mas hoje me descuidei e você viu o que aconteceu. Acredito que ela se tenha ido, mas às vezes também fico questionando sobre a rapidez com que tudo se deu.

– A transformação, na verdade, não foi nada rápida. Ela já vinha de muito tempo sendo "trabalhada" para a mudança de conduta. O que vimos foi a cena final. O fechar das cortinas. Nesse caso, o Espírito Glória já vinha de algum tempo se entediando do mal e estava receptiva para a transformação, mas casos há, quando o Espírito está totalmente alienado e sem condições de exercer o seu livre-arbítrio, que os trabalhadores do Cristo interferem, forçando, se assim podemos dizer, a sua transformação. Não procede assim também a família quando decide por aquele que está fora de sua razão?

– Agora ficou claro. Como sempre, João, nossa Thereza está certa. Que Espírito iluminado!

– Não jogue confete em mim, que os não mereço. Saber não é **ser**. Reconheço que ainda estou muito longe de **ser**, de viver vinte e quatro horas por dia o amor. E tanta paparicação pode me convencer de que realmente valho alguma coisa.

Assim como João e Luzia, muitas pessoas também ficam cépticas com as transformações repentinas. E até estão certas se se considerar que ninguém muda de opinião em questão de minutos. Mormente de uma opinião enraizada, obstinada, alimentada dia a dia.

Há quem atribua o fato a uma manifestação do próprio médium, ou seja, **animismo**. Alegam que o Espírito, momentos antes, cultivava uma revolta profunda e jurava vingança, e não poderia, depois de algumas palavras de esclarecimento, sair todo compreensivo e decidido a mudar.

João e Luzia finalmente compreenderam.

– Como é grande a sabedoria de Deus! – exclamou Luzia. – E, olha... Não sabemos nada de nada!

– Quando afirmo que não foram só alguns minutos que operaram a transformação radical do Espírito Glória, não falo por mim mesma. A guerreira sempre me diz do trabalho de preparação que há tempos vem fazendo pelo bem de minha mãe. Você mesmo, Luzia, disse ainda há pouco que quando sentia as vibrações pesadas dela, a envolvia em pensamentos de amor. Ora, assim, enviando um sentimento negativo e recebendo de volta um positivo, ou seja, enviando ódio e recebendo amor, pouco a pouco ela ia-se envergonhando, sentindo-se pequena e cada vez mais propensa a mudar sua conduta. Talvez fosse até meio inconsciente, mas o desejo de mudar, de se igualar a você, foi dando seus frutos. Entenderam?

– Perfeitamente, senhora professora – disse Luzia, abraçando-a.

– Agora compreendo melhor – disse João.

– Nada acontece por acaso, meu pai. É muito rara a transformação da noite para o dia só porque se ouviu nobres conceitos. Isso até pode acontecer. Aconteceu com Saulo de Tarso na Estrada de Damasco, com Maria Madalena, que "renasceu para uma nova vida ao impacto do amor de Jesus", mas eles eram Espíritos diferenciados. O Espírito Glória, na verdade, já começava a sentir-se inferiorizada. Nada é para sempre. Mesmo para o Espírito mais endurecido, mais impermeável a qualquer sentimento positivo, chega um dia em que a própria lei de evolução o empurra para a frente.

João e Luzia, conquanto soubessem que Thereza era grande estudiosa dos assuntos espirituais, ficaram boquiabertos com a sensatez da resposta.

– Luzia, você disse que baixou a guarda e por isso ela incorporou em você, mas na verdade, aconteceu porque era chegado o momento; porque o guia espiritual dela, bem como a guerreira, decidiram, a fim de que ela pudesse ser devidamente esclarecida e não interpor-se mais no caminho de vocês.

Thereza, inspiradíssima, continuou:

– Seria a última cartada. Se minha pobre mãe continuasse alimentando a incompreensão e a teimosia, deveria ser afastada daqui compulsoriamente. Todo o trabalho de preparação, então, estaria comprometido e ela corria o risco de cristalizar-se naquele equívoco com consequências desastrosas para seu avanço espiritual. Felizmente, tudo entrou nos eixos.

– Você acha, então...

– ... que vocês serão felizes.

E uma nuvem de preocupação perpassou pelo semblante de Thereza. Lá nas regiões profundas da alma, um pressentimento intrometido veio toldar-lhe a confiança naquela cantada felicidade. "Todos nós seremos felizes um dia, não necessariamente nesta encarnação" – sussurrou-lhe a guerreira.

– Não acham que devemos nos reunir, todos nós, pra orar e agradecer? – sugeriu Thereza.

– Que ótima ideia – disse Luzia.

Iniciava-se ali, naquele momento, naquela casa, o culto do Evangelho no Lar. Thereza presenteou o pai e Luzia com seu próprio evangelho, cujas margens estavam enriquecidas com suas anotações.

Capítulo 31

O reencontro

CÍCERO FOI BUSCAR AS MOÇAS. PASSARIAM TODA UMA semana em sua casa. Leão continuava latindo para alguma coisa lá no barracão, e o rapaz esperava que Thereza solucionasse o problema. Heloísa havia-lhe dito que a irmã tinha umas excentricidades e que talvez pudesse ajudar.

– Então, as meninas já estão prontas?

– Há tempo! Você demorou uma eternidade – disse Heloísa, fazendo dengo.

– É pra você ter oportunidade de sentir saudades. Ultimamente, estamos juntos quase vinte e quatro horas por dia.

– É uma "melação"! Pelo visto não é só minha

mãe quem vai se casar logo – disse Mariah, desapontada porque Luzia não permitiu que ela também fosse.

No caminho, Cícero perguntou aquilo que lhe estava tirando o sono:

– Thereza, pode me explicar uma coisa? É que não aguento mais de tanta curiosidade. Mas se não quiser, não responda, tá?

– Pergunte. Se for algo que eu possa responder...

– É sobre Álvaro. Não entendo por que você teve aquela reação ao conhecê-lo. Você não gostou dele. Não gostou?! Você o odiou!

Thereza levou a mão ao peito. Tossiu. Sentiu novamente aquele aperto no coração. Se pensar em Álvaro já lhe era penoso, falar sobre ele despertava nela sensações que lutava para esquecer. Sentia que o enfrentamento se daria na vida atual, mas queria prolongá-lo o quanto pudesse.

– Cícero, ele não está lá na sua casa, não é? Se estiver, me avise que volto daqui. Não gostaria de vê-lo nunca mais! – E disse a si mesma: *"bem sei que isso é impossível."*

– Ele não está lá. Sossegue. Mas é isso que me intriga. Por que tudo isso, se você não o conhecia? Pode me contar?

– Cícero! Deixe Thereza em paz. Outra hora eu te conto. É uma longa história.

Thereza estava pálida. Só a lembrança de Álvaro já a fazia tremer.

– Credo! Também não precisa ficar assim! Não tá mais aqui quem falou -disse Cícero, muito sem graça.

– Tudo bem. Eu conto.

– Por favor, Thereza. Deixe pra lá. Não quero lhe causar nenhum constrangimento. – Mas no fundo, não via a hora de saber o que se passava.

– Eu preciso superar isso. Afinal, não sou mais nenhuma criança, poxa!

E Thereza narrou novamente a Cícero tudo o que ela pressentia com relação a Álvaro. Procurou ser forte, mas a voz a denunciava.

– Mas Thereza... você, que é tão íntima dos Espíritos, por que fica nessa dúvida? Por que não pergunta a eles o que teria motivado essa aversão?

Thereza achou graça daquele **íntima** dos Espíritos. Deu uma sonora risada, fato bem incomum, porque raramente ria. Sorria, às vezes.

– Se até agora eles nada disseram, é porque não é conveniente que eu saiba. Depois, eles, os Espíritos, não são nossos criados e nem estão à nossa disposição vinte e quatro horas por dia. Eles também precisam cuidar de suas vidas, continuar estudando, trabalhando...

– Desculpe, não precisa ficar melindrada. O Cícero só quis ajudar.

– E eu agradeço sinceramente. Mas não se preocupem. Tudo virá a seu tempo. No fundo, pressinto o que seja.

– Vamos mudar de assunto? Já estamos quase chegando. Não vamos preocupar a Zina com essa conversa. Menina que tem medo de Espírito tá ali – disse Cícero.

***

Adalzina estava inquieta em relação a Pedro. Sempre o amara tanto, que se despreocupava de observar se ele também a amava com a mesma intensidade. Só há alguns dias acordara para o fato, sem, contudo, ter coragem para tocar no assunto.

Estava fazendo um bolo para esperar Thereza e Heloísa, a quem ela chamava carinhosamente de "minha cunhadinha". Pedro, inquieto, a observava.

– Quando nos casarmos, vai ter bolo dia sim, dia não. Bem sei o quanto você gosta de bolo. Aprendi a fazer um, delicioso.

– Zina, precisamos conversar.

– Sobre?

– Sobre nós. Sobre nosso futuro.

Adalzina sentiu que Pedro estava querendo romper o namoro. Namoro que ela mantivera até ali, fazendo de conta que não entendia as insinuações dele. *"Meu Deus, faça que não seja o que eu estou pensando."*

– Daqui a pouco, Cícero, Helô e Thereza já devem estar chegando. Não quer deixar a conversa pra depois?

– Sinceramente, não.

– É que... está bem.

Leão, que estava sob a mesa da cozinha, saiu em disparada e latindo.

– Não falei? Estão chegando.

Pedro fez um gesto de desalento. Ainda não seria daquela vez, pensou, contrariado.

Adalzina correu para os abraços. Severino também apareceu. No fundo, tivera a esperança de que Luzia também viesse. Esteve a ponto de perguntar por ela, mas se calou, sem coragem. Pedro havia ficado na cozinha, meditando em como fazer para romper o namoro sem magoar a moça, nem o irmão, que era seu melhor amigo. Daquele dia não passaria, disse a si mesmo. Falaria com Zina e partiria dali. Zina era uma boa moça. Honesta, extrovertida, bonita, mas não era a pessoa com quem ele sonhava; aquela que tinha um quê de divindade, de musa, de vestal celeste; a moça que sempre lhe aparecia em sonhos, com seu sorriso triste; a moça para quem ele estendia os braços. Este sonho sempre se repetia, às vezes, por meses seguidos. Sempre, quando ia dormir, pensava nela. Chamava-a, queria-a junto de si, ainda que fosse apenas um sonho. Um sonho tão real, que lutava para não acordar. Ficaria desse modo com ela por toda a eternidade. Depois, sentia medo de que aquele ideal de mulher nunca lhe aparecesse; que fosse mesmo só um sonho bom.

Ele ouviu a algazarra que se formou com a chegada dos convidados, mas continuou ali, relembrando a ideal presença. Ainda na noite anterior, ela viera ao seu encontro na aventura onírica e, com um sorriso triste, lhe estendera os braços.

– Thereza, você é mesmo bonita como me disseram!

– Obrigada, Zina. Você também é. Parece-se com Luzia.

– Onde está o Pedro? Você não disse que ele viria pra cá? – perguntou Cícero.

– Está lá na cozinha. Vou buscá-lo.

Zina encontrou-o no mesmo lugar onde o deixara. Percebeu seu semblante abatido e seu sorriso descontraído se fora. Tomou-o pelas mãos e o conduziu à porta.

– Thereza, este é Pedro. A Helô já o conhece.

Thereza e Pedro se olharam. O rapaz gaguejou

um cumprimento e ela sobressaltou-se. Uma campainha despertou sua alma. Onde já o vira?

Adalzina, enciumada, percebeu a comoção de ambos e, confusa por aquela situação estranha, passou várias vezes a mão na frente dos olhos de Pedro:

– Ei, ei, acorde! Alô! Alô! Volte à realidade. 1,2,3. Já! – e estalou os dedos.

Severino, para disfarçar o mal-estar, convidou-os a entrar.

O coração de Pedro não queria parar de saltar no peito. Ali estava a moça de olhar triste que noites a fio o procurava para, juntos, falarem de amor, de perdão, de renúncia. A mesma moça que lhe falava de responsabilidades, de compromissos, e que ele, absorto com sua presença, nunca procurara saber o motivo de tão insistentes lembranças. Só que a presente realidade não era parecida com o sonho. Ele não poderia estender-lhe os braços. Ela não poderia ali se aninhar. Como explicar? Então, ela existia de fato?! Mas estava ligado a Zina. Agora, sua situação ficava ainda mais difícil. Se rompesse com Zina para ficar com Thereza, com certeza acabaria com a amizade iniciante de ambas. Talvez Thereza nem o aceitasse por causa de Zina. Então cantou réquiem a um amor que já nasceu morto.

Cícero e Heloísa perceberam que alguma coisa estava acontecendo. Thereza parecia ausente, entregue à impressão forte que Pedro lhe causara. Lembrou-se da conversa que tiveram no trem, da premonição de Thereza: uma, má e depois outra, boa. Com respeito a Álvaro, tudo se realizara como ela bem previra. Era o passado que se fazia presente, cobrando o que lhe era devido. Era a angústia que o coração teria de sofrer até que tudo se harmonizasse.

E agora, com Pedro, a premonição boa. Mas o que pensar de um destino que lhe apresentava o homem de sua vida, do seu passado espiritual, mas que era namorado de sua quase parenta, pois que seria a cunhada de sua irmã?

Tudo lhe passava a mil na cabeça, e ela gostaria de nunca ter ido à casa de Zina, pois, quem sabe, se tivesse conhecido Pedro em outro lugar onde pudessem conversar mais à vontade, falar das impressões mútuas, não estaria passando por aquela situação.

Cícero e Heloísa tentaram falar de outra coisa, quebrar o silêncio que então se fizera, mas nada lhes ocorreu.

– Cícero, apresentei Pedro a Thereza, mas me parece que eles já se conheciam.

– É mesmo? E de onde?

– Não – disse Thereza. – Acabo de conhecê-lo.

Seu coração agora batia descontrolado. Se Álvaro existia, não era menos verdade que Pedro também ali estava. Pedro era sua promessa de felicidade. Álvaro o era de mágoas.

– É verdade. Acabamos de nos conhecer, mas é que... – tentou explicar Pedro.

– É que... o quê? – perguntou Cícero.

Heloísa puxou-o pelo braço. Sentiu que ali havia alguma coisa e preferia não constranger a irmã.

– Não é nada, ou melhor, parece-me que já conhecia, sim, a Thereza. Não sei explicar. Muitas noites, em sonhos, eu a pressentia do meu lado – balbuciou o rapaz.

– É. Isso às vezes também me acontece. Vejo uma pessoa pela primeira vez e juro que já a tinha visto antes. Mas, Pedro, sabe que eu trouxe a Thereza aqui pra ver se ela nos ajuda com os estranhos acontecimentos lá do barracão? – disse Cícero, agradecendo ao seu anjo da guarda por encontrar uma saída e encerrar aquela situação constrangedora para todos.

– É verdade. O Leão tem latido muito. O que Thereza vai fazer pra ajudar? – perguntou Zina.

– Thereza sabe muita coisa a respeito de assombr... quer dizer, de Espíritos.

Pedro aproveitou a distração dos irmãos, para olhar bem fundo nos olhos de Thereza e identificá-la uma vez mais no seu passado. Era, sem dúvida alguma, a moça com a qual sonhava sempre naqueles anos todos. Pouco se importava que o cachorro continuasse latindo ou não, que tivesse ali alguma assombração ou coisa que o valha; queria saber de Thereza. Sim, era ela. Estava diante da moça que via em sonhos. Não havia como errar. O mesmo olhar triste, o mesmo jeito tímido de ser. Se ele lhe estendesse os braços, ela neles se aninharia e, com seu jeito de menina-mulher, lhe sussurraria ternas palavras.

Thereza deixou que ele mergulhasse em sua alma. Que desvendasse todo o segredo há tempos guardado. Também ela soube que ele era o seu Pedro de ontem, de hoje e de todo o sempre. Soube também que nada, nem ninguém, jamais os separaria.

Capítulo 32

Pedro e Thereza

HELOÍSA E CÍCERO FORAM AJUDAR ZINA A PREPARAR A mesa.

Thereza já se ia encolhendo no seu mundo. Paradoxalmente, estava feliz e infeliz. Sabia que encontrara a alma afim da sua, mas pressentia que uma força maior ameaçava aquele amor. Calou-se, confusa.

– Thereza, então, você é espírita? – perguntou Pedro, desafogado pela certeza de que ele e ela nasceram um para o outro.

– Sou.

– É, também... como se diz mesmo? Médium?

– Sim. Médium. Há tempos percebo os Espíritos e converso com eles. Acho que sou médium.

– Não tem medo?

– Não.

Pedro olhou-a com admiração e amor. Esqueceu tudo o mais, para idealizar um futuro junto dela. Agora que a conhecia, que se sentia correspondido, porque os olhos dela não podiam mentir, ninguém o impediria de unir seu destino ao dela. Moveria céus e terra, mas ninguém haveria de separá-los. Nunca!

A guerreira, que lhes era testemunha invisível, percebeu que ele se distanciava cada vez mais das realizações espirituais assumidas antes da reencarnação e aceitas sem forçamentos. Se tudo dependesse dele, tais planos reencarnatórios estariam prejudicados. Mas ficou tranquila, pois conhecia a sensatez de Thereza.

– Como você, sendo tão jovem ainda, já se preocupa com essas questões? Eu, que já estou com um pé na sepultura, não gosto de pensar nisso – disse Severino, que fazia sala às visitas.

– Pois devia, seu Severino. Alguém já disse que, de todas as incertezas que temos, a única certeza é a de que um dia haveremos de partir daqui. Para a espiritualidade. Então, melhor conhecer desde já o que nos aguarda o futuro, não acha?

– Acho. Mas ninguém se preocupa muito com isso, principalmente quando se é tão jovem!

Severino falava com Thereza, esperando uma brecha para perguntar por Luzia. A brecha surgiu.

– A Luzia também conhece muito dessas coisas, não conhece?

– Conhece. Ela lê muito e, o que é importante, pratica as boas coisas que lê.

Severino tossiu. A mulher assomou-lhe à lembrança. Mas já não tinha esperanças de sua volta. *"Talvez seja melhor assim, já não falamos a mesma língua."* E pedindo licença a Thereza, saiu da sala, arrastando sua dor.

Pedro alegrou-se com aquela saída. Estivera o tempo todo torcendo para que isso acontecesse.

– Também concordo com Severino. Os jovens nunca pensam em assuntos transcendentais. Quantos anos você tem, Thereza?

– Dezenove. Infelizmente, a tendência dos jovens é esperar a velhice chegar pra pensar nessas questões. Enquanto se é jovem, enquanto se tem saúde pra gozar a vida, sempre protelam as realizações espirituais. É lamentável, porque não renascemos só para usufruir as benesses da vida, mas também para progredir em Espírito, saldando os débitos contraídos pela nossa imaturidade. Então, quanto mais cedo começar...

– Thereza... estou impressionado com você! Como sabe tanta coisa com apenas dezenove anos?

– Não conheço tanta coisa assim – e esboçando um sorriso, disse: – Você é que não conhece nada.

– Não, mesmo. Mas sabe, quando você fala, tudo me parece tão familiar!

– São as lembranças que o seu inconsciente guarda. A qualquer estímulo, elas afloram ao consciente dando essa impressão de coisa já conhecida.

– Tá vendo? Eu jamais saberia dar uma explicação tão científica!

Thereza também estava admirada com sua prolixidade. Na verdade, sabia que era o envolvimento com seu anjo da guarda que a fazia tão faladora. Recebia a inspiração da guerreira, que tentava ajudá-los através de um diálogo esclarecedor.

– Thereza, sobre a reencarnação... será verdade? Às vezes, aceito numa boa, noutras, fico em dúvida – disse Pedro, mais a fim de continuar olhando para ela do que realmente por interesse naquele assunto.

– A reencarnação é a oportunidade que Deus coloca ao nosso alcance para que possamos evoluir; aprender a amar. Deus, como pai incomparável que é, como suprema sabedoria e bondade, sabe que numa única encarnação não teríamos condições de conhecer tudo o de que precisamos. Numa única existência, não teríamos oportunidades de vivenciar experiências outras que nos enriquecessem. Afinal – disse sorrindo –, como pleitear o céu com nossas mentes obtusas? E como nos fazer dignos de compartir com Deus e Jesus, senão através de vivências nas quais vamos adquirindo sabedoria?

A guerreira continuava inspirando Thereza. Achava oportuno que Pedro relembrasse os compromissos reencarnatórios.

– Por nossa ignorância – continuou a moça –, temos várias vezes desrespeitado as leis humanas e as divinas. Então, se faz necessário que voltemos e comecemos tudo de novo. É preciso reconduzir ao caminho certo aquilo que desviamos por nossa insensatez, por nossa ânsia de ser feliz a qualquer preço.

E, tristemente, olhou para Pedro. E na linguagem muda das almas, intuíram que nem tudo seriam flores no caminho deles.

– Gostaria de conhecer melhor o Espiritismo.

– Depois do casamento de meu pai... – parou a frase no meio. Severino acabava de entrar e ouviu quando ela se referiu ao casamento de Luzia. Os lábios dele tremeram. Disfarçou, procurando alguma coisa no bolso da calça e, sem dizer nada, voltou para a cozinha.

Thereza condoeu-se dele. Pedro notou sua preocupação:

– Seu Severino ainda gosta um bocado da Dona Luzia.

– Infelizmente, as coisas nem sempre podem ser do jeito que queremos.

– Mas o que você ia me dizer?

– Que depois do casamento, volto pra companhia de minha tia. Ela não está nada boa. De lá lhe mandarei alguns livros da codificação espírita. É bom você começar por eles. São a base da Doutrina e, lendo-os com atenção, evita-se más interpretações e equívocos.

Pedro se encantava ouvindo Thereza. Da cozinha, Zina percebeu sua mudança de humor e entristeceu-se, mas não se revoltou. Bem no fundo do coração, algo lhe dizia que ninguém o roubaria dela.

– Eu, para dizer a verdade – continuou Pedro –, não costumo pensar muito nos assuntos espirituais. Vou vivendo a vida.

– Quando vivemos de conformidade com os ensinamentos do mestre Jesus, muito já estamos fazendo em prol da nossa evolução – disse a moça.

O cachorro, de repente, saiu correndo e foi latir no portão. Thereza empalideceu. Poderia ser Álvaro chegando, pois, ultimamente, ele parecia adivinhar onde ela estava.

Severino foi atender. Pedro percebeu que Thereza estava tremendo.

– O que foi, Thereza? Você não me parece bem.

– É que... você conhece Álvaro, o amigo de Cícero?

– Conheço.

– Tem amizade por ele?

– Não muita, quer dizer, eu nunca gostei dele. E é recíproco. Ele também não me suporta. Por quê?

– Eu o conheci. Tive uma impressão desagradável dele. Será que é ele quem está lá no portão? Espero que não.

Falava nervosamente e tentava ver quem vinha se aproximando e conversando com Severino. Entraram. Thereza respirou aliviada. Não era Álvaro. Era um vizinho.

Zina chamou-os para o lanche. Tinha marcas de lágrimas nos olhos. Thereza percebeu e se entristeceu, porque se reconheceu a causadora involuntária daquele sofrimento. Durante o lanche, orou mentalmente por ela. Pediu que a guerreira a reconfortasse.

Era bem tarde quando Pedro se despediu. Apertou a mão de Thereza quase com veneração. O que mais doeu para Adalzina foi notar o olhar cheio de paixão com que ele envolveu Thereza ao se despedir. Jamais ele olhara para ela daquele modo. Também Thereza – ela bem notou – estava longe de ser a Thereza de quem todos falavam: quieta, introspectiva, ausente. Vira-a alegre e falante, com um brilho vivo no olhar, um brilho que ela sabia muito bem de onde procedia. Acompanhou o namorado até o portão.

– Zina, aquele assunto sobre nós não dá pra protelar mais.

– Bem sei, Pedro. Pode dizer, embora eu já saiba do que se trata.

– Melhor assim, porque simplifica tudo. Sabe... não posso ser desonesto. Você não merece isso. Ainda encontrará um bom homem que a ame, vai ver.

– Por favor, não se desculpe e nem fique com pena de mim. Não sei explicar, mas bem sei que um dia você voltará para mim. E eu estarei de braços abertos esperando. E saberei amá-lo tanto, tanto, como agora o amo, que todas as suas mágoas serão amenizadas.

Pedro olhou-a intrigado. Assustou-se com aquela determinação. E uma nuvem escura veio toldar o céu azulado de minutos antes. Retirou-se, sem procurar saber o que significavam aquelas palavras.

Era tarde da noite quando todos se recolheram. No quarto, Thereza deu livre curso às lágrimas. Pedro! Então se chamava Pedro – como no passado. Lembrou, de forma nebulosa, aquele que, havia séculos, compartilhava sua vida. "*Deus, o que estará reservado para nós? Ainda há pouco ele se foi, mas sua presença continua aqui, como se coabitássemos o mesmo corpo! E uma alegria mesclada de dor me sufoca. Por que o encontro, se não podemos nos unir? Se ainda temos lastros do passado? Que digo! Se não o encontro, como posso renunciar a ele? Se não fizer o teste, como saber se cresci em Espírito? Como obter o perdão daqueles a quem ofendi no passado?"*

As lágrimas lhe molhavam o rosto. O desespero ia-se-lhe tomando conta. Orou. Chamou pela guerreira. Precisava dela naquele momento.

Suave torpor foi tomando conta de seus membros e ela adormeceu.

"Pobre criança! Que queres de mim? Já sabes a resposta. Tu mesma ajudaste a escrever esta página da tua vida – disse a guerreira, abraçando-a.

"Estou confusa, minha boa amiga. Ajude-me.

"Thereza, tu és forte. Deus te ajudará. Confia Nele. Tudo acontecerá de conformidade com os planos reencarnacionistas adrede preparados. Tu, mais do que qualquer pessoa do grupo, sabes que tudo será para o bem, para o reequilíbrio de todos. Deus é pai maravilhoso e nunca coloca em nossas costas peso incompatível com as nossas forças.

Thereza ouvia, aflita. O bom Espírito continuava exortando-a à fé e à compreensão.

"Às vezes, Thereza, quando tudo parece perdido e sem solução, abre-se uma porta, um caminho. Seguimos por ela e, logo mais adiante, encontramos nos esperando a paz e a alegria do dever cumprido.

"Guerreira, estou certa nas minhas suposições? Pedro é realmente aquele que amo há tempos incontáveis?

"Teu coração que te revelou. Agora, descansa. Não te aflijas inutilmente, reserva as tuas forças para quando delas necessitares.

"Boa amiga, e minha mãe? Terá realmente se conformado com a união de meu pai e Luzia?

"Sim. Eu a deixei numa colônia e ela já está recebendo tratamento.

"E minha tia? Estou preocupada com ela. Desde que a ajudamos a sair daquela caverna, vejo-a de mal a pior. Tenho-lhe feito algumas visitas enquanto ela repousa, mas porque tem o psiquismo todo intoxicado por efeito do álcool, nem me percebe a presença espiritual e, quando falo com ela, não me entende.

"Janice não está bem. O remorso a faz girar sempre na mesma ideia fixa. Seu fígado também não suportará por muito tempo a carga etílica que é obrigado a processar diariamente.

A mensageira da paz aplicou-lhe um passe magnético e ela pôde se acalmar.

Capítulo 33

As incertezas de Thereza

Aquela noite transcorreu tranquila. Leão não latiu e todos puderam repousar em paz. Todos, com exceção de Adalzina, que mal dormira, pensando em Pedro.

Thereza queria voltar para sua casa. Percebeu, pela manhã, os sinais de lágrimas no rosto de Zina. Não sabia, ainda, que eles haviam desfeito o namoro, embora no fundo do coração assim desejasse. Quase sempre somos egoístas quando entra em jogo o amor. Ainda não sabemos amar sem egoísmo, sublimando o amor, desejando de coração que nosso amado encontre em outros braços a felicidade. Não! Preferimos que, se não for ao nosso lado, que ele seja infeliz, pois que assim, quem sabe, teremos uma oportunidade.

Thereza, em relembrando a noite anterior, enchia-se de uma sensação nostálgica. No mesmo momento em que encontrava o amor de sua vida, a justiça cobrava-lhe renúncia. Mesmo assim, era bom saber que Pedro estava tão próximo, que não lhe era indiferente. Mas tão dolorido sabê-lo inacessível! Talvez que tudo não passasse de um falso pressentimento, uma infeliz lembrança que, sendo lembrança, já passara. Não teriam sido apenas devaneios da mente febril que lhe dissera da impossibilidade de ela ser feliz ao lado de Pedro? Afinal, a guerreira não dissera nada que afirmasse o contrário – debatia-se a moça, querendo conciliar o inconciliável.

Assim, entre esperanças e desesperanças, certezas e dúvidas, o dia se iniciava.

Após o café, Zina convidou Thereza para irem juntas tomar banho no rio. O sol forte convidava para um bom mergulho.

– Como aqui não temos clube com piscinas, não quer experimentar nadar no rio?

– Eu adoraria, mas não trouxe roupa de banho.

– Eu lhe empresto uma. Temos quase o mesmo corpo. Vamos. Você vai gostar. Depois podemos conversar sobre Pedro.

O coração de Thereza deu um pulo. Seu rosto ficou vermelho. Será que Zina lera-lhe a alma? Ela estava, naquele exato momento, pensando em Pedro.

Antes que Thereza lhe respondesse, Zina puxou--a para o quarto, apanhou um maiô para cada uma e, sem parar de falar, conduziu-a até o rio.

– Ninguém vem aqui neste trecho.

Rapidamente, mudaram de roupa. Zina atirou--se na água, chamando por Thereza. Um pouco inibida, Thereza juntou-se a ela.

– Não está uma delícia, a água?

– Está fria.

– Que nada. Está ótima. E com uma vantagem sobre a piscina: não tem cloro.

– Não é só esta vantagem. Esta água límpida, corrente, faz muito bem a nossa saúde. Está cheia de magnetismo salutar. Será que se olharmos bem, veremos as ondinas?

– Ondinas?! Que ondinas? É algum bicho d'água? – espantou-se Zina.

– Ondina é o elemental da água.

– Agora você está me esnobando. Que vem a ser isso?

– Ora, faz parte da Mitologia Céltica e Germânica da Idade Média. Significa ninfa das águas.

– Que interessante! Mas vá explicando, que nunca ouvi falar em tal.

– As ondinas na Doutrina Espírita são chamadas também de elementais das águas.

– Iiii... essa conversa tá ficando complicada. Elemental?!

– Os elementais são, segundo o Espiritismo, Espíritos ainda primários que executam várias tarefas junto à natureza. São seres que ainda não podem se reencarnar como humanos porque estão numa fase de transição. Temos, então, os gênios do ar, chamados de sílfides, silfos, os do fogo, salamandras, os da terra, gnomos ou duendes e os da água, ondinas.

– Thereza, onde você aprende tudo isso?

– Eu leio muito. De tudo.

– Vê Espíritos?

– Em algumas circunstâncias.

– Será que você vai ver quem assombra o barracão?

– Isso não sei. Pode ser que sim, pode ser que não.

– Todos dizem que você é poderosa porque é espírita.

– Pura bobagem. Rótulo religioso não quer dizer nada. O que importa não é professar esta ou aquela religião. O que importa mesmo é viver de conformidade com os ensinamentos cristãos. É ter bondade no coração. Eu conheço, por exemplo, pessoas que nada sabem sobre o Espiritismo e que são maravilhosas e outras que se dizem espíritas, mas não vivem de conformidade com o que o Espiritismo ensina. São como os túmulos caiados referidos por Jesus.

– Com certeza. Sabe que minha mãe também é espírita?

– Sei. Nós temos muita afinidade por força disso.

– Ela foi quem disse que lá no barracão tem um Espírito sofredor. O Cícero quer ver se você consegue afastá-lo de lá. É um tormento quando Leão começa a latir. No começo, eu ficava morrendo de medo, agora até já me acostumei.

– Esta noite ele não latiu; eu, pelo menos, nada ouvi – disse Thereza.

– Só falta ele resolver não latir justo agora que você está aqui.

Adalzina rodeava, rodeava, mas no fundo queria falar de Pedro. Thereza sabia que a qualquer momento ela tocaria no assunto. Falaram ainda algum tempo sobre o Espírito do barracão, sobre a água cristalina do rio e, de repente, falou:

– Thereza, diga-me com sinceridade: Você e Pedro já se conheciam? Ontem me pareceu que sim.

Thereza pensava na conveniência ou não de contar a ela sobre sua impressão – quase certeza – de que já conhecia Pedro de outras reencarnações, quando Zina acrescentou:

– Pode ser sincera. Eu e Pedro terminamos o namoro ontem.

– Terminaram?

– Terminamos.

– Eu sinto muito, mas olhe...

– Não se sinta constrangida. Na verdade, Thereza, só eu namorava o Pedro. Ele ia se deixando ficar.

– Zina, espero que o rompimento de vocês nada tenha a ver comigo. Eu me sentiria péssima se... – falou por falar, porque nada lhe ocorreu de melhor.

– Sossegue. Eu já vinha percebendo há tempos que o Pedro não estava mais a fim. Ainda ontem, antes de vocês chegarem, ele ia falar comigo sobre isso. Eu é que protelei, na esperança de retê-lo um pouco mais perto de mim. Quem ama sabe ser bem egoísta.

Adalzina sentiu um nó na garganta. Engoliu toda lágrima não derramada:

– Então, Thereza, seja sincera. Conte-me tudo, pois a reação de vocês não deixou margens a dúvidas. E veja bem, não estou culpando você pelo rompimento que se daria de qualquer jeito.

– Zina, na verdade, eu e Pedro fomos sinceros quando afirmamos que não nos conhecíamos, porém...

– Porém...?

– Não sei se você vai entender.

– Espero que eu não seja tão burra assim! Parei meus estudos o ano passado, mas continuo um ser racional.

Thereza corou de vergonha.

– Eu não quis ofender você, Zina. É claro que você é muito inteligente. Eu só falei isso porque, mesmo pra mim, não é fácil entender o que se passa entre mim e ele.

Saíram da água e se enrolaram nas toalhas. Thereza estava trêmula. Não de frio, mas por conversarem sobre Pedro.

– Zina, eu nunca fiz regressão de memória, mas se um dia fizer, tenho certeza absoluta de que lá encontrarei Pedro. Sei que nós já estivemos juntos por mais de uma reencarnação. É impressionante como as emoções do Espírito não se desvanecem com o passar do tempo!

– ?

– É verdade, Zina. Quando eu e a Helô estávamos ainda no trem, eu tive a intuição fortíssima de que nesta viagem aconteceriam duas coisas: uma agradável e outra desagradável. A desagradável veio primeiro. Logo à minha chegada, conheci o Álvaro, você deve conhecer, é amigo de Cícero e de meu pai. Restava, ainda, a agradável, e esta também se realizou. Quando eu e Pedro nos olhamos, foi como se nossas almas tivessem acordado. Desculpe-me... coisas do coração são difíceis de controlar.

– Quer dizer que você gostou do Pedro logo de cara e odiou Álvaro também logo de cara? Talvez seja porque...

Adalzina sentiu vontade de ofender Thereza. Estava enciumada, e o ciúme põe na boca dos amantes palavras cruéis.

Thereza deu um sorriso amargo:

– Termine o que ia dizer. Talvez seja porque sou diferente? Louca? Todos chamam de excentricidade o que eu chamo de mediunidade. Mas isso não vem ao caso.

– Desculpe-me, Thereza. Não quer me contar como foi isso, essas impressões sobre Álvaro e também com o Pedro?

Thereza resumiu o assunto. Não se sentia muito bem em recordar Álvaro e tremia de emoção ao se recordar de Pedro. Estava feliz por saber que ele e Zina haviam desfeito o namoro. Percebeu que também ela tinha muito egoísmo dentro de si.

– Thereza, veja então se você decifra um sonho estranho que tive na semana passada e que de alguma forma me ajudou a segurar "essa barra".

– Sonho pode ter muitas razões. Ene interpretações.

– Mas o sonho que vou te contar não foi um sonho comum. Poucas vezes tem acontecido de eu sonhar com tanta clareza.

Enquanto colocavam a roupa para ir embora, Zina narrava seu sonho:

– Alguns dias antes de sua chegada, eu me vi aqui mesmo, sentada, ouvindo a cantiga do rio. Estava triste, porque percebia que o Pedro não queria continuar o namoro. De repente, me apareceu um bebê. Mas, engraçado, esse bebê falou comigo e me chamou de mãe. Eu não estranhei. Aceitei-o por filho. Ele se aninhou no meu ventre e dormiu. Depois, uma pessoa chegou. Estava vestida toda de branco. Parecia um médico e auscultou meu coração e me disse: "Cuide-se. Não se preocupe com nada, tudo acontecerá como tiver de acontecer." Eu acordei. Estava feliz. Que você pode dizer-me sobre isso?

Thereza pensou por alguns momentos, buscando inspiração. Chamou mentalmente a guerreira, pois ela poderia lhe dar uma luz para esclarecer a amiga, mas a guerreira não apareceu.

– Zina, eu não sei. Você viu ou pensou em algum bebê antes de dormir?

– Para ser sincera, sim. Minha vizinha deu à luz há uns quinze dias a um rechonchudo bebê. Eu ajudei nos serviços domésticos até que ela ficasse boa. Talvez seja por isso, não?

– Pode ser que seja. No fundo, você desejou também ser mãe. E também pode ser que você...

Thereza teve um sobressalto. Assustou-se com o que ia dizer.

– Pode ser que...

– O quê?

– Não vai ficar zangada?

– Claro que não! Diga.

– Pode ser que você esteja grávida.

– Impossível!

Mas ficou apreensiva.

Capítulo 34

Felicidade ameaçada

Cícero conversava com Pedro na sala. Thereza e Zina chegavam do banho. Quietas, cada qual ruminando seus pensamentos. Ficaram surpresas com a presença do rapaz. Se haviam terminado o namoro na noite anterior, que fazia ele ali?

– Thereza, pode crer que não foi por mim que ele veio – afirmou Zina, sorrindo, a fim de esconder a mágoa e a raiva que sentia.

Thereza cumprimentou-o e se retirou a fim de que os dois pudessem conversar mais livremente.

– Eu vim falar com seu pai e com o Cícero sobre o nosso rompimento. Espero que você não me guarde mágoas, Zina, porque eu continuarei a lhe devotar fraternal amizade. Cícero continuará sendo o meu melhor amigo.

– Serei sempre sua amiga, Pedro.

Percebendo a ansiedade dele, que buscava Thereza com os olhos, Zina chamou por ela.

– Thereza, Zina me disse que vocês foram tomar banho no rio.

– Fomos. Foi uma delícia.

– Thereza nada muito bem, Pedro.

Mesmo triste, Zina compartilhava a conversa.

– Vamos dar um passeio? Nós três? – sugeriu Pedro.

– Vão vocês. Eu não gosto de cavalos. Nunca sei freá-los – disse Zina, tentando ser engraçada.

Thereza não sabia o que responder. Queria por ela. Não queria por Zina.

– Por favor, Thereza. Se eu fosse você, não esperava segundo convite. – E saiu, alegando afazeres domésticos.

– Quero lhe mostrar um lugar muito bonito. Vamos.

– Desculpe-me, mas não posso. Preciso ajudar a Zina.

Heloísa acudiu em favor dela:

– Pode ir, Thereza. Eu ajudarei "a cunhadinha". E piscou, marota, para a irmã.

– Nada disso. Iremos todos ou ninguém – disse Thereza.

– Thereza, é que precisamos conversar – disse Pedro, mal contendo a ansiedade.

– Vamos deixar pra outra vez, Pedro.

– Thereza, então eu e o Cícero vamos com vocês. Pronto – disse Helô.

– E Zina? Quero que ela também vá. Não tem graça ela ficar aqui sozinha.

Por mais que insistissem, Zina não quis acompanhá-los. Pedro estava segurando as rédeas do seu cavalo. Mais um foi arreado para Cícero e Heloísa.

– Mas vamos montados os dois no seu cavalo? – perguntou Thereza.

– Não se preocupe. O Lancelote é bem manso.

Nem um nem outro estava muito à vontade.

– Pode me segurar bem forte, não quero que você caia.

Depois de mais ou menos meia hora de cavalgada, chegaram. O lugar era magnífico. Aquele mesmo rio onde Thereza e Zina se banharam fazia ali uma lagoa. Tinha uma pequena queda d'água cercada por vegetação espessa.

Um homem estava ali pescando e, ao ouvir o trote dos cavalos, recolheu os apetrechos de pesca e se escondeu.

– Veja. Não é encantador? – disse Pedro, enquanto ajudava Thereza a descer.

– É divino! Como um lugar desse pode permanecer tão escondido? – disse Thereza.

– Cícero! E você nunca me trouxe aqui! Que grande safado! – reclamou Heloísa.

– Caramba! Que esquecido que sou! Perdoe-me, Helô.

– Eu costumo vir sempre pescar aqui. Nem tanto pelos peixes, mas pelo sossego. Aqui eu sempre vinha sonhar acordado com... com... – gaguejou Pedro.

– Com quem? – perguntou Thereza.

Ele não respondeu. Tomou-a pelas mãos e se sentaram num tronco. Pertinho um do outro. Sentiam aquela sensação que só quem está apaixonado sente. Nada mais importava para eles. O momento era deles. O sol brilhava para eles. E Thereza se permitiu tecer seus sonhos de ventura.

Cícero e Helô perceberam aquele enlevo. Inventaram uma desculpa e se foram.

Thereza e Pedro, perdidos um no outro, não percebiam que dois olhos inamistosos os observavam.

– Com quem você sonhava acordado? – repetiu a pergunta.

– Com você. Sim, Thereza, era com você que eu sonhava. Agora sei que era.

– Pedro, não posso negar que durante esses anos todos sabia que um dia você me apareceria. Nunca quis ligar-me a nenhum rapaz. Esperava. Esperava, sem saber por que esperava. Esperava, sem saber quem esperava.

– Então, estou certo! Não foi ilusão minha. Sabe, eu estava ansioso para terminar meu namoro com a Zina. Desde o mês passado que venho tentando romper, mas ela sempre dava um jeito de me prender e eu ia ficando. Ontem, antes de sua chegada, eu estava aflito. Meu coração dizia que você chegaria de repente e eu não poderia lhe falar do meu amor. De fato, você chegou. Apossou-se de mim e aqui estou. Sei que jamais nos separaremos.

Antes de o inconsciente ir buscar alhures motivos de dúvidas, Thereza concordou com ele.

– Pedro, fale-me desses sonhos.

– De uns anos pra cá, sempre sonho com alguém, que agora sei que é você. Vem a mim sorrindo, mas de olhar tristonho. Eu lhe estendo os braços. E nesse abraço nossas almas se fundem.

Das palavras, Pedro passa às ações e a abraça. Thereza, com delicadeza, o afasta.

No seu esconderijo, o estranho homem os fulmina com os olhos.

– Pedro, creio que devemos dar um tempo. Em respeito a Zina. Afinal, até ontem vocês eram namorados. Já é muito ruim ela achar que eu vim roubar você dela.

– Que bobagem. Zina saberá compreender, é uma boa moça.

– Por isso mesmo merece nosso respeito. Vamos esperar. Eu não lhe contei tudo a respeito de minhas intuições.

– Que intuições?!

– Uma intuição que vem quando penso em você... Em nós. No mesmo instante em que me alegro, me entristeço. É como se ainda não merecêssemos ficar juntos, realizar nosso sonho, ser feliz. Sinto que a vida me premia, para logo depois me roubar o prêmio. Ainda agora, quando você quis me abraçar, senti nitidamente isso. Zina interpôs-se entre nós cobrando-nos alguma coisa.

– Olha, sei que você é médium, que tem muita sensibilidade, mas não acha que está exagerando? Por que não haveríamos de poder ser felizes?! Zina encontrará quem a ame. E depois, terá sempre a nossa amizade. Talvez essas intuições não passem de excesso de preocupações.

Thereza se calou. Não queria preocupá-lo com

suas inquietações. Sabia que ele não poderia entendê--la, e nem seria capaz, por ele mesmo, de renunciar a ela e aos sonhos tecidos.

Pedro queria voltar do passeio e dizer a todo mundo que a amava, que encontrara a mulher de sua vida e que breve se casariam, mas Thereza não achou conveniente. Deveriam fazer segredo daquele amor por mais algum tempo. Beijaram-se com a sofreguidão do amor reprimido.

Trocaram ainda algumas palavras carinhosas e voltaram. Quando já estavam longe, o homem saiu do meio do mato. Era Álvaro.

– Desgraçados! Por isso ela não quer nada comigo! Já estava de caso! – bradou.

Capítulo 35

O Espírito do barracão

THEREZA HAVIA DECIDIDO QUE NÃO FICARIA NA CASA de Severino por toda uma semana conforme a vontade de Heloísa. Agora que ela e Pedro haviam-se confessado mutuamente, não saberia como encarar Adalzina. Seus olhos revelariam a felicidade que estava sentindo e feririam a sensibilidade da moça. Falou com Heloísa e ficou acertado que voltariam na manhã seguinte.

– Mas Thereza, e o problema da assombração? Ontem, Leão não latiu. E se não latir hoje também?

– Helô, não fale assim. Não o chame de assombração. É um Espírito sofredor, ao que parece. Ainda não sei. Se Leão não latir, paciência.

Zina aproximou-se, sorridente. Não queria deixar transparecer sua dor.

– Thereza, você gostou do passeio?

– Gostei. É um lugar muito bonito.

– Você e Pedro...

– Somos bons amigos.

– É... por enquanto – respondeu Zina.

Thereza calou-se. Não gostava de meias verdades e nunca fora boa em dissimulações, tampouco queria magoar a anfitriã.

– Thereza, você e minha mãe dão a maior sorte no amor. Não quer me ensinar a receita?

Heloísa, percebendo o grande constrangimento da irmã, respondeu em seu lugar:

– Minha querida Zina, não tem receita. As coisas acontecem. Você também encontrará um dia quem a ame. É bonita, inteligente...

– Não encontrarei mais ninguém, porque não pretendo procurar. Saberei esperar por...

Zina não concluiu o que ia dizer. "Esperar por Pedro" – pensou Thereza.

Severino e Cícero chegaram. A conversa se encaminhou para outros assuntos. Uma chuva torrencial começou a cair e a escuridão chegou com ela.

Porque estivessem todos cansados, deitaram-se

cedo. Por volta de três horas da manhã, o latido forte de Leão os acordou. Cícero vestiu-se rapidamente. Foi ao quarto da irmã e pediu que ela acordasse Thereza. Precisava dela naquele momento. *"Talvez hoje aquele fantasma seja exorcizado"* – pensou, enquanto pegava a lanterna. A chuva havia parado completamente, deixando no ar o cheiro da terra molhada. A noite estava magnífica. Uma colcha de pontinhos luminosos agasalhava o céu. Cautelosamente, Cícero, Thereza e Zina chegaram ao barracão. Zina tremia de medo. Queria voltar, mas estava um tanto curiosa para ver o que aconteceria. Thereza mantinha-se circunspecta, pedindo mentalmente a ajuda de Deus e da guerreira.

Abriu-se a porta e fez-se luz. Leão latia: ora avançava, ora recuava, como se alguém invisível o ameaçasse. Cícero cochichou com Thereza: "é todo seu" e ficou com Zina, prudentemente, afastados.

Thereza aproximou-se de um arreio dependurado, que era para onde o cachorro olhava, arreganhando os dentes.

– Cícero, Zina, venham cá. Não tenham medo. Ajudem-me numa prece – disse.

Os dois acompanharam-na. Leão, todavia, não parava de latir.

Thereza percebeu de forma difusa uma entidade que, como um símio, pulava de um lado a outro. Era tão singular sua aparência, que ela se perguntou se seria mesmo um Espírito humano.

"Sim, Thereza, é um Espírito humano que teve sua forma adulterada por hipnose perispiritual. Muitos trânsfugas da lei, arrebatados após a morte física, caem nas mãos de mentes maldosas que, por vingança ou a pretexto de se exercer a justiça, submetem-nos às mais torpes e animalizadas formas – informou-lhe a guerreira.

"Como ele veio parar aqui?

"Conseguiu fugir de quem o hipnotizava, ou melhor, seu inimigo se cansou de torturá-lo e baixou a guarda. Trata-se de um grande devedor perante a Lei, mas chegou para ele o momento da libertação. Seus pais, que ainda se encontram encarnados, há anos vêm orando por ele. Só agora o infeliz mostrou sensibilidade para receber a ajuda de que carece.

"Mas como eu poderei ajudá-lo?

"No momento, não faça nada. Só ore por ele. Volte a seu quarto e procure dormir. Sairemos juntas em corpo astral e aqui retornaremos. Enquanto isso, eu ficarei aqui tentando acalmá-lo.

Cícero e Zina mantinham-se calados enquanto Thereza parecia ausente. Depois, ela explicou aos dois o que vira e a orientação que recebera. Os irmãos ficaram surpresos. Não tinham ideia de que um Espírito pudesse retroagir na forma, ainda que não definitivamente. Thereza lhes explicou que, quando se cai nas mãos dos chamados "vingadores do espaço", o Espírito devedor pode sofrer uma hipnose e ver-se transformado na forma que lhe está sendo sugerida pelo hipnotizador.

– E ficam para sempre com a forma sugerida?

– Não, Cícero. Somente enquanto perdurar a ação hipnótica.

– E quanto tempo poderá durar? Deus meu! Isso é terrível!

– Poderá durar dias, meses, anos... Cada caso é um caso. Mas ninguém está desamparado do amor de Deus. Sempre chegará o momento da libertação.

– Não estou entendendo como o corpo dele pôde ser tão modificado! – disse Cícero.

– Nosso perispírito é feito de matéria amoldável, facilmente maleável e, sob a ação hipnótica do obsessor, pode sofrer transformações. Às vezes, o obsidiado, através de sua própria sugestão, mantém a forma sugerida, porque tem a consciência culpada.

– E não há como escapar?

– É certo que, se ele tivesse consciência, força e determinação, poderia reagir não aceitando a forma sugerida pelo obsessor e impondo a sua vontade e determinação. Todos somos livres para agir e buscar a libertação, porém, esses pobres ignorantes não têm nenhuma aquisição moral ou intelectual e são presas fáceis desses manipuladores de formas que, infelizmente, só desenvolveram o intelecto, relegando o coração às trevas.

– Faz anos que esse Espírito está aqui. Nesses anos todos, tem mantido essa forma? – perguntou Cícero.

– Como você pode garantir que durante todos esses anos foi o mesmo Espírito que aqui está agora? Pode ter sido outro, ou outros. O cachorro os vê e se põe a latir. Muitos animais podem ver Espíritos. Minha protetora espiritual disse que este irmão nosso que aí está só há bem pouco tempo foi libertado pelo seu verdugo. Mas agora, vamos voltar e dormir.

– Dormir?!

– Sim, dormir. É esta a orientação recebida.

– Mas você não vai exorcizá-lo?!

– Vamos tentar ajudá-lo mais à noite. Em corpo perispiritual. Quando eu dormir, meu guia espiritual estará me esperando e retornaremos aqui. Por hora, ele ficará calmo no seu canto. Veja que Leão já parou de latir. Vamos.

Thereza deitou-se e orou, pedindo a Deus a fizesse portadora da liberdade daquele irmão necessitado. Por efeito de recursos magnéticos, aplicados pela guerreira, logo adormeceu. Devagarzinho foi saindo do seu corpo denso como quem se despe de uma roupa grosseira. Junto com a guerreira, dirigiu-se ao quintal. Na grama que circundava o barracão, ajoelhou-se. Olhou o céu salpicado de estrelas reluzentes e, sob aquele manto celeste, orou com fervor:

Jesus amado. Socorra-nos com o seu amor. Seja conosco, divino amigo; fortaleça-nos a fé, porque, se de mim nada tenho, agiganto-me com Sua presença, com seu amor. Permita, querido Jesus, que esta humilde serva qual me reconheço ser, que mal desperta para as alegrias de servir, de amparar em Seu nome, seja a boa samaritana do Seu evangelho e possa socorrer, amparada pelo seu amor, o irmão desencarnado que se encontra necessitado de mão amiga. Assim seja. Pai nosso...

Enquanto Thereza, livre do corpo físico e amparada pela amiga espiritual, orava com fé, uma luz azulada a envolvia, bem como à guerreira, fazendo-as quase translúcidas. Entraram no barracão. O Espírito lá estava; olhar atoleimado e triste. Viu Thereza e encolheu-se ainda mais, tapando os olhos com mãos peludas. Embora a guerreira estivesse também presente, o infeliz não conseguia vê-la devido à gritante diferença de vibrações que existia entre ambos. Thereza se aproximou:

– Estou aqui em nome de Deus. Nada tema, meu amigo.

– Não! Não! Por piedade! Não se aproxime – disse o Espírito, fazendo uma cruz com os braços e recuando alguns metros.

Thereza ficou imóvel. Não atinava no porquê de o Espírito mostrar tanto medo em relação a ela. Envolvendo-o em vibrações de paz e amor, disse-lhe:

– Não tenha medo, meu irmão. Só quero ajudá-lo. Tranquilize-se.

– Mas, mas você é alma do outro mundo! Eu tenho medo! Estou muito doente. Se veio me buscar, volte, porque eu não vou morrer. Ainda preciso viver muito. Minha mulher e meus filhos não poderão ficar sem mim, desamparados. Tenho uma grande fortuna. Dinheiro. Muito dinheiro. O falecido primo Washington acusa-me de traição. Diz que eu o caluniei na firma onde trabalhávamos só para ficar com seu cargo. Diz que eu "fiz sua caveira" junto aos patrões para tomar seu lugar na Diretoria da firma. Que ele morreu de tanto desgosto e que eu sou seu assassino! Mas é mentira! Nunca matei ninguém. Ele tem me perseguido, tentado me levar com ele. Acusa-me de animal, e diz que agora hei de pular de galho em galho feito um macaco, porque não sou humano. Eu não o matei, acredite! É tudo mentira. Sou inocente. Em nome de Deus, não me leve. Agora que posso ser feliz, aproveitar meu dinheiro...

E o infeliz se debatia. Justificava-se, sem saber o que fazer para livrar-se daquela que ele tomava por mensageira da morte.

A guerreira lhe explicou que aquele Espírito ainda não sabia que estava desencarnado. Acreditava-se no mundo dos encarnados. Fizera a grande viagem de regresso sem ter disso nenhuma consciência. Ainda agora, lutava contra a desencarnação.

É comum essa confusão por parte do desencarnado que se encontra em perturbação. Essa troca de situação, ou seja, o desencarnado tomar o encarnado como desencarnado e ele como encarnado, ocorre sempre com aqueles que resistem à desencarnação; que têm consciência dos erros cometidos. Estes se apavoram, certos de que logo enfrentarão a justiça divina. Há também a considerar a falta de preparação para a vida espiritual. Como só viveram para as ilusões da matéria, divorciados das necessidades espirituais, sentem medo no momento do desenlace, que consideram, acertadamente, como a hora da verdade. Ademais, todos nós sentimos receio do desconhecido. Por isso mesmo, é inteligente que, sem deixar de recolher as merecidas benesses da vida aqui na Terra, preparemo-nos também para a vida espiritual, certos de que – cedo ou tarde – é para lá que iremos todos nós.

O pobre Espírito dementado falava sem parar. Na verdade, a guerreira o estimulava a contar tudo, a fim de que ele próprio pudesse se conscientizar do erro cometido e capitular.

A guerreira concentrou-se na sua casa mental e percebeu seu drama: havia caluniado o primo junto à Diretoria de grande multinacional e se apossado do seu cargo, mas não pudera usufruir aquela situação por muito tempo. Em consequência do grande desgosto causado pela exoneração do cargo, da humilhação sofrida, a vítima, seu primo, caiu em depressão profunda vindo a desencarnar. Tão logo recobrou forças, localizou o caluniador, que se locupletava no cargo imerecido. O caluniado obsidiou-o até a morte. Nem assim se satisfizera. Durante anos a fio, o vem submetendo à hipnose, impondo-lhe, através de uma férrea vontade alimentada pelo ódio, a forma simiesca que o infeliz ora exibe. Caíra, assim, vítima da antiga vítima. Porque no fundo da consciência se sentia um bicho, aceitou a sugestão hipnótica e, cada vez mais alienado, foi assumindo tais características.

Thereza estendeu a mão sobre o infeliz e pediu a Jesus que o envolvesse; que o fizesse compreender sua verdadeira situação. Transcorridos alguns segundos, o Espírito começou a chorar. Finalmente, compreendia que era ele, ali, o desencarnado. E a consciência do erro cometido levou-o a dorido pranto de arrependimento.

– Não sei quem você é. Por certo, um anjo de Deus que veio me ajudar – disse entre soluços.

– Não sou anjo, meu irmão. Sou, como você mesmo, um Espírito ainda errante, ainda carente de virtudes que me enobreçam. Vamos orar juntos, pedir ao Divino Amigo que venha em nosso socorro.

O infeliz, de olhar baço e indeciso, abaixou a cabeça, mas não conseguia orar.

Ao final da prece, duas trabalhadoras do astral superior aproximaram-se. Agradeceram a Thereza por aquela ajuda. Aplicaram recursos magnéticos no Espírito sofredor fazendo-o adormecer. E, qual se lhes fora filho querido ao coração, partiram com ele.

Thereza suspirou aliviada. Teria início o tratamento daquele infeliz. A volta à forma original era questão de tempo. A guerreira tomou-a pelos braços e volitaram em direção ao infinito.

– Vamos. Vou levá-la comigo esta noite. Teremos uma reunião de preces em favor de alguns alcoolistas que serão levados para lá durante as horas de sono. Sua tia Janice também estará presente em corpo astral. Está sendo preparada para breve desencarnação. Infelizmente, não podemos deixá-la mais tempo encarnada, pois ao invés de se reequilibrar, a cada dia que passa se desequilibra ainda mais. Usa a fatalidade em que incorreu, como pretexto válido para entregar-se à bebida. Às vezes, sente vontade de reagir, mas não é suficientemente forte. Talvez se reconheça devedora e queira se punir.

Thereza pensou com carinho na tia. Seria muito bom revê-la.

Capítulo 36

Mente desequilibrada

JANICE APRESENTAVA UMA PÁLIDA MELHORA, EMBORA ainda não conseguisse livrar-se do vício. Apesar do pedido de Thereza para que continuasse o tratamento espiritual, desde sua viagem que ela não voltara à casa espírita. Não sentia mais a constante presença do seu principal obsessor, todavia, era tão débil de vontade, que outros se chegavam e as cenas eram constantemente repetidas.

Os obsidiados ficam com o psiquismo tão viciado, que atraem outros perturbadores, gerando um círculo constante. Esquecem-se de que o passe é uma ajuda que não dispensa a reformulação moral a fim de que não venham novamente a ser vítimas. Esquecem-se de que somos aquilo que pensamos; que refletimos nossa condição moral-espiritual permitindo que as perturbações se instalem ou não.

Querem se livrar do mal, mas não assumem nenhuma determinação de mudanças. Ao se sentirem curados, ao invés de "fechar a porta" para que outros perturbadores não entrem, afastam-se de quem os curou e, porque persistem nos costumeiros hábitos nocivos, cultivando os mesmos vícios e defeitos, outros perturbadores se achegam. É como se tocassem as moscas sem remover o foco que as atrai. Aquelas poderão ir-se, mas dali a pouco outras virão. Virão sempre, até que se remova o foco de atração.

Quando se trata de obsessões, o passe é recurso eficiente. É uma ajuda momentânea que visa a fortalecer o obsidiado, todavia não lhe dispensa o concurso, pois que não há cura definitiva sem transformação no bem. A lei do menor esforço não encontra eco nas leis divinas.

Janice servia-se dos passes sem, contudo, lutar o quanto podia – ou devia – para uma cura definitiva. Sem a presença de Thereza, sentia-se deprimida. A tremura constante dava-lhe uma sensação de instabilidade. O organismo pedia constantemente sua cota de álcool.

Serviu-se de uma dose generosa e depois pegou um livro para ler. Entediou-se. A mente se lhe embaraçava. Não conseguia se concentrar na leitura. Em todas as páginas que virava, lá estava um pequenino corpo, na verdade, um feto: estiolado, roxo, amolecido e inerme. E todo o livro parecia lhe gritar: Assassina! Desnaturada! Feticida!

Levantou-se e esvaziou a garrafa, bebendo no próprio gargalo. Jogou o livro para o lado e se entregou ao torpor, àquilo que ela chamava esquecimento. Sem domínio de si mesma, viu-se jogada de um lado a outro, debatendo com estranhos e amorfos seres que a agarravam pelos cabelos e a arrastavam até ao pequenino ser, o que vira nas páginas do livro e que na sua loucura tentara reanimar, dar-lhe novamente a vida que se fora. Mas tudo era inútil. E corroída pelo remorso atroz daquela auto-obsessão, via-se rodeada por todos os demônios criados pela mente humana. E Belzebu vinha em sua direção com os cornos recurvados, com seu corpo descomunal, peludo, arreganhando-lhe os dentes, e com seu tridente a jogava num tacho de água fervente. Seu corpo retorcia-se na dor das queimaduras e, de repente, Thereza vinha-lhe estender as mãos, mas ela não conseguia alcançá-las. Então fugia, mas inútil tentativa. Belzebu a encontrava e de novo a reconduzia para o inferno. Desta vez, para uma enorme fornalha. Suas carnes se derretiam e iam juntar-se ao feto sem vida.

Sempre jogada de um lado a outro, sempre fugindo e retornando, Janice passou aquela noite. Acordou mais cansada. Grande desalento apoderou-se-lhe da alma.

Pela manhã, pensou em retornar ao Centro Espírita, em deixar a bebida, mas tal disposição não durou meia hora.

***

A data do casamento de Luzia e João já estava marcada para muito breve. Excetuando-se aqueles que veem segundas intenções em tudo, ela muito agradou à família e aos amigos de João. Thereza e Pedro continuavam se vendo, sem, contudo, contar a Zina. Não queriam magoá-la. Thereza se dava conta de que realmente encontrara o grande amor de sua vida, porém essa felicidade vinha sempre mesclada de um sentimento estranho de perda, de frustração, que ela tentava esconder nos escaninhos da alma.

– Terê – disse Heloísa –, finalmente vejo você interessada em alguém. Confesso que tinha medo de que isso jamais acontecesse. Pedro é um sortudo.

– Sempre soube que um dia haveria de encontrá-lo. Estava grafado no livro de minha vida. Esta certeza recrudesceu nesses últimos tempos.

– Pedro é, então, a sua alma gêmea? A sua metade eterna, assim como Cícero é a minha?

– Posso dizer que sim.

Muitos fazem confusão a respeito da alma gêmea, das metades que se buscam porque no início – segundo uma lenda – o homem era um ser dual: de um lado era homem e do outro era mulher. Até que um dia foram separadas, constituindo-se cada qual uma individualidade. Diz a lenda que, desde então, essas metades se buscam e, quando se encontram, se completam. Lenda é lenda. Não podemos confundir com realidade. Segundo nos explicam os Espíritos, Deus não poderia nos criar pela metade. Somos criaturas completas. Se admitíssemos ser apenas uma fração até encontrar a outra que nos complete, teríamos por coerência de admitir que sozinhos estaríamos pela metade. E o Criador não faz nada incompleto.

Entendemos essas metades que se buscam, como um símbolo: Estamos sempre buscando o companheiro ideal. Quando o encontramos, sentimo-nos felizes, realizados, pois que essa "outra metade" simbolicamente nos completa. A alma gêmea da nossa é aquela ligada a nós por afinidades.

Thereza havia encontrado – no sentido de afinidade – sua metade, sua alma gêmea. No entanto, sentia-se apreensiva como quem ganha um grande tesouro e sabe que terá de entregá-lo a outrem.

Assim, ela sofria com o peso da intuição. Na região mais abissal de sua alma, sentia que os dias de ventura estavam contados. Nos seus sonhos, via sempre Zina a exprobrar-lhe o procedimento. Vezes sem conta via-se numa região do astral estudando planos reencarnatórios. Planos de renúncia. Carecia renunciar agora para se reequilibrar com a grande Lei que um dia desrespeitara. Deveria seguir ainda um tempo sem aquele que lhe era o sol, a chuva, a brisa, a vida...

Thereza suspirou fundo. Um vinco de tristeza marcou-lhe a fronte.

– Para quem encontrou sua alma gêmea, você não parece muito feliz, Terê.

– Estou feliz, embora saiba que esta felicidade não é para sempre. Infelizmente. Cada manhã de um novo dia me pergunto até quando estarei com Pedro.

– Mas que neura! Por que fuça no que está quieto? Você não pode deixar de ser tão pessimista?

– Não sou pessimista. Bem gostaria que você tivesse razão.

– Pensei que agora, com Pedro...

– ... eu me curasse da minha excentricidade? Se fosse realmente excentricidade, talvez eu me curasse. Sabe, Helô, minha alegria, meu amor por Pedro, dão-me a dimensão do meu futuro sofrimento, mas procuro ficar serena porque sei que tudo acontecerá como já planejamos antes desta nossa reencarnação. Quanto mais cedo consertar aquilo que arruinamos, melhor.

– Espero que você esteja enganada. Não gostaria de vê-la sofrendo.

– Ainda não mereço a felicidade sem jaça. Nem eu nem Pedro.

E, sem pedir licença, seu pensamento correu até Álvaro. Entristeceu-se, mas lutou contra o sentimento de aversão que tal lembrança lhe causava.

Capítulo 37

Ainda não é a hora

Pedro e Thereza viviam intensamente aquele amor. Era como se soubessem de antemão que repentinamente seriam obrigados a abrir mão dele. Ela, por ser médium, pressentia isso de forma mais clara.

Álvaro era como uma sombra na vida deles. Como uma nuvem negra pairando ameaçadoramente sobre suas cabeças. Sempre escondido, presenciava aquela felicidade, perdido em ódios e planos de vingança. Suas noites maldormidas eram povoadas de estranhas lembranças. Via-se sempre correndo, correndo, alucinado, querendo chegar a determinada caverna e libertar quem lá estava. Porém, por mais que corresse, nunca chegava. Nunca via a pobre encarcerada, no entanto, os olhos angustiados dela perseguiam-no noite adentro. No íntimo, sabia que era alguém querido ao seu coração e que estava ali por sua culpa, por seu amor desvairado, por sua sandice. E quanto mais corria, gritando, pedindo ajuda, mais se distanciava da caverna, mais se distanciava daquela infortunada, cujo olhar marcava-lhe fundo a alma. Se suas noites eram-lhe fantasmagóricas, seus dias mostravam-lhe a realidade clara e certa: Thereza se distanciava sempre mais e mais dele. E mais e mais crescia seu ódio contra Pedro. E mais e mais crescia aquele amor desvairado.

Numa tarde, encontrando Thereza sozinha, foi ao seu encontro:

– Olá. Como vai?

– Tudo bem. E você? – respondeu a moça, tentando esconder a contrariedade e disfarçar o tremor da voz.

– Vou indo. Você sabe... Não muito bem.

Depois, como quem se decide, falou rápido para não perder a coragem:

– Thereza, vou lhe perguntar mais uma vez: Quer se casar comigo? Tenho uma plantação que vai me render muito dinheiro. Podemos nos casar e fazer uma grande viagem. Eu haverei de amá-la tanto, tanto, que você não terá motivos de arrependimento. Minha vida sem você não tem sentido e, no fundo de minha alma, sei que um dia estaremos juntos. Quando este dia chegar, eu juro, Thereza, hei de torná-la a mais feliz das mulheres, apagar essa amargura do seu olhar. Pedro, você sabe, pertence a Zina. Não adianta lutar contra o destino. Por que postergar nossa união, se eu sei, você sabe, está escrito no livro de nossas vidas?

Álvaro falava atropelando as palavras, alterado, querendo fazer prevalecer sua vontade, parecendo ignorar que ela o temia, que mal suportava sua presença e que jamais trocaria Pedro por ele.

Thereza encarou-o. Coração aos pulos:

– Álvaro, não posso me casar com você porque não o amo. Gostaria de amá-lo, mas...

– Mas ama o Pedro, não é? – respondeu ácido, com revolta mal contida.

A moça ficou quieta. Medrosa. Apreensiva com o desequilíbrio que via nos olhos dele. Num tempo que não podia precisar, já vira aquela mesma loucura, aquele amor misturado com ódio, aquela dor que sobressaía de todo o seu ser. Pressentia que ele ainda uma vez mais a faria sofrer; que trazia, ainda, seu psiquismo preso às lembranças amargas, quando – ela bem o sabia – sua irresponsabilidade tivera grande repercussão.

– Você não me diz nada? Você, que como dizem, faz premonições verdadeiras, ainda não percebeu que o futuro nos aguarda? Thereza... Dormindo ou acordado, vejo-a sempre do meu lado. Queria que na vida real também fosse assim. Não quero lhe causar dor

– falou, erguendo o queixo da moça para obrigá-la a encará-lo.

As lágrimas de Thereza a estavam sufocando, mas continuavam contidas. Quando não mergulhava fundo nas reminiscências, quando estava ao lado de Pedro vivendo tão só o presente, inebriada de amor, fazia ouvidos surdos às advertências que lhe chegavam à alma; que lhe eram aguilhões a ferroar-lhe incessantemente. Álvaro tinha razão. Era inútil continuar sonhando.

– Eu... que faço pra você entender? – falou, quase chorando.

– Devolva o Pedro pra Zina. Ela está sofrendo. Não lhe dói o coração ter roubado o namorado dela? Como pode viver de amores com ele se sabe que Zina sofre? A mim muito surpreende sua atitude. Todos os que convivem com você, bem percebo, só faltam adorá-la como a uma santa, todavia, não sabem que a verdadeira Thereza é egoísta e se recusa a devolver o que não é seu. Que a verdadeira Thereza pouco se importa se causa dor a uma moça tão boa quanto Adalzina.

Álvaro era um médium atormentado e agora nada mais fazia senão repetir as palavras sugeridas por um Espírito obscuro que o acompanhava. Herculano, seu protetor espiritual, que muito se preocupava com o rumo que os acontecimentos estavam tomando, raramente era por ele ouvido. Como ele bem previra, o amor de Pedro e Thereza poderia desviar os planos reencarnatórios, com prejuízos para todos.

Thereza esfregava nervosamente as mãos. Depois de alguma indecisão, desembaraçou-se dele e fugiu.

– Fiz minha última tentativa. Agora não se queixe, Thereza!

Quem tivesse vidência veria, naquele momento, sua aura tingir-se de negro. Sentiria seus pensamentos desequilibrados e a imensa mole de Espíritos perturbadores que se enrodilhava nele, soprando, cada qual, ideias as mais descaridosas e insensatas. Em vão Herculano tentou influenciá-lo. Como uma porta repentinamente fechada, a sintonia de vibrações era sempre cortada, estabelecendo-se outra com os perturbadores de sua paz. Chamando mentalmente todos os que lhe comungavam com os desforços, seguiu seu caminho. Parecia se fortalecer com aquelas vibrações nocivas, recentemente incorporadas. Quando chegou a sua casa, aqueles Espíritos se acomodaram sem a menor cerimônia. Deitaram-se na sua cama, sentaram-se à sua mesa, usufruíram as emanações de sua alimentação.

Assim são as obsessões. Através dos pensamentos e dos sentimentos, chegam, alojam-se e tomam conta de nós. Transformam-nos em fantoches e, se não houver conscientização, tratamento especializado e reforma íntima, seremos mais um número nos manicômios e nos presídios.

Capítulo 38

Adalzina pressente o futuro

– MÃE, COMO ESTÁ A SENHORA? NÃO APARECEU MAIS lá em casa. Está tão feliz com o próximo casamento, que nos esqueceu? – disse Zina, que foi visitar Luzia na casa de João.

– Não é isso, não, minha filha. Você bem sabe o quanto os amo, mas é que seu pai... bem... eu não quero causar-lhe mais dificuldades. Se ficar indo toda hora lá, será pior pra ele. Pior pra todos.

Adalzina concordou. Luzia percebeu sinal de lágrimas em seus olhos:

– Que foi, Zina? Ainda não conseguiu esquecer o Pedro? Sabe, eu também sinto muito não ter dado certo. Você estava tão feliz! Você merece ser feliz, minha filha, mas vamos deixar nas mãos de Deus.

– Ah, mãe, eu gosto tanto do Pedro! Daria minha vida por ele. Que sorte tem a Thereza. Sem nenhum esforço, chegou e o conquistou. Pedro é louco por ela. Tem gente que nasce mesmo com a estrela.

– Bem... ele ainda não está casado. Quem pode prever o amanhã?

– Não quero criar nenhuma expectativa. Se ele não me ama, paciência. Sabe, acho que ele me namorou esse tempo todo por pura inércia. Isso não vou querer novamente, não mesmo.

– Tenha ânimo, quem sabe o que lhe está reservado? Veja eu. Quem diria que minha vida sofreria tanta reviravolta?

– Eu sei, mãe. Sabe que acontece uma coisa tão estranha comigo...? Ao mesmo tempo em que sinto a dor de perdê-lo, sinto a alegria de recuperá-lo. Bem lá no fundinho de minha alma, alguém me diz: "Tenha calma. Pedro e você se unirão e serão ainda felizes." Será que é a minha vontade, mãe?

– Não sei, minha filha. Se não fosse pelo Pedro, você poderia perguntar a Thereza. Ela tem uma mediunidade excelente. Poderia lhe dar um parecer sobre isso.

– É... mas como dizer-lhe? Não tem como.

– O melhor é esperar. Sabemos que, às vezes,

nós fazemos um plano e Deus faz outro. Não convém forçar nada. Deste lado da vida, desconhecemos as deliberações do outro lado.

Adalzina concordou. A mãe continuou:

– Você sabe que casamento é coisa séria. Que exige de nós amor, renúncia e dedicação. Depois dele, não mais podemos pensar no singular, temos de esquecer o "eu" para pensar o "nós".

– Sabe o que mais dói? Acho que Thereza e Pedro já se conheciam. Não é possível alguém ter a reação que eles tiveram. Ficaram abobados um diante do outro!

– Zina, não prejulgue ninguém. Não deixe que a maldade encontre guarida no seu coração, filha. Às vezes, uma obsessão se inicia dessa forma. Não se esqueça de que o espinheiro que ora nos fere já foi inocente plantinha.

A moça tinha os olhos rasos d'água.

– Temos aprendido que muitas vezes as pessoas que se encontram e têm muitas afinidades, amor, é porque já viveram juntas antes. São almas afins.

– A senhora acha que Thereza e Pedro são almas afins?

– Para ser sincera, embora isso possa lhe ferir, eu acho que sim.

– Ah, mãe, como isso me machuca!

– Desculpe-me, Zina. Você merece que eu lhe seja franca. Não quero magoá-la, mas também não posso alimentar algo que a faria sofrer mais tarde. Se o próprio Pedro confessou que não a ama o suficiente para se casar, não perca sua dignidade correndo atrás dele. Ele não é o único homem do mundo. Ninguém morre por amor.

Adalzina deu um suspiro fundo.

– Conforme os ensinamentos que tenho recebido, ao reencarnar, já temos nosso plano de vida delineado de acordo com nossas necessidades. O que tem de ser, será. – complementa Luzia.

– Acha que Pedro e Thereza se casarão, mãe? Sabe, não é que eu não queira ou que ame tanto o Pedro que não quero acreditar nisso, mas é que, bem aqui dentro – e apontou o coração – sei que um dia terei Pedro.

– Não sei mais o que lhe dizer, Zina. Se é uma impressão que você tem, quem sabe? Mas não fique criando dores para o futuro. Trate de viver o presente, de se divertir, que você é ainda uma menina.

– Tenho já quase vinte anos, mãe.

Luzia riu.

– Nossa, que velha!

– A senhora disse que queria falar comigo.

– É sobre o restaurante. Preciso voltar. Deixar

nas mãos de empregado, não dá certo. Se você quiser vir comigo, será ótimo.

– Quero sim, mãe. O Cícero também logo se casa. Não fosse por deixar o pai sozinho, eu ficaria lá para sempre. Não precisa de uma gerente?

– Até que não seria má ideia. Depois do casamento, o João disse que vamos morar lá. Ele tem planos de aumentar o restaurante, de melhorar tudo, então, se você fala sério, podemos pensar nisso.

– É que eu tenho dó de deixar o pai sozinho. Mãe, já lhe falei que ele agora deu pra frequentar rodeios?

– Ora, que tem isso? Ele sempre gostou.

– A senhora não entendeu. Ele voltou a **montar** os cavalos bravos.

– O quê?!!! Seu pai está louco? Ele já fez muito isso, mas era jovem, agora já está com mais de cinquenta anos!

– E quem tira isso da cabeça dele? Morro de medo de que um dia ele se dê mal.

Luzia ficou pensativa. Estaria o ex-marido procurando a morte?

Capítulo 39

Uma visão aterradora

FINALMENTE, O DIA DO CASAMENTO DE JOÃO E LUZIA chegou. Todos se levantaram bem cedo, pois embora a recepção fosse só para alguns conhecidos e amigos, muitas providências teriam de ser tomadas.

Depois que Glória Maria se afastou, Luzia e João passaram a viver com mais harmonia. Embora agora tudo fosse esperança, Luzia não conseguia se furtar a alguns pensamentos tristes que não sabia como explicar.

Tornara-se grande amiga de Thereza e passavam muito tempo juntas, conversando sobre a nova doutrina que haviam abraçado; sua coerência, sua justiça; seu grande poder transformador de almas.

Thereza via em Luzia, além de amiga, uma verdadeira mãe.

O grande quintal foi cuidadosamente varrido. Armaram uma grande tenda onde ficariam o padre, os noivos e os padrinhos.

Zina insistira com a mãe para que um padre amigo da família realizasse o casamento. Para não contrariá-la, João e Luzia aquiesceram. O padre era uma pessoa muito querida naquela comunidade, amigo de todos, e sentia-se honrado em realizar a cerimônia.

Para as moças e rapazes, só o que importava era o baile, com sanfoneiro e tudo. O "arrasta-pé".

Heloísa e Cícero espalharam bandeirolas pelo quintal e torciam para que não chovesse. Luzia, de repente, foi tomada de estranho nervosismo, e Thereza conversava com ela, tentando acalmá-la.

– Até parece que você é uma adolescente e que se casa pela primeira vez, Luzia!

– Bem sei, Thereza. É estranho... até ontem eu estava bem, agora sinto uma opressão no peito, uma angústia...

– Está arrependida? Olha que meu pai não vai aceitar.

– Não seja boba. Não é nada disso. É que não quero que nada saia errado.

Thereza sentiu um estremecimento ao se lembrar de Álvaro. Com certeza, ele compareceria, pois era amigo de Cícero e também de João. E, como num filme que está sendo rebobinado, viu um rio de sangue que corria entre os convidados. Viu Álvaro, cheio de ódio. Da tenda, recentemente armada, saía estranha procissão carregando um ataúde. E todos choravam aquela morte. Viu-se, e a Pedro, súplices, implorando perdão. O curioso era que nem ela, nem Álvaro, nem Pedro eram os mesmos. Dir-se-ia tratar-se de outras pessoas, no entanto ela sentia que, embora de aspecto diferente, eram os três que ali estavam como atores de um sinistro drama.

Luzia, vendo a imobilidade e a palidez de Thereza, seus olhos congestos e suas mãos crispadas, assustou-se.

– O que foi, Thereza? Pelo amor de Deus! O que está acontecendo?

Thereza não ouviu uma só palavra. A impressão fora tão intensa, que ela perdeu os sentidos. Acordou minutos depois. O pai friccionava-lhe o pulso e todos falavam ao mesmo tempo.

Ainda atordoada, viu que a guerreira lhe aplicava recursos magnéticos e a exortava a voltar à vida. Nada respondia aos que a crivavam de perguntas. Estava ainda sob o efeito negativo das insólitas cenas. O pai carregou-a para o quarto. Ela pediu para ficar sozinha. Queria orar para se reequilibrar. E aquela lembrança constante e insistente se foi aos poucos esmaecendo.

– João, será que era por isso que eu estava tão aflita? – perguntou Luzia.

– É, pode ser. Mas se acalme. Tudo já passou. Thereza é muito sensível, sempre foi assim, desde pequena.

– João, já é hora de nos arrumarmos. Daqui a pouco, os convidados começam a chegar.

E a esperança de uma vida tranquila ao lado de João dispersou os pressentimentos indesejáveis.

Heloísa acabava de chegar e, inteirando-se dos acontecimentos, correu para o quarto. Encontrou Thereza ajoelhada, cotovelos fincados na cama, concentrada em sua oração. Ficou em silêncio para não interrompê-la.

Pai amantíssimo,

Recorro a Ti como a filha que conhece sua pequenez e quer refugiar-se na grandeza do Teu amor. Bem sei, meu Pai, que imerecida e desnecessariamente nada nos acontece. Bem conheço, ó Pai de misericórdia, Tua infinita bondade, Tua infinita sabedoria e Teu infinito amor para com todos, indistintamente.

Enternece-me Tua magnanimidade. Ainda que não sejamos merecedores, ainda que caminhemos no lodo do caminho, de queda em queda, maculando a alma que veio de Ti, que é uma partícula de Ti, sempre estendes-nos Tuas mãos de luz.

Ajuda-me, ó pai, a palmilhar a estrada que me desig-

naste, não por capricho, mas porque dela preciso, porque eu a construí para mim.

Pai, ainda que eu me fira entre os espinhos que eu própria um dia plantei, permite-me o aprendizado a fim de que eu possa, futuramente, entregar-Te minh'alma alvinitente, pura, tal qual um dia a projetaste na imensidão cósmica, para que ela também se engrandecesse na conquista da sabedoria.

Derrama, meu pai, Teu olhar misericordioso sobre nós; abençoa a união dos Teus filhos João e Luzia. Socorre a pobre tia Janice.

Finalmente, embora eu não tenha ainda acumulado galardões que me autorizem a pedir, ouso – porque sei do Teu amor – pedir por mim. Possa ser retirado por Teus anjos de luz, Teus emissários celestes, o peso que me confrange o coração, que me angustia a alma. Assim seja.

Enquanto Thereza assim orava, extraindo do âmago do coração a rogativa, fluidos tênues, pequeninas pétalas de luz, caíam sobre ela. À medida que penetravam em seu corpo, uma leveza e bem-estar indizíveis inundavam-lhe a alma. Heloísa tinha lágrimas nos olhos. Cada dia que passava, mais amava aquela irmã que a vida lhe dera. Comovida, abraçou-a:

– Está melhor? O que aconteceu?

– Já estou melhor. Foi mais uma de minhas excentricidades – disse, enquanto uma grande lassidão se apoderava dela.

– Você não me engana. Excentricidade coisa nenhuma.

– Mas não é isso que vocês dizem?

– Não faça dengo, vá contando.

– Nada. Eu tive uma visão.

– Uma visão? Que visão? Boa ou má? Mas que estúpida que eu sou! Se fosse boa, você não teria ficado assim.

– Foi uma visão terrível, Helô. Nunca vi nada igual.

À lembrança, Thereza recomeçou a tremer.

– Thereza, desculpe-me. Não devia forçá-la a relembrar. Coisas ruins têm de ser esquecidas. Não quero mais saber. Vamos, fique tranquila.

– Helô, não conte a ninguém que passei mal. Muito menos para o Pedro. Promete?

– Prometo. Vamos. Tudo já passou. Agora você vai tomar um copo d'água com açúcar.

– Nada disso. Água com açúcar engorda. Esqueça.

– Então, vamo-nos arrumar. Os convidados já estão chegando. O "seu" Pedro já está aí perguntando por você.

E Pedro veio-lhe à memória como um louro da vitória. Sabia, desde que o vira, que pertenciam um ao outro, que há séculos se conheciam. Mas de repente, lembrou-se de Zina, que também o amava, de Álvaro, a quem temia e pensou: *"Neste mundo ninguém tem mesmo a felicidade sem jaça"*.

Cícero foi ao encontro das duas:

– Vocês capricharam mesmo, heim? Estão lindas! Olhe só a Thereza! Nem parece a mesma!

– Ora, não chateie – respondeu a moça, com um sorriso dengoso.

– Que bom que você está alegre.

Disfarçadamente, Thereza pôs o dedo indicador sobre os lábios, lembrando a Heloísa a promessa de não comentar com ninguém a respeito do seu mal--estar de ainda há pouco.

– Vamos logo, o padre Cassiano já está aí. Luzia está tremendo feito boba, já tomou três xícaras de chá de erva-cidreira – disse Heloísa.

– E o pai?

– E aquele fica nervoso com alguma coisa? Está lá, todo prosa, cheio de atenção com todo mundo.

– Adalzina também está aí? – perguntou Thereza.

– Está. Veio comigo – disse Cícero.

– Ela está bem?

– Para dizer a verdade, ela não passou muito bem ontem à noite. Comeu carne de porco no jantar e passou mal à noite. Vomitou. Ainda está meio abatida.

Thereza levou um choque. Rememorou a conversa que tivera com Zina, o sonho sobre o bebê que a chamara de mãe. Estaria Adalzina grávida? *"Oh, meu Deus, não permita, porque se ela estiver, o filho é de Pedro"* – pensou, angustiada, mas não fez nenhum comentário. Cícero percebeu sua angústia. Sabia que a causa era Pedro e a irmã.

– Não se preocupe por causa do rompimento de Zina e Pedro. Eu sempre soube que aquilo ia dar em nada. Zina é quem grudou nele. Com o tempo, ela esquece, aparece outro e todos seremos felizes para sempre – riu, bem humorado.

– Olha aqui – disse Heloísa muito séria – não vá um dia dizer que eu grudei em você, heim?

– Sua boba, foi eu quem grudou em você.

Mariah veio chamá-los. O casamento ia ter início. Todos os convidados já haviam chegado.

Para os jovens presentes, o que importava mesmo era o baile que se iniciaria tão logo terminasse o jantar.

Embora Luzia não estivesse vestida de noiva, carregava nas mãos um buquê de orquídeas. O casamento transcorreu tranquilo e, após receber os cumprimentos, as moças a rodearam. A noiva se posicionava para jogar o buquê. Feliz daquela que o pegasse.

– Um, dois, já!

Thereza saltou, mas o buquê passou por cima de sua cabeça e foi parar nas mãos de Adalzina.

– Parabéns, Zina – disse-lhe Thereza. – E de forma nebulosa, pareceu ver pequenino ser aninhado no ventre dela. Adormecido. Já não podia haver dúvidas de que Zina estava grávida. O céu de Thereza encheu-se de nuvens escuras e ameaçadoras.

Durante a festa, Thereza procurou tocar no assunto com ela.

– Zina, sei que não é o momento, mas... – Thereza ficou vermelha e gaguejou.

– O que foi, Thereza? Olha, quero que você saiba que não lhe guardo nenhum rancor por causa do Pedro. Apesar de amá-lo ainda, não há como negar, estou muito tranquila. Só o que lhe peço é que continue amiga de minha mãe. Ela gosta muito de você. Quanto ao Pedro, Deus decidirá, não é mesmo? De qualquer forma, como vê, não sou má perdedora.

Zina falava sem parar, sem dar tempo para nenhuma resposta.

Pedro foi buscar Thereza para dançar. Cumprimentou Zina, que sem cerimônia o intimou:

– A próxima é minha. Não pense que só porque desmanchamos o namoro viramos inimigos.

– Claro, Zina. Sempre seremos amigos. Já fica prometido que a próxima dança é sua.

Enquanto dançava, Thereza pensava em Zina. Tinha quase certeza de que ela estava grávida. Com certeza ainda não sabia, mas estava.

– O que você tem, Thereza? Se ficou aborrecida porque prometi dançar com Zina, esqueça. Dou uma desculpa e pronto.

– Não é nada disso! Claro que você pode dançar com ela! Não sou sua dona! E também gosto muito da Zina. Não estou com ciúmes dela.

– Então, o que é? Você estava alegre... de repente...

– Pedro, preste atenção. O que vou lhe dizer é muito sério.

– Nossa! Então vamos parar de dançar e sentar um pouco. Poderemos conversar mais à vontade.

– O que quero lhe perguntar é um tanto constrangedor. Não sei como você vai interpretar.

– Diga, Thereza. Mas antes, saiba que eu a amo demais! Não me venha agora com algum pretexto para nossa separação. Não tem cabimento.

– Pedro, não é isso. Eu também o amo. Você é muito importante na minha vida. Só Deus sabe a angústia que sinto ao ter de lhe perguntar...

– O quê? Perguntar o quê?!

– Você e Zina namoraram muito tempo, não é mesmo?

– Três anos.

– Em três anos adquire-se muita intimidade, confiança um no outro...

– Aonde você quer chegar, Thereza?

– Você e Zina... quer dizer... vocês tiveram algum relacionamento íntimo?

Pedro ficou sem jeito. Mas não poderia mentir. Não a Thereza.

– Você sabe... Foram três anos de namoro. É claro que não ficamos só nos beijinhos.

Thereza levou a mão ao peito. Pedro não sabia o porquê de tanto alarde por parte dela.

– Thereza, pelo amor de Deus! Não vá me dizer que por causa disso você está tão trêmula. Olha, eu nem conhecia você...

Thereza ia lhe falar sobre a quase certeza da gravidez de Zina, quando Luzia e João, sorridentes, vieram requisitá-los para a dança da vassoura.

Thereza, fingindo uma alegria que estava longe de sentir, porque não queria empanar o brilho da festa, acompanhou o feliz casal. Quando alguém passou a vassoura a Pedro, requisitando-a, ela aproveitou e, dando uma desculpa plausível, retirou-se do baile. Foi até o jardim. Estava inquieta, queria pensar e, se possível, entrar em contato com a guerreira.

Olhando de longe o baile, percebeu alguém que abriu o portão da casa e veio em sua direção.

– Boa noite, Thereza.

Era Álvaro. Naquela hora, quem ela menos queria ver era ele.

– Boa noite.

E ia se retirando quando o rapaz a segurou pelo braço.

– Por favor, não vá chorar, senão borra a maquiagem – disse áspero.

Thereza estava muda. Dos profundos escaninhos da alma, o rapaz lhe surgiu, odioso, exigindo-lhe o amor, dominando-a com férreas mãos.

– Não precisa tremer, que não sou nenhum bicho.

– Por favor, me deixe.

O sanfoneiro fez um intervalo. Thereza imaginou que Pedro logo estaria ali e haveria briga, pois que Álvaro ainda não lhe soltara o braço.

– O que se passa aqui? – perguntou Pedro, enciumado ao ver a namorada junto a Álvaro.

Álvaro soltou o braço de Thereza, que correu para junto de Pedro. Estava prestes a desmaiar, tal o horror que sentia diante de Álvaro e do que pudesse acontecer.

– O que se passa? – tornou a perguntar Pedro.

– Por que me pergunta dessa forma? Acha que

sou algum garotinho e que vou lhe dar explicações? Que vou sair correndo de medo? Ora seu...

Thereza pensou em Deus, pedindo proteção.

– Não foi nada, Pedro. Passei mal e o Álvaro me acudiu. Vamo-nos daqui.

– Não foi bem isso – respondeu Álvaro, rancoroso.

– Como assim? Quer ser mais claro?

– Ora, vá se danar! Os dois!

E pisando duro, se afastou, misturando-se aos convidados.

– Sujeito estúpido! Imbecil! Mas o que ele queria? Quando cheguei, ele segurava seu braço. Pode me explicar?

– Pedro, é uma longa história. Você talvez não acredite, mas sei que Álvaro já fez a nossa infelicidade mais de uma vez.

– Do que você está falando? Entendo cada vez menos!

Thereza falou de suas impressões, de sua quase certeza daquilo que afirmava. Contou-lhe sobre a guerreira que sempre a ajudava, sobre como já sabia que ia encontrar Álvaro e também a ele; da emoção que sentira logo ao conhecê-lo. Nada ocultou. Contou que, momentos antes do início da festa, passara mal com a terrível cena que vira desdobrar-se ante sua mente. Por fim, falou do pavor que a presença de Álvaro lhe infundia.

Pedro abraçou-a:

– Eu entendo, minha Thereza. Sinto que tudo é verdade. Também eu, por muito tempo, a vi em sonhos. Era um sonho que sempre se repetia. Você vinha a mim com seu sorriso triste; eu lhe estendia os braços e você se aquietava. Não havia necessidade de palavras entre nós...

– Então, não me julga uma neurótica? Uma excêntrica, como aqui em casa me chamam?

– Não. Eu, embora não seja espírita praticante, acredito na vida após a morte, na comunicação do mundo dos vivos com o dos mortos e vice-versa.

O baile havia reiniciado. Álvaro bebia desenfreadamente e espiava Thereza e Pedro, cheio de ódio.

– Mas você tinha alguma coisa para me dizer quando Luzia e seu João nos interromperam. O que é?

– É sobre Zina.

– Novamente aquela conversa? Mais uma vez eu lhe digo: Não amo Zina. Embora ela seja uma ótima moça, tenho-lhe somente amizade.

– Não estou enciumada, se é o que você está pensando. O que quero conversar é sobre um assunto muito sério. Parece-me que Zina está grávida.

– O quê?!!! – Pedro quase gritou.

– Fale baixo! Eu suponho. Zina, naqueles dias que passei na casa dela, me falou de um estranho sonho com um bebê.

– Thereza, por favor... por causa de um sonho... isso já é brincadeira!

– Não é apenas por causa do sonho. Cícero me disse que ela passou mal ontem à noite, que vomitou. Eu, ainda há pouco, vi um ser pequenino em posição fetal junto a ela. Não estou ficando louca! Eu vi realmente. Quando perguntei à guerreira, ela simplesmente me disse: "vamos aguardar". Você entende? Quando eu estou errada nas minhas deduções, ela fala logo, me mostra a verdade. Desta vez, não.

Pedro estava lívido. Sabia que não era improvável que Zina estivesse grávida de um filho seu. Por um momento, sentiu-se quase feliz, mas ao olhar para Thereza, seu mundo veio abaixo.

– Não pode ser, Thereza! Que Deus não permita.

– Não diga nada, Pedro. Não peça ajuda a Deus, agora. Se for verdade...

Pedro calou-se. Thereza tinha razão. Ele não pedira a permissão de Deus para engravidar a moça, agora era assumir a responsabilidade. Teve vontade de perguntar a Zina, talvez ela pudesse lhe dizer alguma coisa.

– Thereza, procure por Zina. Converse com ela. Ela deve nos esclarecer.

E, quase chorando, enlaçou Thereza. Ela tremia da cabeça aos pés. O rapaz olhou-a nos olhos:

– Aconteça o que acontecer, prometa-me que jamais nos separaremos.

– Não posso prometer, Pedro querido. Você sabe que não posso.

Soltando-se do abraço, foi procurar Zina.

Álvaro continuava bebendo e já começava a ser inconveniente com os convidados. Thereza encontrou Zina, que vinha do banheiro e estava muito pálida.

– Zina, vamos até meu quarto? Precisamos conversar.

Zina acompanhou-a, sem dizer palavra. Entraram. Thereza fechou a porta.

– Zina, você não está bem. Está doente?

A moça jogou-se na cama e, soluçando, sem encará-la, lhe disse:

– Gravidez não é doença.

O mundo de Thereza caiu. Queria ouvir tudo, menos a confirmação daquilo que viera perguntar.

– Então é verdade?

– Como você soube?

– Isso não importa. Mas desde quando você sabe? Por que não me contou logo?

– Só tive a certeza há pouco tempo. Fiz o teste de gravidez ontem. Deu positivo.

– O filho é...

– ... de Pedro, claro! O que pensa que sou? – disse, chorosa.

– Eu não quis ofender. Mas por que não procurou por Pedro para lhe contar?

Thereza sentia mil espinhos a lhe dilacerar a alma. De todas as dores que até então conhecera, nenhuma se igualava àquela. Queria que estivesse sonhando; vivendo um pesadelo como os muitos que já vivera e que, ao acordar, pudesse respirar aliviada.

Zina, após a crise de lágrimas, olhou para Thereza, que parecia morta tal a palidez que a tomou. Abraçou-a:

– Não pense que vou estragar sua vida e a de Pedro. Criarei sozinha meu filho. Minha mãe me ajudará. Sei que não me recriminará e que me dará a maior força. Não se preocupe. Eu não quero piedade. Nem a sua nem a de Pedro. Eu não procurei por ele por dois motivos: primeiro, porque ele ia pensar que engravidei para obrigá-lo a se casar comigo; segundo, porque bem sei que vocês se amam. Nem tente dizer o contrário, que isso está na cara de vocês.

As duas se abraçaram, chorando.

– Zina, você tem muita nobreza. Que Deus a

ampare! Tudo dará certo. No fundo, eu bem pressentia que não seria desta vez a minha união com Pedro.

Ela protestou. Não queria Pedro para si só por causa daquela gravidez.

– Zina, você não tem o direito de negar um pai a seu filho. Até cheguei a comentar com Pedro da minha suspeita sobre sua gravidez.

– Comentou com ele?! Como você podia saber se ainda não falei com ninguém?

– Não tinha certeza, mas...

– Mas teve uma das suas intuições, não é mesmo?

– Sim. É verdade. Cheguei a ver seu filho, aí, aninhado no seu ventre.

– Meu filho! Seja bem-vindo a este mundo de desencontros – disse a futura mãe, abraçando a própria barriga e chorando.

Heloísa bateu à porta. As duas se recompuseram.

– O que fazem as duas aqui, trancadas? E pelo jeito andaram chorando. O que foi?

– Nada.

– Então vão fazer nada lá no quintal. O baile está um arraso!

Capítulo 40

Álvaro se deixa dominar

Álvaro, cada vez mais embriagado, dava vazão aos mais desencontrados pensamentos. Pedro era o ladrão de sua felicidade. Desde que os vira na lagoa, tão apaixonados, que sua mente febril não teve mais um momento de sossego. Os Espíritos malévolos, sentindo sua disposição, incentivavam-no cada vez mais e já era ele um ímã a atrair todos os desencarnados que ainda jaziam em trevas.

Aqueles que já se sentiam dono dele, porque foram os primeiros a chegar, escorraçavam os recém-chegados alegando que Álvaro lhes pertencia. Os pensamentos do obsidiado eram claramente ouvidos por eles como se estivesse conversando alto. Assim, incitavam-no a ir à desforra: "Sim, amigo! Vá lá, acabe com ele... o safado. Vamos, mate-o! Não tem brios? Ela não te trocou por outro? Então? O que espera? Esqueceu-se de que traz no bolso interno do paletó, um revólver?"

Só agora Álvaro se lembrava da arma. Apesar de não costumar levá-la consigo, naquela noite, porque pretendesse chegar tarde, resolveu levá-la. "Duas balas acho que serão suficientes. Espero não ter necessidade de usá-las, mas se tiver..." – dissera ao sair. Agora, acariciava a arma enquanto olhava para Thereza e Pedro. Havia captado com clareza a sugestão do obsessor, que insistiu: "Que está esperando? Vá lá, mostre a ele que você não é homem de levar desaforo pra casa. Então... ele não procurou isso? Não roubou a sua Thereza? Vamos, acabe com ele."

Herculano tentava, em vão, sintonizar-se com ele a fim de desviá-lo de suas intenções. Mas ele estava impenetrável a qualquer sugestão do bem; tão distanciado de conceitos nobres, que em vão o guia lhe falava. Estava envolto em uma casca dura, que repelia naturalmente qualquer ideia contrária à de matar, de vingar-se.

O protetor pensou rápido em outra pessoa. Os que poderiam ajudar, ou estavam dançando, ou estavam impenetráveis por causa das bebidas alcoólicas. Lembrou-se de Thereza. Sondou seus sentimentos, seus pensamentos. Apesar de muito tensa, ela conseguiu entrar em sua faixa vibracional. Ele envolveu-a mais intensamente e sugeriu-lhe que fosse conversar com Álvaro. Ela se retraiu. O medo a fez tremer, deixando-a paralisada de terror, e por mais que ele insistisse, ela não conseguia dar um passo.

Herculano lembrou-se da guerreira e imediatamente estabeleceu uma ligação telepática com ela, expondo a crítica situação. A guerreira chegou e, bem mais sintonizada com Thereza, instruiu-a, pondo-a a par do quanto ocorria. Só ela poderia modificar as disposições criminosas do rapaz obsedado. Com algum esforço, a moça conseguiu sair daquele estado cataléptico. Ainda com medo, pensou numa forma de afastar Pedro para poder conversar com Álvaro.

– Pedro, vá dançar com a Zina. Ela precisa de muito apoio, pois, realmente, espera um filho seu.

Pedro ficou estonteado. A confirmação da gravidez da antiga namorada fazia ruir todos os seus sonhos de ventura junto a Thereza. Sentia que a terra lhe fugira aos pés, e agia por inércia, dominado pelos mais desencontrados pensamentos. Decidiu que falaria com a moça e lhe proporia um aborto. Ele arcaria com todas as despesas e depois poderia se casar com Thereza e ter outros filhos para compensar aquele. Todavia, a este pensamento, encheu-se de vergonha. Que tipo de homem era? Como pensar em matar o próprio filho? Não cria em Deus? Não era um cristão? Como pudera ter tido um pensamento tão criminoso?!

Assim, mal ouviu a proposta de Thereza, foi convidar Zina para dançar.

– Pedro, você está duro feito uma pedra! Relaxe! Apesar de esperar um filho seu, como você já deve estar sabendo, nada farei para obrigá-lo a um casamento indesejado. Sossegue.

– Zina, quando você soube?

– Depois de um sonho, fiquei apreensiva; depois, conversando com Thereza, ela me perguntou se eu estava grávida. Na hora respondi que não, mas fiquei preocupada. Uma mãe sabe quando carrega um filho no ventre...

– Mas de objetivo mesmo, como por exemplo, um exame médico – disse com certa agressividade.

– Ontem fiz um teste. Deu positivo.

Pedro chorava. Chorava pelo seu amor nem bem encontrado e já perdido.

De longe, viu Thereza conversando com Álvaro e ficou preocupado. Afastou-se com Adalzina para poder conversar melhor. A guerreira envolveu Thereza:

– Álvaro, desculpe-me a reação nervosa. Não sei o que deu em mim. Vamos, pare de beber, isso não lhe fará bem. Vamos dançar... Dê-me este copo.

O rapaz olhou-a sem realmente vê-la. Além da bebida que lhe turvava a visão, o obsessor, percebendo que seu plano podia ir por água abaixo, envolveu--o mais energicamente, gritando que ele desse o troco merecido a Thereza.

– Cansou-se já do seu novo brinquedo?

– ??

– Você se esqueceu depressa, vagabunda!

Thereza ficou vermelha de indignação. Com que direito vinha ele, praticamente um estranho em sua vida, ofendê-la com um nome tão vulgar, quanto imerecido?

Na verdade, Álvaro, quer pelas alusões trazidas pelos obsessores, quer porque trouxesse à tona lembranças do seu passado distante, viu **a Thereza de outras eras,** quando fora culpada por sua queda, por sua loucura.

As lembranças, quanto mais traumáticas, mais se aprofundam, criando raízes difíceis de serem extirpadas. E Álvaro estimulava com sua obstinação o império daquelas lembranças, propiciando que as raízes se fortalecessem. Por sorte, o barulho da festa impediu que outros ouvissem aquela discussão. Antes que ela pudesse reagir, muda de estupefação, a guerreira envolveu-a novamente, e a mágoa, o medo e a indignação, transformaram-se em desejo de ajudar o infeliz obsidiado. É que, no imo da alma, sentia o quanto era responsável pela atual atitude de Álvaro. Assim, tentou envolvê-lo em vibrações de amor fraterno.

– Álvaro, bem compreendo a sua revolta. Perdoe-me.

– Nunca! Nunca! Não pense que vou deixar você para o Pedro; antes, lhe meto uma bala na cabeça!

Vencendo a grande repulsa e o medo que o rapaz lhe inspirava, ela tentou vê-lo como a um irmão. Um doente necessitado de amor e compreensão. No entanto, o rapaz, amortecido pela bebida, fiel intérprete das palavras dos obsessores na sua sanha animal, nada assimilou dos nobres sentimentos com os quais Thereza o agraciava.

– Álvaro, vamos lá pra dentro. Eu lhe preparo um café forte. Podemos conversar, tem muita coisa que você ignora.

– Bem sei o que você quer. Vai me enrolar de novo. Você e suas bruxarias...

A dança acabou e Pedro foi requisitar Thereza.

Um lampejo de ódio perpassou pelos olhos de Álvaro quando eles se afastaram. Thereza estava a ponto de perder os sentidos, tal sua tensão. Lembrou-se da visão que tivera; do rio de sangue. Soube que algo ruim estava prestes a acontecer e ela não seria capaz de evitar.

Capítulo 41

O assassinato

TANTO A GUERREIRA QUANTO HERCULANO HAVIAM feito de tudo para evitar uma tragédia. A última esperança era Thereza. Vendo que também ela não conseguira demover o rapaz das ideias assassinas, ficaram por ali trocando ideias e assistindo ao desenrolar dos fatos.

Luzia, de repente, foi tomada por forte angústia. Procurou por João e o viu conversando animadamente com Pedro e Thereza. Álvaro levantou-se. Mal se sustinha em pé. Foi em direção de Pedro. Ninguém percebeu o ríctus de ódio que lhe vincava a boca. Era tal sua excitação nervosa, que uma escuma branca, pegajosa, se lhe acumulara nos cantos dos lábios. A arma tremeu em sua mão. Thereza ficou muda de pavor. João e Pedro ainda nada haviam percebido e conversavam. Um estampido seco misturou-se aos acordes da sanfona. João tombou e seu sangue manchou o piso.

O tiro não era para ele, mas o descontrole motor do assassino prejudicara a pontaria. Só então Thereza pôde gritar. Pedro não sabia se atendia o amigo agonizante a seus pés, se amparava Thereza, ou se avançava sobre Álvaro.

A música cessou. Álvaro foi rendido pelos convidados. Alguns, mais excitados, partiram para cima dele com socos e pontapés. Olhando para Pedro e chorando, Álvaro lhe disse:

– A bala era pra você, desgraçado, destruidor da felicidade alheia! Ainda desta vez não consegui acabar com sua maldita vida! De outra oportunidade, prometo que não vou errar.

Seria difícil saber quem assim falava: se Álvaro ou se o obsessor que se enrodilhara nele feito serpente em tronco de árvore.

Luzia desmaiou ao ver João caído. Antes mesmo dos primeiros socorros, ele já não mais pertencia a este mundo. O tiro fora fatal!

Pedro partiu para cima de Álvaro, mas como este já estava rendido pelos convidados e bastante ferido pelos mais exaltados, voltou para consolar Thereza, Heloísa e Mariah.

Depois de muitas fricções e tapinhas no rosto, Luzia voltou a si. Sua vida, mais uma vez, estava destroçada!

Álvaro não parava de fazer ameaças. Olhando Adalzina, que acariciava a mãe trêmula, disse-lhe:

– Você também foi traída, Zina. Pobrezinha. Pobre de mim. Pobre do meu amigo João.

Thereza, ainda não refeita da surpresa, sentia que sua cabeça rodopiava, que fugia dali, que caminhava por um túnel sem fim, escuro, cheio de estranhos lamentos, de riso, de choro, imprecações, ameaças, desespero, dor. Teria enlouquecido? Teria talvez morrido e caminhava para o umbral?

Vislumbrou a guerreira através da bruma reinante. Sua fiel amiga e protetora viera em seu auxílio. Aconchegou-a junto ao peito e, como se tirada da cartola de um mágico, toda sua vida passava célere:

Ciranda, cirandinha... Uma roda enorme, o canto alegre de vozes infantis... ah... como Thereza é graciosa! Parabéns a você... 18 anos, Thereza... 20 anos... Thereza de véu e grinalda, jurando no altar fidelidade a Álvaro. Álvaro está radiante na sua melhor roupa, um cravo vermelho na lapela. Parabéns, parabéns. Que o amor seja perene em suas vidas. O redemoinho. O redemoinho espiralado chega, recolhe tudo no seu interior. Os sonhos. As promessas... tudo vai passando, tudo é ilusão. Pedro! Pedro! Pedro! Pedro! Álvaro. Loucura. Pedro e Thereza. A branda aragem refresca os rostos dos amantes, mas o ácido do ódio os alcança... Queima-lhes as entranhas. Apaga-lhes a ventura. Desventura. Dor. Remorso. Reparação. O difícil enfrentamento. Renúncia. Equilíbrio para o amanhã. Para o amanhã de dor. Despojos dos lastros para ganhar altura. Benditas sejam as reencarnações. Novas oportunidades. Reparações. Frente a frente com o passado que volta e se torna uma vez mais presente. Agiganta-se o redemoinho. Gira, gira. Tem dentro uma gruta escura. Insalubre. Álvaro. Loucura. Thereza... Um frio cortante congela-lhe o sangue nas veias. Desespero. Sede. Fome. Medo. Morte. Revolta. Medo. O medo de Thereza. A solidão de Thereza. A angústia de Thereza. Amarras. O túnel. Trevas. Choro, desenlace, descanso, esquecimento. Volta. Nova vida. Ontem, hoje e amanhã. Pedro. Álvaro. Solidão. Reparação. Pedro... Pedro... Renúncia...

– Thereza... reparaste bem no passar dos teus dias?

– Agora compreendo. Ainda não mereço Pedro. Pedro ainda não me merece. Temos de recolher dor a dor, lágrima a lágrima, que espalhamos ao nosso redor. Extirpar nosso egoísmo. Morrer. Renascer.

– Então, retorna, Thereza! Ainda não é hora de deixares o teu corpo.

Na indolência que dela se apossa, não quer retomar o corpo físico; quer seguir com a guerreira. Está tão cansada, desiludida, desanimada... Ter de voltar e enfrentar tudo. Lá está o rio de sangue... a dor... Quer fechar os olhos, dormir, descansar, esquecer...

– Thereza... Volta! – É uma ordem! – diz a guerreira. – Aqueles que te amam estão aflitos. Não basta tudo o que já aconteceu? Pedro chora enquanto te afaga as mãos. A festa acabou, mas a vida tem de continuar. Volta, Thereza, ou complicarás tua vida. Será inútil tudo o que até agora suportaste. Não deixes que apenas uma batalha te ponha fora da guerra. Vamos, anda!

– Só mais um minuto. Quero recordar e entender. Ele, Álvaro, queria me matar novamente.

– Não. Não. O alvo não eras tu. Nem João. Era Pedro.

– Agora, pouco importa.

– Thereza, ânimo, que tua luta mal começa. Os arquivos do subconsciente se abriram para ti. Aproveita a oportunidade. Dá cumprimento integral ao que vieste fazer nesta vida. Não desfaleças agora.

– O que ainda está reservado pra mim?

– Tu e os outros já decidiram durante os preparativos para esta reencarnação. Agora, não te recordas integralmente, mas cada página do livro de tua vida leva a tua rubrica. Não abandones tua luta, Thereza!

– Sim. Agora, minha mente está clara como um dia de Sol. Vi minhas duas últimas existências e parte desta. Na antepenúltima, casei-me com Álvaro. Jurei amá-lo e respeitá-lo e o abandonei para seguir Pedro. Pedro praticamente me arrebatou dele. Infeliz Álvaro. Eu e Pedro vivemos um tempo feliz, no egoísmo da nossa paixão, enquanto Álvaro enlouquecia de dor, de vergonha, de revolta... Na penúltima, não me casei. Queria ficar sozinha para aprender a ser fiel, aprender a amar. Estava desiludida com os homens e comigo mesma. Queria dar mais um tempo para que as feridas se cicatrizassem de vez. Mas Álvaro assediou-me com seu amor desvairado. Para ele, não importavam os meus sentimentos, só os dele pesavam. Para forçar-me a aceitá-lo, prendeu-me em uma gruta abandonada. Amordaçou-me. Desencarnei de fome, sede, medo, num lugar escuro e úmido. E nesta...

– Esquece, Thereza. Pensar no mal é trazê-lo de volta. Lembra-te de que, afinal, Álvaro não tinha a intenção de te matar. Lembra-te de que tu e Pedro desencadearam a obstinação dele. Lembra-te de que ele teria voltado à gruta para te libertar não fosse o acidente que sofreu. É claro que ele terá também de responder por tal insanidade, pois que ninguém foge à lei divina.

– Pedro também se lembrará de tudo isso? Álvaro tem lampejos de lembranças e, porque não tem entendimento, julga-se louco.

– Pedro tem pressentimentos. No fundo, sabe que terá de renunciar à pretendida união contigo. Álvaro é Espírito mais inconsequente do que mau, mas também tem momentos de lucidez espiritual onde se sabe credor.

– Renúncia.

– Tua e de Pedro.

– Pobre Pedro! Só depois que nos redimirmos dos erros do passado, de sairmos das reencarnações cármicas, estaremos livres. Traçaremos, então, nossa vida, sem que tenhamos de corar ao olhar o passado. Sem que ninguém nos cobre...

– Assim será – completou a guerreira.

O desmaio de Thereza já se prolongava para preocupação de todos. Pedro já corria a chamar um médico, quando ela voltou à consciência. A polícia também foi chamada. Álvaro foi preso em flagrante. Depois do assassinato, os obsessores o deixaram em paz. Então, ele viu a loucura que praticara.

Thereza voltou. Estremunhada. Apática.

Luzia chorava, apoiando a cabeça de João em seu colo. Mas seu choro já não era de desespero. A confiança e o entendimento que a fé lhe proporcionava faziam a grande diferença. Sofrimento com entendimento é a antessala da paz.

Depois daquela imersão no seu passado espiritual, Thereza voltou diferente. Calada, acompanhou Luzia, Cícero e Pedro nas providências para o funeral do pai.

Capítulo 42

O desenlace de Janice

No dia seguinte àquela tragédia, Thereza, mais uma vez, ligou para a tia. Desta vez, para informá-la dos tristes acontecimentos. Recordou-se do estranho sonho que tivera com ela sobre sua prisão em uma caverna.

Passou a manhã ligando. O telefone tocava até cair a linha e ninguém atendia. A alcoolista jazia quase desencarnada, ora consciente, ora inconsciente, numa perturbação física e espiritual que já não podia retroceder. O álcool e a obsessão da qual era vítima já haviam danificado o cérebro perispiritual e toda a conjuntura perispirítica, com sérios reflexos na organização física.

O problema da obsessão – conforme nos afirma

o Espírito Philomeno de Miranda, no livro *Obsessão/Desobsessão*, de Suely C.Schubert:

> "é cada vez mais grave, generalizando numa verdadeira epidemia que assola as multidões engalfinhadas em lutas tiranizantes. (...) Amores e ódios, afinidades e antipatias não se desfazem sob o passe de mágica da desencarnação (...)".

Janice era prova inconteste dessa verdade. Vinha de reencarnação em reencarnação lutando para livrar-se do terrível vício. Espíritos igualmente viciados se imantavam a ela estimulando-a a continuar. O inimigo do passado, a quem ela ficara ligada pelos erros do caminho, não lhe perdoara a conduta desumana e mantivera o ódio como combustível para a vingança.

Leda Maria, influenciada pela mãe e sentindo as vibrações pesadas do reencarnante, concordou em praticar o aborto. Malbaratavam, assim, a oportunidade que o Senhor da Vida lhes dava a fim de fazer de um inimigo um amigo e se harmonizarem com a Lei. "A caridade, o amor, cobrem a multidão de pecados" – ensinou o apóstolo Pedro.

O abortado, porque também não consubstanciara em si os valores morais e espirituais, colocou-se na posição de vingador. Nada mais desejava do que partir para os desforços. Tivesse perdoado e seguido seu caminho, esperado por outras oportunidades, não teria agravado sua dívida no Banco divino. Preferível ser o agredido a ser o agressor. Somente a compreensão, seguida do perdão, desfaz os laços do ódio e permite que a criatura siga seu caminho em constante ascensão a planos maiores. O ódio promove união, já dissemos. Quem odeia está sempre jungido ao objeto do seu ódio. Através da reencarnação, que proporciona o esquecimento temporário, o **iniciar outra vez,** pode a criatura corrigir distorções oriundas dos sentimentos negativos e transformar o desafeto em amigo querido ao coração. Se outra fosse a postura do rejeitado, tivesse deixado a Deus o andamento daquela quizila, não teria ficado tanto tempo estacionado na revolta e na dor. Bem menor ser-lhe-ia o sofrimento. Aquele que sabe confiar na Providência Divina, que abre seu coração aos bons sentimentos e perdoa, é como a borboleta que deixa na Terra seu casulo grosseiro, desenvolve diáfanas asas e singra os céus afastando-se mais e mais do tumulto mundano.

Aquele infeliz enjeitado, longe de desenvolver asas, mais lastros aderia a si mesmo. Adensava e brutalizava de tal forma seu corpo perispiritual, que sofria todas as necessidades da vida física. Necessário, então, lhe era obsidiar os encarnados que lhe oferecessem o alimento na forma de fluidos pesados. De Janice, obtinha, ainda, as emanações etílicas que o deixavam prostrado tal qual ela mesma. Tentara uma vez obsedar Thereza, envolvendo-a em pensamentos libidinosos, sensuais, todavia, a menina estava em outra faixa vibratória e não se estabeleceu a sintonia necessária para o êxito obsessivo.

Convém lembrar que o obsidiado não é um inocente joguete nas mãos dos obsessores, porquanto, para que se efetue o processo, o obsessor há que encontrar no candidato à obsessão, as matrizes do mal. Basta que o Espírito perturbador identifique tendências negativas – ainda que elas jamais venham à tona do consciente – para então estimulá-las, libertando-as das amarras e lhes dando forças para superar a frágil vontade que as aprisiona. Não houvesse as disposições para o mal, para os vícios, tivesse a alma já consubstanciado em si valores positivos, nenhuma sugestão nociva a abalaria, todavia, nenhuma conquista de ordem espiritual se faz da noite para o dia. Todo aquele que ainda luta contra os sentimentos negativos – porque deles está repleto o seu inconsciente – e que se escora nos esclarecimentos evangélicos, torna-se um gigante e, por certo, enfraquecerá gradativamente tal ameaça à sua paz. Não terá ainda vencido a guerra, mas já venceu uma batalha, porque vai retirando, do seu "porão mental", os vícios e defeitos que ainda estão lá. O obsessor vai mostrando a sujeira que ainda o obsidiado carrega consigo, favorecendo, assim, a limpeza, se estiver vigilante.

Dessa forma, a Divina Providência e a sabedoria aproveitam o próprio mal para fazer se concretizar um bem; faz, dos obsessores, os instrumentos inconscientes da própria justiça – como nos esclarece a doutrina espírita por meio dos seus mensageiros de luz.

A Janice, o mal fora mostrado e ela lhe rendeu culto.

Socorremo-nos na afirmativa do Dr. Inácio Ferreira em *Psiquiatria em Face da Reencarnação* (FEESP):

> "O medicamento, a vacina propícia para extirpar a tara psíquica da embriaguez é a noção da responsabilidade, a compreensão do dever, o desejo controlado, a boa vontade, escudos que todas as atuações psíquicas são impotentes para dominar.
>
> Desejar e repelir são vontades inerentes ao Espírito; são desejos psíquicos que se devem manter em equilíbrio para atração e repulsão dos fluidos, que convergem para si próprios.
>
> O médico encarnado, que enfoca as doenças só pelo ângulo objetivo e materialista de sua Ciência, muito tem a aprender sobre a Ciência do Espírito (...)".

A alcoolista já estava apresentando a cirrose hepática em adiantada fase. Todo o seu psiquismo estava envenenado pelo vício e pela presença dos obsessores. A morte física, neste caso, podia ser dada como certa.

Janice, se arrastando, serviu-se de mais uma dose da bebida que trazia sempre por perto. Sentia-se angustiada e pensou em ligar para Thereza, mas estava tão confusa e enfraquecida, que não teve ânimo para levantar-se e ir até o telefone.

Seu guia espiritual a observava com pesar e, depois de afastar o obsessor, ministrou-lhe recursos magnéticos. A melhora momentânea não se fez esperar e ele lhe sugeriu a leitura de *O Evangelho Segundo o Espiritismo.* Seria bom que ela se preparasse, ainda que à última hora, para a desencarnação, que não deveria tardar. Mas ela ficou com ele nas mãos, sem coragem de abri-lo.

Uma entidade desocupada, das muitas que estavam por ali, achegou-se a ela e disse com brusquidão:

"O que é isso, agora? Acha que vai adiantar? Olhe pra você, não passa de um rebotalho humano, uma triste figura que mal se mantém em pé.

Estando mais sintonizada naquele padrão vibratório do que no de seu guia espiritual, Janice pareceu ouvi-lo com os próprios ouvidos do corpo físico. Porque sua força de vontade era débil, devolveu o livro à estante, aceitou e assimilou cada palavra do obsessor.

Um grande desânimo se abateu sobre ela. O Espírito riu vitorioso. E por se ver tão facilmente obedecido, sugeriu-lhe mais uma dose de bebida. Depois outra... outra...

Outro, fê-la lembrar a filha; o aborto e a agonia desta nas vascas da morte. Disse-lhe que Leda Maria agora ardia no inferno e que logo ela se lhe juntaria. Avivou-lhe de tal modo a lembrança, que ela pôde vislumbrar sua vida antes daquela reencarnação, quando prometera ajuda ao abortado. Falhara! Tinha consciência de que falhara. Sabia, agora, o tremendo erro que cometera. Prejudicara a filha; prejudicara aquele a quem prometera ajuda e, principalmente, prejudicara a si mesma.

Impossível suportar tais lembranças. Levantou-se cambaleante e serviu-se do resto da bebida. Depois caiu, não conseguindo sequer ir para a cama. Não saberia precisar o tempo que ali esteve sem poder se levantar. Ouvia ao longe o telefone tocar, mas não conseguia se levantar para atender. "Se eu pudesse... ó, Deus, me ajude. Deve ser Thereza me ligando... se eu pudesse lhe falar... Alguém me ajude. Estou morrendo... aqui, sozinha."

E o telefone continuava tocando. Do outro lado, Thereza se impacientava.

A noite de sábado passou com todos aqueles tristes acontecimentos.

O dia seguinte ia ao meio quando Janice-Espírito tentou se reerguer e se desprender do corpo que já não mais podia reter o Espírito. Seu protetor adormeceu-a novamente através de passes. Era preciso esperar que os técnicos em desencarnação chegassem para desligar todos os chacras do corpo perispiritual que a ligavam ao corpo somático.

Não demorou muito e eles chegaram. Janice já não pertencia a este mundo, mas continuava adormecida, em pesadelos, revivendo cenas cruéis. Não há dúvidas de que somos herdeiros de nós mesmos. Cada qual carrega consigo a bagagem intrínseca que arrebanhou para si durante a vida. Pela bondade do Criador, o Espírito Janice foi levado a um posto de primeiros socorros, sob o carinho de benfeitores amigos e de seu protetor. Foi ali atendida, porém sua cura seria demorada em decorrência da obsessão a que vinha sendo submetida durante anos e a intoxicação psíquica causada pelo álcool. A desintoxicação perispiritual é um processo lento e requer grande força de vontade do doente.

Capítulo 43

A cada qual o que faz juz

DEPOIS DE SOCORRIDA NO PRONTO-SOCORRO ESPIRITUAL, Janice despertou e fugiu apressadamente. Fora inútil a intervenção dos seus benfeitores, pois naquela situação e em respeito ao livre-arbítrio da infeliz, nada poderiam fazer.

Se seu obsessor mais ferrenho já havia relaxado as investidas, o mesmo não acontecia com os demais. Um deles foi ao seu encalço. Submeteu-a e levou-a para o porão da antiga residência. O ambiente ali continuava o mesmo. Ainda era habitada por Espíritos desocupados e infelizes.

A recém-desencarnada ali retornava para conviver com aqueles que havia escolhido por companhia durante toda a sua vida. Só o tempo agiria em seu favor. Quando cansada de sofrer se lembrasse de que era filha do Pai Altíssimo, o socorro não lhe faltaria. Quando voltasse sobre os próprios passos, retificando, aprendendo a amar, aprendendo a renunciar em favor de seu próximo, esquecendo a tola vaidade humana, as convenções sociais e todas essas imensas necessidades que criamos para nós e nas quais nos enredamos, sem tempo para mais nada, aí, então, a vida lhe voltaria a sorrir.

Jesus nos deu o exemplo do desprendimento das coisas materiais, porque as sabia efêmeras. Nada possuía de bens terrenos. Seus bens, seu tesouro, não eram deste mundo, não eram valores amoedados, mas valores espirituais, aqueles que levamos conosco para a espiritualidade, aqueles que – conforme Ele mesmo nos ensinou – a ferrugem e a traça não consomem e os ladrões não roubam.

Não vejam aqui intenção de se fazer a apologia da miséria. Os bens estão aí e devem ser usufruídos. Lutando por eles, estaremos também contribuindo para o progresso individual e coletivo. No entanto, o que convém observar é a desigualdade no empenho na luta: Não se mede esforços para conquistar os bens materiais. Arrebenta-se, se for preciso, mas não se desiste de correr atrás deles. Sempre. Incansavelmente. Já os bens espirituais – esses que levamos conosco – só de quando em vez pensamos neles.

Pensamento corrente: "Ora, tem tempo. Mais tarde, quando a velhice chegar, pensarei neles. Agora é tratar de viver a vida, que não sabemos até quando ficaremos aqui."

Janice vivera toda a sua vida correndo atrás de coisas do mundo material. Agora, elas lá ficaram: duas casas, um apartamento na praia e um carro do ano na garagem. E ela, Espírito? Paupérrima. No entanto, era ela própria uma fagulha de luz divina que ainda não conseguira brilhar em sua plenitude. Era ela que luzia bruxuleante e oprimida pela montanha de iniquidade. Era ela uma herdeira do Pai-Criador.

Tão logo despertou do transe desencarnatório, foi – como já vimos –arrebatada pelos antigos perseguidores e reconduzida à companhia deles. O lugar regurgitava de Espíritos que viviam na vadiagem, que estavam ainda longe das conquistas superiores. A presença de Thereza e, principalmente, o *Evangelho no Lar* que passaram a fazer ali após o descobrimento da ossada, saneou por algum tempo aquele local, mas agora, sem a presença dela, sem Evangelho, voltava ao que sempre fora: um ninho de Espíritos malévolos, tão materializados, que não conseguiam se afastar daquele ambiente.

Ao avistarem o Espírito Janice, levantou-se um coro de vivas. Chacotas e palavras de baixo calão espoucavam de todo lado, atraindo mais entidades igualmente desocupadas.

Janice, completamente hebetada, era jogada de um canto a outro debaixo de risos satânicos daquela turbamulta de desencarnados. Porque trouxesse o pensamento viciado nas cenas do aborto e da morte da filha, e porque respirasse em uma psicosfera pestilenta, nada percebia além daqueles quadros mentais. Via-se ali, forçando Leda Maria a tomar o medicamento abortivo. Depois, fazendo-se de parteira, arrancava das entranhas da filha um pequeno feto estiolado. Exibia expressão de terror. Com unhas que se transformavam em garras pontiagudas cavava o solo, fazia uma cova rasa e enterrava o pequenino corpo ensanguentado, mutilado, sem vida. Depois, corria para a filha agonizante, que jamais se lhe saíra da memória. Gritava, chamando por ela, implorando que ela não morresse, mas Leda Maria ia deixando o corpo físico e, gritando, sempre gritando, afastava-se dela. A tresloucada mãe tentava retê-la segurando aquelas brancas mãos, porém elas se diluíam nas suas como a neblina se dilui na presença do Sol.

Os obsessores não viam o que ela tentava enterrar, nem a quem ela suplicava para não morrer, porque estas eram cenas interiores gravadas no seu cérebro perispiritual pelo remorso que nunca a abandonara desde então. Longe de ser a presença dos obsessores o que mais a fazia sofrer. O sofrimento maior era causado pela auto-obsessão. Seu pior verdugo era ela mesma.

Capítulo 44

A renúncia de Thereza

THEREZA, APÓS AQUELES ACONTECIMENTOS, RECOLHE-ra-se numa tristeza nociva. A irmã, sempre de gênio tão alegre, também se entristecia e chorava a toda hora. Não fora o carinho de Cícero e mais difícil ser-lhe-ia a vida a partir de então.

– Thereza, não foi justo o que aconteceu com nosso pai. Não foi justo com Luzia, que esperava reconstruir sua vida. Ela, que tanto já sofreu... Coitada. Não dormiu um minuto sequer durante o velório. Orou o tempo todo pela paz do nosso pai. O que será dela, agora? Ela e o pai haviam feito tantos planos...

Thereza olhou-a. Tinha os olhos inchados de chorar. Pelo pai, por Luzia, por Pedro e por ela; pelo fim de um namoro que mal se iniciava. Agora, sabia que Pedro ia ser pai e não teria coragem de lutar por ele. Gostava de Zina e abriria mão daquele amor em prol da felicidade dela e para não roubar o pai de um filho.

– Helô, foi traumático para todos nós, mas não devemos nos revoltar contra os reveses da vida, porque não sabemos o que é justo ou injusto. Estamos vendo só um lado; ignoramos quase tudo a nosso respeito... Na verdade, sabia que teríamos de passar por tudo isso.

– Terê, eu não tenho a sua fortaleza. Não sei se vou conseguir segurar essa barra. Você faz o "jogo da Poliana", sempre encontra um lado positivo em tudo. Não consigo ver as coisas desse modo. Que Deus me perdoe, mas isso tudo parece coisa de Satanás. Que tinha aquele maldito do Álvaro de atirar contra Pedro? E Pedro está vivo! Nosso pai está morto! Nunca mais poderemos vê-lo...

– É uma pena que você nunca tenha se esforçado para compreender as verdades. Nosso pai **não** está morto! Está em outra dimensão da vida! Foi para a companhia de nossa mãe e talvez nem tenha acordado ainda. Talvez nem saiba ainda o que lhe aconteceu.

Thereza falava com tanta propriedade, porque a guerreira havia-lhe dito que o pai fora conduzido, tão logo efetuado o desligamento do corpo físico, completamente inconsciente, para a mesma colônia espiritual onde estava Glória Maria. Informara, ainda, que Glória Maria estava se recuperando muito bem e logo estaria trabalhando e estudando, dando seguimento ao progresso espiritual.

Heloísa a olhou com incredulidade. Só acreditava no dois mais dois, igual a quatro.

– Você já conseguiu falar com tia Janice?

– Ontem liguei o dia todo. Ela vai ficar aborrecida por não ter podido vir para o enterro, mas ela não atende ao telefone. Estou preocupada.

Ainda ninguém sabia que Janice já não pertencia mais a este mundo.

– Thereza, que loucura a história da Zina, não? Será que ela não engravidou de propósito só para segurar o Pedro? Sinto tanto por você, Terê.

– Não devemos julgar ninguém, Helô. Zina não é esse tipo de pessoa.

– Mas que dá pra desconfiar, dá.

– Não importa. Eu acredito nela, pois mesmo sabendo-se grávida, não fez nenhuma chantagem com Pedro. Sequer contou a ele. Confiava que Luzia a ajudasse a criar o filho e estava conformada.

– É o que ela diz.

– Eu não tenho razões para duvidar. Presenciei sua angústia. Ela é muito digna. Não se rebaixaria a tanto.

– E você, vai entregar o Pedro assim... de mão beijada?

– O Pedro não é propriedade minha, Helô.

– Eu lutaria pelo Cícero.

– Cada qual se governa por sua própria cabeça. Eu nada farei, ou melhor, conversarei com Pedro para que ele assuma o filho e a Zina.

– Você me choca com tanto altruísmo!

– Não é altruísmo. É que eu sei que ainda nesta vida não poderia ser feliz com Pedro.

– ??

– Aprendi que não podemos subir, atingir outros planos de vidas superiores, deixando dívidas à retaguarda, minha irmã. Sendo assim, é melhor nos quitarmos logo, nos reequilibrarmos com a Lei, é o termo mais correto. Só depois disso, podemos procurar a felicidade.

– Ouvindo você, tudo parece justo.

– A justiça é um dos atributos da Divindade. Eu confio na justiça divina, por isso deposito minha vida nas mãos do meu criador. Ele, mais do que eu, saberá o que fazer com ela.

– Isso não é comodismo?

– Seria, se eu não fizesse a minha parte.

A conversa das duas foi interrompida por Pedro,

que acabava de chegar. Estava abatido e triste. Por João, que morrera em seu lugar, por Thereza, pois conhecendo-a como ele a conhecia, sabia que a tinha perdido. Ela não mais o aceitaria para não infelicitar Zina e um Espírito que estava vindo ao mundo.

Heloísa cumprimentou-o e saiu.

– Como vai, Thereza?

– Levando. Tentando ser forte.

– Thereza, vamos sair um pouco? Precisamos conversar.

O Sol, qual caprichoso pintor, tingia as nuvens esgarçadas de tons amarelados. O casal sentou-se em um banco sob uma árvore.

– Pedro, você já falou com a Zina?

– Já. Mas, Thereza, não é ótimo? Ela não quer se casar comigo. Disse que sabe que é a você que eu amo; que criará nosso filho com a ajuda da mãe; que eu não me preocupe...

– Por favor, Pedro, não continue. Não faria bom juízo de você se fugisse de sua responsabilidade. É claro que a Zina falou da boca pra fora. Ela está sofrendo muito com tudo isso.

– Está bem, então assumo a criança, registro-a, mas caso-me com você. Zina é muito compreensiva, vai entender.

– Zina o ama. Só quem ama verdadeiramente

quer a felicidade do ser amado, ainda que isso lhe custe a sua própria.

– Thereza, e você? Também não me ama?!

– Só Deus sabe o quanto! Mas a esse preço, não podemos ser felizes. Pedro... compreenda. Ainda não será nesta existência que vamos ficar juntos. Nós dois temos ainda muitas contas a acertar. Vamos renunciar agora para não complicar nosso futuro. Depois dessa provação, teremos toda a eternidade para nós.

Pedro não conseguiu reprimir as lágrimas. Estava desesperado e beijava as mãos de Thereza.

– Mas e eu? Como poderei viver sem você?

– Pedro, Álvaro também passou por isso que você e eu estamos passando.

– Não me fale em Álvaro! E que história é essa? De onde você tira essas coisas, Thereza? – disse, não conseguindo conter a dor selvagem que lhe avassalava a alma.

– Dos nossos registros espirituais. Tudo está gravado – Thereza respondeu serenamente.

– Thereza, minha querida, deixe essas coisas de lado. Pensemos em nós.

– Entenda, Pedro; se "deixarmos de lado" agora, mais nos comprometeremos no nosso futuro. Não é melhor renunciar agora para podermos ser integralmente felizes depois? Ou você seria tão insensível que conseguiria ser feliz longe de seu filho, não amparando a mulher que confiou em você, que o ama até ao sacrifício? Seria feliz exibindo nosso amor, nossa felicidade a Zina? Não precisa me responder, eu sei que não. No fundo de sua consciência, você também sabe que deve se casar com ela. Um filho, Pedro, é uma bênção de Deus, é um tesouro que Ele nos coloca nas mãos. É oportunidade sacrossanta de redenção dos nossos erros de outrora.

– Não acredito que estou ouvindo isso de sua própria boca! Eu não me conformarei em perder você, Thereza! Durante toda minha vida estive a sua procura. A sua espera. Agora que a encontro, devo perdê-la novamente?

– Você não está me perdendo. Renunciando agora a uma felicidade que ainda não merecemos, mais estaremos unidos na eternidade.

– Que farei eu?! – quase gritou.

Pedro apertou a cabeça entre as mãos e continuou chorando.

Thereza acariciou-lhe os cabelos enquanto engolia os soluços. Também sofria. Mas resignava-se com sua desdita.

– Que farei, meu Deus? – tornou a perguntar Pedro.

– Case-se com a mãe do seu filho – respondeu

Thereza. – E sua alma pareceu estilhaçar-se em mil pedaços.

– Então é esse o seu grande amor?!

– Pedro, eu não queria lhe dizer...

– O quê? O que você não queria me dizer?

– Que você deve uma reparação a Zina. Uma reparação não pelo que fez agora, mas uma reparação antiga, de um passado distante. Este filho que Zina espera veio-lhe como uma lembrança de antigos compromissos. Agradeça a Deus pela oportunidade da reparação.

– E que reparação é essa? Quem lhe disse isso?

– A guerreira me disse que, três reencarnações passadas, você a tirou da casa dos pais com a promessa de se casar com ela e não cumpriu a palavra, antes, a prostituiu.

– Deus meu!

– Ela teve todos os motivos para odiá-lo, no entanto devolveu tudo com extremado amor. Zina é uma criatura digna, muito já fez por merecer o seu amor, Pedro. A guerreira me contou detalhes. Pobre menina! Como tem sofrido!

– Será que essa sua guerreira merece confiança? Não estará ela enganada?

– Ela merece toda a minha confiança. É meu

Espírito guia; minha protetora de longa data. Nada faria para me infelicitar.

Vendo que Pedro continuava chorando, ela o abraçou:

– Para mim também não é fácil, creia-me.

– Está bem. Vou procurar por Zina. Vou tratar de me casar, se é isso que você quer – falou o rapaz, curtido em mágoas.

– Não sou eu quem quer, Pedro querido.

Anoitecia quando os dois se separaram. Haviam misturado suas lágrimas e renunciado àquele amor. Tudo estava terminado. As primeiras estrelas foram testemunhas do desespero que tomou Thereza assim que Pedro se afastou.

Capítulo 45

Evangelho aos impenitentes

THEREZA AINDA IGNORAVA QUE A TIA JÁ DESENCARNARA. Havia pressentido que alguma coisa acontecera, mas não sabia exatamente o quê.

– Helô, se hoje não conseguirmos falar com a tia, acho que vou até lá. Queria ficar mais um pouco pra reconfortar Luzia, mas estou com maus pressentimentos.

– Luzia está arrumando suas malas. Pretende voltar amanhã para o restaurante. Está conformada, mas muito triste.

– Você sabe quando será o julgamento de Álvaro?

– Não. O Cícero está acompanhando o processo.

– Pobre Álvaro! Amanhã pretendo visitá-lo na prisão.

– O quê?!!! Você endoidou? Visitar o assassino do nosso pai!!!

– Helô, no Evangelho está escrito: Piedade para com os criminosos.

– Thereza, às vezes penso que, realmente, você não bate bem.

– Por quê? Só porque procuro ser coerente com aquilo em que acredito? O Evangelho não é um romance que você lê e joga de lado. O Evangelho deve ser lido, meditado e vivenciado. Vi-ven-ci-a-do. Senão, de que adianta? Acha que só o "verniz de fora" vai nos ajudar a crescer?

– Thereza, para quem era tão introvertida quando pequena, para quem nunca falava, você está me saindo uma grande oradora.

– Todos mudamos. Mas não exagere. Ainda continuo falando pouco. Em relação a você, sou muda.

– Você está me chamando de tagarela?

– E não é? Mas vamos deixar de bobagens. Vou ligar pra tia Janice.

Várias tentativas e ninguém atendia ao telefone. Havia dois dias que o corpo de Janice jazia ali, sem vida.

Thereza, Heloísa e Cícero viajaram imediatamente. Agora, Thereza tinha certeza de que realmente alguma coisa séria havia acontecido. Os três chegaram ao entardecer. O espetáculo foi deprimente. Impossível descrever a dor e o espanto de todos ao se depararem com aquele corpo caído. Ao lado, uma garrafa vazia. A gata, que ficara presa, miava e, tão logo a porta foi aberta, fugiu quintal afora.

Tomadas as providências legais, o corpo foi imediatamente sepultado. Thereza se culpou por ter deixado a tia sozinha.

– Não chore, Terê. Ela não tinha mais jeito mesmo. Não ouviu o que o médico disse? A bebida a matou. Cirrose hepática não perdoa. Tio Ângelo também morreu assim.

– Ela já pressentia que morreria logo. Parece mesmo que queria morrer. Vivia falando que gostaria de ir para o lado de Leda Maria.

– Acha que agora elas estão juntas?

– Acho que não.

– Por quê?

– Leda Maria morreu ainda tão menina! Não tinha ainda maturidade pra ver as coisas. Foi induzida a cometer o aborto.

– E por isso elas não podem ficar juntas?

– Helô, até onde sei, a responsabilidade é proporcional ao conhecimento. Ora, a tia bem sabia o que estava fazendo. Sabia que ninguém tem o direito de tirar a vida do seu próximo e, mesmo assim, obrigou a menina a cometer o crime. E era uma alcoolista das mais inconsequentes que já conheci. Leda Maria mal havia despertado para a vida. Não podem, agora, usufruir do mesmo lugar. Não seria justo.

– É... faz sentido.

– E depois, a tia desencarnou obsidiada. Ela mesma não se perdoou. Que Deus a proteja.

– Thereza, ela lhe fez herdeira de todos os bens dela, não foi?

– Sim.

– O que você vai fazer?

– Ainda não sei. O carro, talvez, fique para nosso uso. Vou entrar em uma auto-escola. Você já sabe dirigir, não é?

– Sei. Já estou habilitada.

– Então, depois que acertarmos tudo, voltaremos pra casa de carro. Vamos ter de ficar uns tempos por aqui. Talvez eu venda esta casa. Não quero mais viver aqui. Sabe, Helô, o que mais me chateia é não ter conseguido ajudar nossa tia. Sinto-me desesperançada... Como se estivesse em falta com ela. Nada adiantou tê-la levado ao centro.

A guerreira aproximou-se:

"Enganas-te se achas que nada adiantou. A semente ficou lá. Cedo ou tarde há de germinar. Thereza, não sejas incrédula! Aprende a confiar e esperar;

a te preocupares só com o plantio, pois que a colheita virá a seu tempo e pode ser que nem nos pertença. Tantos credores temos no caminho, que talvez já a tenhamos hipotecado, cabendo-nos tão somente a devolução das notas promissórias. Nós, Espíritos ainda endividados perante a justiça divina, não temos ainda merecimentos concretos. Todo o bem, toda a alegria, toda a felicidade – ainda que parcelados – que recebemos são nos dados por acréscimo de misericórdia do Pai. Por antecipação.

Thereza aguçava seus sentidos para não perder nenhuma das palavras da guerreira.

"No caso de Janice, fizeste a tua parte, todavia, não poderias decidir por ela. A conscientização teria de partir dela. A luta, o novo direcionamento, tudo, enfim, não poderia ser feito por ninguém senão por ela mesma. Tu a ajudaste como o cirineu ajudou Jesus ao tomar a cruz nos ombros, mas, assim como ele não pôde morrer na cruz no lugar Dele, também tu não poderias tomar o lugar de Janice e decidir por ela. Já ouviste falar em livre-arbítrio, em plantio livre e colheita obrigatória. Ela colhe hoje a lavoura que vem plantando para si mesma.

Heloísa já aprendera que, quando Thereza ficava muda e concentrada, ela não deveria interromper. Assim, esperou que a irmã fosse a primeira a falar.

– Está tudo certo, Helô. Nós nos desesperamos porque ainda não aprendemos a confiar.

– Soube alguma coisa dela?

– Ela precisa de nossas preces. Está sofrendo muito.

Cícero chegou. Já havia iniciado as providências quanto ao testamento de Janice.

– Uau! Minha cunhadinha agora é rica! – e brincando, disse: – Fiz mal em me apaixonar por você, Heloísa; veja, se tivesse escolhido Thereza, estaria rico!

Heloísa deu-lhe um piparote na cabeça:

– Seu bobo!

– Vocês estão convidados a fazer comigo algumas orações logo mais, lá no porão.

– Thereza, por que lá?! Por que não fazemos aqui mesmo? Aquele não é um lugar amaldiçoado? Pelo que você me contou...

– Não existem lugares amaldiçoados. Fui orientada para fazer lá. O porquê, depois saberemos.

Thereza tinha o forte pressentimento de que Janice-Espírito estava lá. Fez rápida limpeza no local. Cobriu a velha mesa com uma toalha limpa, encheu três copos com água filtrada, pegou seu evangelho e ia dar início às preces, quando Cícero perguntou:

– A toalha não tem de ser branca? Sempre ouvi dizer isso.

– A cor pouco importa. Ainda que não houvesse toalha alguma. Nada do que é exterior importa. O importante são as nossas vibrações, nossos sentimentos. O resto é simples convenção humana.

Cícero admirou-se da sabedoria de Thereza.

– Também me acha excêntrica, Cícero?

– Não. Acho-a formidável, cunhada.

Todos se sentaram. A exemplo de Thereza, fecharam os olhos. Logo ao se concentrar, Thereza vislumbrou um Espírito sentado em uma cadeira de balanço. Ora fechava os olhos como a rezar, ora falava sozinho, ora chorava. Era um Espírito-mulher ainda jovem. Aos poucos, mais Espíritos foram chegando, curiosos alguns, exaltados outros, contudo, Thereza percebeu que aquele ambiente melhorara um pouco. Ainda era um albergue de Espíritos desocupados, porém, as entidades mais animalizadas já ali não estavam. Haviam seguido o abortado.

A prece de abertura foi feita com muito sentimento. Os Espíritos se aquietaram. Estavam curiosos para saber o que os encarnados fariam ali.

A guerreira envolveu Thereza e ela abriu *O Evangelho Segundo o Espiritismo* no capítulo XII:

"AMAI OS VOSSOS INIMIGOS. PAGAR O MAL COM O BEM."

Aprendestes que foi dito: Amareis vosso próximo e odiareis vossos inimigos. E eu vos digo: Amai os vossos inimigos, fazei o bem àqueles que vos odeiam e orai por aqueles que vos perseguem e vos caluniam; *a fim de que sejais os filhos de vosso Pai que está nos céus, que faz erguer o Sol sobre os bons e sobre os maus, e faz chover sobre os justos e os injustos;..."*

Nesse momento, o antigo obsessor de Janice chegou. Conquanto deixasse de perturbar a alcoolista desde o episódio da caverna, fizera daquele reduto sua moradia. Ainda não se rendera de todo ao amor de Jesus, mas a semente fora lançada. Breve haveria de germinar.

Entrou como se fosse dono do lugar. Ia esbravejar quando viu ali os encarnados e a guerreira. Lembrou-se de sua espada flamante e se aquietou respeitoso, lembrando-se do que já lhe acontecera uma vez. Somente por curiosidade, ficou. O tema o interessava. Após a leitura, sempre assessorada pela guerreira, Thereza teceu alguns comentários pertinentes.

Se para alguns, aquela reunião era inócua, pelo menos em curto prazo, para outros, era de grande valia. Ouvindo a lição evangélica, muitos se sensibilizaram até às lágrimas, abrindo assim oportunidade de entendimento maior. *O Evangelho* era-lhes a bendita oportunidade de esclarecimento; era-lhes o ponto luminoso que deveriam seguir; era-lhes o aceno para uma nova vida.

A infeliz da cadeira de balanço abriu desmesuradamente os olhos e, parece que só àquela hora, compreendeu tudo o que se passava com ela. Chorou. Lamentou sua desencarnação. Suplicou perdão a Deus.

Thereza soube que ela havia ajudado Janice. Fora ela quem preparara a poção abortiva e estimulara Janice e Leda Maria na execução daquele crime. Desencarnara vítima de um acidente, logo após o desenlace de Leda, sob influência do abortado, e tivera morte horrível. Atropelamento. Desde então, o obsessor a mantinha ali, saciando sua vingança, relembrando-a sempre de que também ela era uma assassina.

A guerreira, percebendo as boas disposições do abortado, aproximou-se:

– Meu irmão em Deus-Pai, nunca é tarde para mudarmos nosso caminho. Nunca é tarde para buscarmos o mestre Jesus.

Normalmente não seria vista por Espíritos vulgares, mas havia-se condensado na forma perispiritual, a fim de ser mais útil.

– Mas eu... Não sei se quero. Fui muito injustiçado.

– Bem sei. Mas também sei que tu, num passado não muito distante, infelicitou-as.

– Não é verdade. Não me lembro disso.

A guerreira, já acostumada com esse tipo de situação, agiu rápido, estimulando sua lembrança:

– Vê tu mesmo o que estou afirmando.

Assombrado, ele voltou no tempo: viu a existência em que ele fora o companheiro de Janice e pai de Leda Maria. Havia prometido casamento a Janice, daria seu nome à filha, mas ia sempre postergando. Um dia, viajou. Retornando, pediu a ela que lhe guardasse uma grande soma em dinheiro, dizendo ser o produto da venda de uma propriedade sua. Com aquele dinheiro, pretendia desposá-la e começar vida nova. Prometeu-lhe que seriam felizes. Mas o dinheiro era fruto de um roubo. A polícia localizou o dinheiro na casa de Janice. Ela se explicou, mas ele fugiu, deixando-a arcar com toda a responsabilidade. Janice foi condenada, apartada de sua filha, então com seis anos. Janice morreu na prisão infecta e a filha foi parar num orfanato, vindo a desencarnar alguns anos depois. Quanto a ele, nunca mais voltou àquele lugar, passando a viver a vida na mais completa libertinagem, esquecido do mal que fizera. Janice desencarnou, amaldiçoando-o. Muito tempo levou até concordar, antes de renascer para a atual reencarnação, em receber como filho aquele antigo companheiro, culpado de sua desdita.

Tudo lhe fora avivado. Ele inteirava-se de um passado que fazia questão de manter escondido.

– Viste o que também fizeste a ela? Como ousas, agora, arvorar-te em juiz? Cobrar quando também és devedor?

Quando a guerreira acabou de falar, o obsessor mostrava-se visivelmente modificado. Voltara ao seu passado para entender o presente. Sem dizer nada, saiu dali para retornar depois de algum tempo, trazendo Janice consigo.

– Aqui a tens. Levei-a comigo, mas não fui eu quem lhe fez tanto mal. Há algum tempo, alguma coisa vem-se modificando em mim. Já não encontro prazer no sofrimento dela. Agora... arrependo-me.

A pobre desencarnada não era nem de longe a mesma. Assim que o abortado a soltou, se pôs a lanhar o próprio ventre. Uma grande chaga já se lhe abria. Gritava, chamando pela filha.

A guerreira, mesmo acostumada a socorrer toda classe de infelizes, ficou estarrecida por alguns segundos. O abortado, com grande apatia, disse:

– Não tenho nada a ver com isso. Sua consciência foi seu juiz. Ela sabe-se culpada.

Antes de dar tempo para a resposta da guerreira, continuou:

– Fique com ela. Já não tem mais graça pra mim. – E saiu, para nunca mais voltar. Sua total entrega ao Cristo Jesus não demoraria muito. Em algum tempo, em algum lugar, encontraria também sua cura. Compreenderia que ninguém sofre uma reação sem ter antes cometido uma ação; que a reação é sempre de conformidade com a ação; que as leis divinas jamais serão ab-rogadas ou escamoteadas.

Impressionados com a cena, dois Espíritos começaram a chorar, arrependidos. Embora o perdão não viesse na forma como eles imaginavam, ou seja, como desobrigatoriedade de reparação do mal praticado, era o primeiro passo a ser dado. Tudo perfeito.

Tudo coerente. Tudo justiça. Nessas leis eternas, imutáveis e sábias, é que o mundo está assentado.

No final daquela reunião, cinco Espíritos mostraram-se em condições de receber socorro e se afastar daquele lugar. A guerreira envolveu-os no seu carinho fraterno, esquecendo que eram grandes devedores perante a Lei, para somente lembrar que eram irmãos seus, companheiros na lide evolucionista.

"Nenhuma ovelha se perderá do rebanho". Assim, pela magnanimidade de Deus, foram levados para uma colônia espiritual. Teria início o tratamento. Se hoje eram elementos desagregadores, que abrigavam a maldade em seus corações, amanhã seriam trabalhadores do Cristo em busca da luz divina.

Janice, completamente ensandecida, também foi conduzida a um hospital espiritual, onde teria início seu tratamento. Havia desperdiçado aquela reencarnação, agora teria de esperar que o tempo a favorecesse novamente a fim de voltar sobre os próprios passos.

Thereza encerrou a reunião com uma prece extraída do fundo do coração. Todos se haviam beneficiado. Tomaram a água fluidificada. Cícero, ainda emocionado, disse que, no lar que formaria com Heloísa, *O Evangelho* haveria de estar sempre presente.

Thereza compreendeu o porquê de a guerreira ter-lhe pedido *O Evangelho* naquele lugar. Nada por acaso.

Capítulo 46

A renúncia

Luzia voltou com Mariah para o restaurante. Cícero e Heloísa decidiram que, tão logo terminasse o luto, se casariam. A casa já estava pronta. Heloísa plantou suas flores preferidas no grande jardim que circundava a casa toda.

Álvaro foi julgado e condenado a dezoito anos de prisão. Thereza se mudou para um pequeno apartamento em São Paulo, para poder estar mais perto dele e ampará-lo. Renunciou a Pedro em favor de Zina e do filho que ela esperava. Sua felicidade, ao lado de Pedro, ficaria para depois, em outra vida, quando eles tivessem merecimento, quando pudessem olhar o passado sem que lembranças amargas lhes tisnassem a paz.

Visitava Álvaro sempre que podia, não deixando que nada lhe faltasse. E o medo e a aversão foram dando lugar a uma amizade fraterna e sincera.

Álvaro recuperava a saúde e o equilíbrio mental de outrora junto àquela presença tão ansiosamente buscada. Arrependera-se muito da atitude intempestiva que tivera e reconhecia que ele mesmo abrira as portas à obsessão que fizera dele um assassino.

O amor que sentia por Thereza ainda mais aumentou ao perceber o quanto de dignidade existia nela. Reconheceu-se um ser ínfimo perto dela. O simples toque de suas mãos, seu olhar cheio de compreensão e bondade, traduziam-se na única alegria real de que seu coração então desfrutava.

Luzia soube da gravidez de Zina. Amparou a filha e colocou-se à disposição para tudo o que ela necessitasse. Se Pedro não quisesse assumir, elas não o forçariam. Saberiam entender.

Zina estava trabalhando no restaurante. Havia-se afastado de sua casa, porque não queria forçar nenhuma decisão de Pedro. Se ele viesse a sua procura ali, sem nenhuma pressão, então ela não saberia dizer não. Carregava um filho dele e não queria que seu filho nascesse sem pai.

Estava tirando a mesa quando viu Pedro se encaminhando para ela. A bandeja em suas mãos quase foi ao chão e o coração pulou de alegria.

– Como vai, Zina?

– Bem. Agora melhor. E você?

– Bem. Você é garçonete aqui?

– Ajudo minha mãe. O restaurante está com um bom movimento e ela não dá conta sozinha.

Pedro olhou para a barriga de Zina.

– Ainda não aparece – disse ela. – Nosso filho é pouco maior que esta batatinha inglesa. – Riu, mostrando a bandeja com alguns cubinhos de batata que o freguês deixara.

Luzia alegrou-se ao ver Pedro conversando com a filha:

"Louvado seja Deus" – murmurou, enquanto se dirigia a eles.

– Que enorme prazer você nos dá, Pedro!

– Já devia ter vindo antes, Dona Luzia, mas...

– Não precisa se explicar, Pedro. Nós compreendemos.

Mariah veio correndo e se jogou nos braços de Pedro.

– Como você está bonita, Mariah. E que cabelo mais lindo! Me dá um cachinho destes?

– Pode escolher. Eu corto e te dou.

Todos riram.

– Muito bom o seu restaurante, Dona Luzia.

– Devo tudo o que tenho a Matias, que Deus o

tenha. Homem bom como ele é difícil encontrar. Eu tive sorte encontrando João, mas acho que o não merecia, porque ele se foi...

Os olhos de Luzia se encheram de lágrimas que não caíram e ela não pôde continuar. Pedro, para desviar o rumo da conversa, tomou Zina pelas mãos e lhe disse:

– Hoje, o dia não deve ser de tristeza. Vamos lá pra dentro. Precisamos conversar.

Adalzina já imaginava o que seria. A felicidade que sentia tornava-a mais bonita, e era com profunda emoção que ouvia Pedro:

– Dona Luzia, primeiro quero pedir desculpas pela demora em vir até aqui.

– Eu compreendo, meu filho.

– Depois, quero pedir a sua bênção, porque quero me casar com a Zina.

Passando a mão pela barriga da moça, perguntou-lhe, com emoção mal contida:

– Quer se casar comigo?

– Eu sempre soube o quanto você é íntegro e digno. Mas...

– Mas, o quê? Por acaso não quer mais se casar comigo?

– Isso é o que mais quero... todavia... Thereza...

– Thereza soube compreender primeiro do que

eu mesmo. Não falemos mais no passado, o presente é mais importante. Uma vida está a caminho e precisa de nós.

Zina segurou com força as lágrimas que teimavam em cair. Aquele era um momento ímpar em sua vida, e de seu coração partia uma prece silenciosa.

– Para quando marcamos o casamento, Zina? – perguntou-lhe Pedro.

– O que a senhora acha, mãe?

– Vocês pretendem fazer festa?

– Claro que não! A morte de João ainda está muito recente.

– Então... bem... escolham vocês, afinal, o casamento é de vocês.

– Está certo. No mês que vem. No mês que vem já aparece a barriga, Zina?

Ela riu com a tola preocupação de Pedro.

– Acho que ainda não.

Luzia deixou-os a sós. Deveriam ter muitas coisas para conversar. Ela estava feliz por ver sua filha feliz, mas triste porque sabia o quanto Thereza e Pedro se amavam. Notou uma melancolia profunda nos olhos do futuro genro, porém, tinha certeza de que nada acontece sem a vontade de Deus. Admirou ainda mais o caráter de Thereza, que conseguiu renunciar ao que mais amava na vida.

Foi para seu quarto e agradeceu a Deus pela dádiva daquele momento. Orou também por Thereza. Que Deus a recompensasse pelo nobre gesto.

Pedro estava em paz com sua consciência. Thereza tinha razão. Agora que estava ao lado de Zina, percebia o quanto estaria errando se a deixasse sozinha com o filho que era responsabilidade dos dois. Mas doía-lhe tanto o coração pensar em Thereza... Tê-la estreitado em seus braços por alguns meses e depois ter de renunciar a ela e a tudo o que ela representava em sua vida. Mas guardou bem no fundo da alma aquele amor que sabia eterno. Um dia deixá-lo-ia aflorar e...

– Você se calou de repente, o que foi?

– Pensando na vida. Em como as coisas acontecem tão depressa!

– Está arrependido? Por favor, Pedro, eu quero o seu amor, não o seu sacrifício. Ficar comigo com outra no coração é humilhante. Eu não suportaria.

– Zina, eu lhe peço um pouco de paciência. Não estou arrependido. Fiz o que meu coração mandou, pois quero esse filho tanto quanto você.

– E Thereza? Como ficará ela?

– Thereza está bem. Está morando em São Paulo. Da última vez que nos falamos por telefone, ela deu notícias de Álvaro.

– Ela o tem visitado na cadeia? A Thereza me surpreende sempre!

– Ela tem sido o anjo da guarda dele. Visita-o constantemente.

– Pedro, eu queria lhe perguntar uma coisa.

– Pergunte.

– Eu sei que você e Thereza se amam.

Pedro sentiu que as lágrimas queriam pular de seus olhos. Sim, amava Thereza. Amava-a de priscas eras, mas como confessar isso para a mãe de seu filho? Como ser sincero sem magoá-la?

– Zina, por que se maltrata assim?

– Engano seu. Eu também tenho um profundo carinho por Thereza. Ela é a irmã que eu nunca tive. O que ela fez por mim eu também faria por ela. E quero lhe pedir uma coisa.

– Peça.

– Se nosso filho for uma menina, quero que se chame Thereza. Já havia decidido isso antes de saber se você se casaria comigo ou não. Se for menino, chamar-se-á Pedro Filho. Concorda?

– Plenamente.

Estavam conversando, fazendo planos para o futuro, quando o telefone tocou.

– Dona Luzia, é o Cícero. Parece tão nervoso... – disse uma empregada da casa passando-lhe o telefone.

Luzia tremeu. Teve um mau pressentimento.

– Quer que eu atenda, mãe?

– Não.

Sob os olhos indagadores dos jovens, ela atendeu.

– Mãe, não se assuste – disse Cícero. – O pai levou um tombo do cavalo ontem no rodeio. Está sem poder andar. Estou telefonando daqui do hospital. A senhora pode vir pra cá?

– Meu Deus! Claro que vou. Mas me diga como ele está.

– Não muito bem. Mas está vivo, graças a Deus.

– Já estou indo.

E passando o telefone à filha, saiu às pressas, recomendando a ela que não se esquecesse de anotar o endereço do hospital.

Depois de inteirada do acontecido, Zina correu a ajudar a mãe nos preparativos da viagem.

– Coitado do pai, mãe. Mas eu sempre dizia a ele pra largar dessa brincadeira de rodeio. Se já é perigoso pra jovens, imagine na idade dele!

– Meu Deus... e agora? Quando tudo parece que vai entrar nos eixos, vem essa agora.

– Se o Cícero está chamando é porque a coisa é séria, mãe. Vá com Mariah. Eu ficarei aqui, tomando conta do restaurante. Ligue assim que chegar.

– Nós ficaremos aqui, Dona Luzia. Afinal, agora também vou ser seu filho.

Luzia abraçou-o.

– Obrigada, meus filhos.

– Mamãe, o que aconteceu com o tio Severino?

– Ele se machucou, Mariah. Vá se arrumar. Iremos pra lá ainda hoje.

– Ôba! Adoro viajar de ônibus! A senhora me deixa sentar na janelinha? Me deixa tomar banho lá no rio?

– Claro.

– Então vou levar meu maiô.

– Pedro, Zina, será que vocês ficarão bem aqui? Qualquer coisa falem com o Senhor Acássio e a Dona Eulália. Eles já têm tomado conta de outras vezes. São de confiança.

– Está bem, mãe. Fique tranquila.

* * *

Cícero estava preocupado com o estado de saúde do pai. Não quis dizer toda a verdade por telefone, para não assustar a mãe e a irmã, mas Severino corria o risco de ficar paraplégico. De passar o resto de seus dias numa cadeira de rodas.

Desde que Luzia saíra para unir-se a João, ele desistira de viver. Havia agasalhado a ideia de tê-la junto de si pelo resto da vida. Estava envelhecido, cansado, desiludido de tudo. Somente seu amor por ela continuava ainda mais intenso. E quando tudo parecia culminar num final feliz, apareceu João e levou sua Luzia embora.

No lombo dos cavalos bravios descarregava toda sua raiva, subjugando os animais com mãos de ferro, fazendo-os dobrar à sua vontade. Assim sempre fizera com sua vida. Sempre quisera dobrá-la; vivê-la do seu modo. Agora estava ali, inválido. O médico ainda não dissera a palavra final, mas adiantara a Cícero que talvez ele ficasse paraplégico devido à lesão na coluna.

No ônibus, Luzia pensava em como todos estamos submetidos a determinadas circunstâncias. Não fazia muito tempo que o desenlace de Matias transtornara toda sua vida. Justamente quando pensava que teria um pouco de paz, a morte viera buscá-lo. Depois, quando pensava que talvez pudesse reatar com o ex-marido, a fim de compensá-lo por todo o sofrimento que lhe causara, surge João em sua vida. Novos planos, mas... João se fora de modo trágico. E agora Cícero lhe dava aquela notícia.

– Mamãe, você tá triste?

– Não, Mariah.

– Então por que tá tão quietinha?

– Estou pensando. Mas se você quiser conversar eu paro de pensar, tá bom? Quer conversar?

– Quero.

– Sobre quê?

– Sobre o tio Severino.

– O que quer conversar sobre ele?

– Quando eu estava na casa dele, ele sempre era muito bonzinho comigo. Uma vez, ficou me olhando um tempão, depois disse:

"Nossa, você é a cara de sua mãe. E apontava para os meus olhos e dizia: os olhos da Luzia; depois puxava minha orelha e dizia: a orelha da Luzia. Depois apontava para minha boca e dizia: a boca da Luzia. Fazia assim, depois ria. Perguntava o que eu queria ganhar de Papai Noel. Eu dizia a ele que não acreditava no Papai Noel; que já tinha oito anos; que só acreditei nisso até o ano passado. Uma vez ele me disse: Você é uma menina esperta. Não acredita em Papai Noel, mas acredita em papai Severino? Papai Severino? – eu respondi. Papai Severino é o senhor. Eu acredito no senhor. Então ele me puxou o cabelo e disse: Eu poderia ser o seu Papai Severino, não poderia?

Mariah se distraiu com um passageiro que entrou e parou de conversar.

– E você, o que lhe disse? – tornou Luzia.

– Que eu ia falar com você.

– Mas você não me falou nada.

– É que me esqueci. Mas gosto muito do tio Severino; mesmo quando ele tá com a cara emburrada.

Luzia emocionou-se com aquela confissão infantil. Então Severino "fazia a cabeça" de Mariah! Que criançāo! Mas que gênio desgraçado! No mesmo momento que me queria, me rejeitava como se eu fosse uma doença. Queria que eu fosse como ele idealizava. Se pudesse, me destruiria para me construir de novo. Do jeito dele. Sofria, mas queria domar o sofrimento como domava os cavalos. Alma boa, mas um tanto contraditória. Não sei se realmente seria feliz ao lado dele – meditava.

Mariah dormiu, tombando a cabeça no seu ombro.

No hospital, Severino contava os minutos para ver Luzia. Sabia que Cícero a tinha avisado sobre o acidente. Cada vez que uma enfermeira abria a porta do quarto, seu coração disparava, pensando que fosse ela. De manhã, pedira a Cícero que lhe fizesse a barba. Ensaiara mais de uma vez o que diria à mulher, porém, se decidia mostrar o amor e a alegria sentidos com sua presença, imediatamente a casmurrice se lhe impunha e ele afirmava a si mesmo que melhor seria não acenar com qualquer possibilidade de união, porque agora ele não poderia mais ser o que fora. Apesar de o médico deixá-lo em dúvida, no íntimo sabia que talvez nunca mais voltasse a andar. E se nunca tivera o amor de Luzia, também desprezaria a sua piedade.

Mais algumas horas e o ônibus que trazia Luzia e Mariah chegou.

Cícero e Heloísa foram buscá-las na rodoviária.

– Cícero, Heloísa, como vão?

– Tudo bem. E a senhora? Zina, como está? Olá, Mariah. Huumm... que cara de sono!

– Cícero, e seu pai? Como aconteceu o acidente? Ele está bem?

– Calma, minha mãe! Uma coisa por vez. Ele está bem. Dessa vez, foi o cavalo que o domou. Saracoteou com ele no lombo por um bom tempo. Depois, usou de malandragem: quando o pai relaxou, porque ele se mostrava tranquilo, o danado o jogou no chão com tudo! Ele caiu de mau jeito. Mãe, o médico disse que talvez ele fique paralítico.

– O quê!! Santo Deus! Não pode ser! Ele... tão agitado, ficar entravado numa cadeira de rodas? Que desgraça, Deus meu!

– Pois é, mãe. Vamos rezar para que o médico tenha-se enganado.

– Ele está consciente?

– Está. É um verdadeiro peão.

– Um peão bem cabeçudo. Poderia ter-se matado!

– O pai anda de um jeito que dá dó...

– Cícero, não preocupe mais ainda sua mãe com isso. Se ele sofre, é porque também é bem teimoso. Quer sempre as coisas do modo dele. Se não for do modo dele, está errado.

– Você tem razão, Heloísa. Ele tem um gênio do cão!

– Quando vamos vê-lo? – perguntou Luzia.

– Amanhã mesmo. Iremos de carro.

– De carro?

– De carro. A Thereza nos presenteou com o carro que ganhou da tia Janice. Não contamos nada, porque a semana que vem tencionávamos ir visitá-la e fazer surpresa. Queria ver sua cara e a de Zina quando chegássemos lá com o carrão.

– E Thereza, como vai ela? Pobre menina!

– Ela está bem. Tem visitado o Álvaro na cadeia. Só ela mesmo... Aquele pulha safado não merece uma pessoa como ela. Tinha mais era de mofar na cadeia. Sem nenhuma visita – disse Heloísa.

Luzia relembrou aqueles instantes dolorosos. Jamais se esqueceria deles. Sua vida, de repente, tomou um rumo inesperado.

– Thereza é um Espírito muito evoluído. Um Espírito de muita luz.

– Com certeza, Dona Luzia. Sabe que a assombr... quer dizer, aquele Espírito que estava no barracão nunca mais deu o ar da graça por lá? Foi só Thereza aparecer e ele sumiu.

– Thereza deve tê-lo esclarecido. O Espírito sofredor precisa de muito amor. Só ao influxo do amor ele tem condições de se melhorar. E vocês?

– Imagine, mãe, que a Heloísa não quer ir morar em casa antes de nos casarmos. Prefere ficar lá, sozinha, naquele casarão.

– Morar juntos antes de casar acho que dá azar. Eu não quero. Fico muito bem em minha casa. Depois, não estou sozinha. Todos os empregados estão lá. E Dalva, a filha de um amigo de meu pai, fica lá comigo. Não tem problema algum. Faltam apenas alguns meses para o nosso casamento.

– Você é que sabe, Heloísa, mas também me preocupo. Duas moças sozinhas naquele casarão... Não tem medo?

– Não tem perigo. E depois, não foi a senhora mesma que me ensinou a não ter medo? Lembra-se? Nunca me esqueci o que a senhora me disse quando percebeu que eu era medrosa. O Cícero é muito desesperado e acaba passando a preocupação dele pra todo mundo. Pelo seu Severino, nós casávamos agora mesmo. Acha que não devo ficar lá sozinha. Mas não quero apressar nada!

– O que foi que minha mãe lhe disse sobre o medo? Como você nunca me contou, sua traidora? – disse Cícero.

– Sua mãe me disse que o medo apequena as pessoas, e que quando temos medo nos limitamos, abrimos brechas para que as forças do mal se instalem, não é, Dona Luzia?

– É isso mesmo.

– Minha mãe aprendeu a filosofar. Que bacana!

– E a casa de vocês? Está pronta?

– Está uma graça! Precisa ver o jardim que eu fiz lá!

– Não está mais bonito que o meu pomar. Plantei de tudo um pouco – disse Cícero.

Conversando, chegaram até onde o carro estava estacionado.

– Veja, mãe, aí está o nosso presentão de quatro rodas! A Thereza não é demais?

– Nossa! Que carro bonito! – gritou Mariah, tentando abrir a porta.

– É muito bonito. Tia Janice tinha gosto refinado.

– E é novinho, mãe. Ela trocava de carro todo ano. Coitada...

– Não me conformo como minha tia jogou a vida pela janela. Tinha tudo pra ser feliz e meteu os pés pelas mãos.

– O álcool é uma droga tão terrível quanto a maconha, a cocaína, a heroína ou qualquer entorpecente, no entanto é tratado com uma tolerância incrível por parte das autoridades – disse Luzia.

– Quando se fala em drogados, todos se lembram dos viciados nas drogas proibidas. Não colocam no mesmo rol os alcoolistas e os fumantes, que são igualmente viciados – lembrou Cícero.

– Estes têm o aval do Governo para se viciarem – completou Heloísa enquanto dava a partida no carro.

– Tio Cícero, você não sabe dirigir? – perguntou Mariah.

– Claro que sei.

– Então, por que é a tia Helô que está dirigindo?

– É que eu dirigi pra cá, agora a Helô dirige pra lá.

– É isso aí, Mariah. Mas olha que você está me saindo uma bela machista – falou, rindo, Heloísa.

Mariah olhou interrogativamente para a mãe.

– Não é isso não, Heloísa. É que ela nunca viu mulher dirigir. Em casa era sempre o Matias quem dirigia. Até hoje, não sei guiar.

– Agora, vai aprender. É sempre útil saber dirigir. E a senhorita Mariah, quando tiver idade, também.

– Quando eu crescer, vou comprar um carro igualzinho a este.

– Assim é que se fala, garota!

Capítulo 47

O difícil esquecimento

Depois de alguns minutos, chegaram. Leão foi o único a recepcioná-los à entrada. Mariah saiu correndo com ele, que latia na sua alegria canina.

– Vamos entrar, mãe. Eu levo as malas.

– É estranho não encontrar seu Severino por aqui. Ele nunca saía de casa – disse Heloísa.

– Se ele estivesse aqui, por certo já teria saído pelos fundos; se escondido feito caramujo. Até hoje, não sei se gostava que eu viesse ou não.

– Mas é claro que gostava. Ele sempre foi muito tímido, coitado. Acho também que se sentia diminuído diante da senhora.

– O que é uma grande tolice. Ninguém é mais do que ninguém.

– Um dia ele me disse que a senhora não precisava de marido nenhum; que tomava muito bem conta da vida. Ele disse isso com tanta amargura, que fiquei com pena dele.

– O Severino tem um jeito peculiar de interpretar as coisas. E quando põe uma ideia na cabeça, não adianta. Morre, mas não cede.

– Mãe, quando a senhora quer ir visitar o pai?

– O mais rápido possível. Estou muito preocupada.

– Pensei em ir ainda hoje, mas tenho de tomar algumas providências, instruir alguns empregados...

– Então, iremos amanhã. Me dê o número do telefone do hospital, vou telefonar pra saber como ele está.

– Infelizmente não vai ser possível, mãe. O único telefone público que temos aqui por perto está quebrado. Teríamos que andar três quartos do caminho que nos leva ao hospital para chegar ao próximo posto telefônico.

– Então, paciência.

– Mas ele está bem. É forte, o danado.

Cícero saiu a cavalo. Luzia e Heloísa tentavam pôr ordem na casa.

– Não sei como os homens conseguem viver no meio de tanta bagunça! -exclamou Heloísa.

– Mas, se são eles mesmos que fazem a bagunça! Não sabem tirar uma cueca da gaveta sem revirar tudo. E vão jogando a roupa suja em qualquer lugar, qualquer canto serve pra deixar os sapatos. Não adianta a gente reclamar.

Heloísa e Luzia iam conversando enquanto arrumavam tudo.

– Bom, seu ex-quarto, a senhora arruma. E dando uma piscadinha para a futura sogra, disse: Assim, pode relembrar os momentos bons que deve ter passado aqui com o seu Severino.

Luzia riu. Bons momentos os teve, de fato, mas também os maus.

A cama de Severino ainda estava por fazer. Seu pijama, suas calças, seus chinelos, seu chapéu, tudo espalhado como se ali tivesse passado um vendaval. Foi recolhendo tudo. Quando levantou o travesseiro, encontrou, para sua surpresa, a camisola velha e amassada que ele tirara de sua mala sem que ela visse, no dia em que a expulsara de casa.

Ela segurou a peça entre as mãos. Já não tinha o seu cheiro, mas o de Severino. Sentou-se na cama e chorou. Relembrou a última vez que vestira aquela camisola: Estava rouca de tanto chorar e implorar ao marido que perdoasse seu deslize. Ela havia-se arrependido daquele infeliz procedimento. Fora uma tola aventura. Uma armadilha que sua índole romântica e sua imaturidade lhe aprontaram. "Pense em nossos filhos, Severino, ainda tão pequenos! O nenê que ainda precisa tanto de mim..." Severino acenara com a possibilidade do perdão, depois...

Luzia respirou profundamente enquanto as lembranças se atropelavam: Viu-se, esperançosa, colocando a grande chaleira com água no fogo, para seu banho. Depois foi buscar a grande bacia dependurada atrás da porta da cozinha. Temperou a água. Pegou pétalas de rosas vermelhas que havia colhido no seu jardim. Jogou-as na bacia. As pétalas dançaram na crista d'água. Ah... quando o marido a tocasse, a cheirasse... haveria de compreender que não poderia viver sem ela. A partir de então, ela seria a esposa mais dedicada que um homem já teve. Apanhou sua camisola – aquela, que agora tinha nas mãos e a fazia recordar – e foi para seu banho. Demorou-se nele até a água começar a esfriar. Depois, foi se deitar. Severino fingia que dormia, mas na verdade esperava por ela. Estava também confuso. Ela deitou-se. Encostou seu corpo quente no corpo tremente dele e aguardou. Severino parecia morto. Não se mexia, não dizia nada, não dava mostra de sua emoção. Ela, magoada, virou-se e começou a chorar baixinho. Engolia os soluços para não acordar os filhos que dormiam ali perto. De repente, o marido enlaçou-a, furioso, quase como um animal e amaram-se. Ela ficou feliz. O marido a perdoara, enfim. Poderiam recomeçar longe dali. Longe de todos que os conheciam. Longe de todo falatório maledicente. Mas não! Aquilo não era o perdão. Para sua surpresa, ele lhe disse: "agora durma, que amanhã bem cedo você bota os pés na estrada."

Luzia pensava, agora, em como fora ingênua naquela época, em acreditar que um homem machista e preconceituoso quanto o era Severino a perdoasse.

Aos primeiros raios do Sol, levantou-se. Severino apontou-lhe uma velha mala: "Arrume suas tralhas aí e saia antes que as crianças acordem." Foram estas as suas palavras finais.

E as lembranças continuaram vergastando a alma de Luzia: quando se despediu de Cícero e de Zina, quando beijou o nenê depois de ter-lhe dado a mamadeira matinal, o mundo lhe viera abaixo. Jamais havia conhecido dor tão pungente como aquela! Como lhe fora dolorida a saída de casa! Estava zonza pela noite indormida. Triste, desesperançada. Parou na beira da estrada. O Sol nascia com todo o seu esplendor, clareando os recantos da Terra, mas sua alma continuava em trevas espessas. Era a inércia que a arrastava: "Você vai embora para aprender a viver, Luzia..." – dissera Severino.

Luzia, agora, recordava em como relutara em sair dali, deixar a casa... Não se decidia a partir. Estava chumbada ao chão, olhando sua casa. Parecia-lhe ouvir o choro do nenê e os soluços abafados de Zina. Sentiu que o marido a espreitava por um vão da janela. Então, voltou resoluta. Não partiria. Ficaria ali junto aos filhos, que precisavam dela. Ao voltar, surpreendeu Severino com aquela camisola nas mãos. Estava também chorando. Cabisbaixo. Triste. "Severino, a gente ainda se gosta um do outro, me deixe ficar". "Sou homem de duas palavras não, Luzia..." Uma boiada estava passando – Luzia continuou recordando. – O som rouco e magoado do berrante lhe pareceu um toque de funeral, do seu funeral, porque se sentia morta. E ela se foi. E conheceu Matias, que lhe estendeu a mão, que a livrou da prostituição, que lhe deu casa, comida, amor e dignidade.

Tudo havia passado célere na mente de Luzia. Os ecos daqueles acontecimentos não tão distantes, ainda se lhe repercutiam nos tímpanos e traziam, não mais a dor acerba daqueles momentos vividos, mas uma melancolia dolorida.

Mariah entrou correndo no quarto:

– Mamãe, você tá chorando? Por quê?

– Não é nada, meu bem.

– Aconteceu alguma coisa, Dona Luzia? Faz tanto tempo que a senhora está aqui – disse Heloísa, que também entrava no quarto.

– Não é nada. Só lembranças.

– Acho que a mamãe tá chorando de dó do tio

Severino, não é, mamãe? Mas não chore. Ele vai ficar bom. – E saiu novamente, correndo atrás de Leão.

– Estava aqui voltando ao passado. Recordando.

– O que faz aqui essa camisola?!

– Estava aqui. Debaixo do travesseiro de Severino.

– Ahnnn... – disse Heloísa, nada perguntando, para não ser indiscreta.

Na manhã seguinte, bem cedo, foram ao hospital visitar Severino. Encontraram-no abatido sobre o leito.

Cícero procurou pelo médico.

– Não fosse o problema da coluna, ele estaria bom. É muito forte, seu pai. Mas não sei, ainda não temos dados conclusivos a respeito da paralisia.

– Acha mesmo que ele pode ficar inválido?

– Ainda não podemos afirmar com precisão. Vamos fazer uma junta médica. Depois conversaremos. Mas é bom irem se preparando para o pior.

Severino recebeu as visitas com muita emoção. Sabia que Luzia viria tão logo soubesse do acidente. Ficou feliz, mas ao mesmo tempo, envergonhado. Queria que ela o visse como a um vencedor, no entanto ele estava ali, derrotado. Correndo o risco de não mais poder andar.

– Severino, que tolice foi essa de voltar a montar?

– Era só pra me distrair um pouco, mas custou caro essa distração – disse desolado.

– Espero que tenha aprendido a lição. Homem de Deus, você não é mais nenhuma criança! Domar cavalos... na sua idade, Severino?

O pobre homem gaguejou alguma coisa.

– Cícero, quando vou sair daqui? Já não aguento mais! – disse, por fim.

– Calma, meu pai. O médico me disse que ainda tem alguns exames para fazer. Tenha paciência.

– Severino, você gosta de ler?

– Não muito, mas aqui, sem fazer nada, até que um livro ia ser útil.

– Pode deixar comigo. Vou sair daqui a pouco e comprar um bom livro.

Não passou meia hora e Luzia voltou, trazendo-lhe dois livros.

– Obrigada, Luzia – e desembrulhou o pacote.

– *O Evangelho Segundo o Espiritismo? O Livro dos Espíritos?* Ora, Luzia, não sei se vou entender essas coisas. Não sou como você, que lê até bula de remédio.

– Vai entender, sim. É muito claro. Até uma

criancinha entende. Comece a ler e, tenho certeza, você vai gostar. Verá quanta coisa nova vai aprender.

– Se é assim...

Severino não queria confessar, mas homem rude da roça, nem sabia como segurar um livro. Mas não era analfabeto, o que já era uma grande vantagem.

– Mas é muito importante que leia com vontade de aprender. Sem ideias preconcebidas. E o mais importante é colocar em prática o que for aprendendo. Só conhecimento teórico vale muito pouco.

Severino folheou um dos livros:

– Hoje mesmo vou começar a leitura. Ficar aqui sem fazer nada é de endoidar.

– Severino, quero que você saiba que pode contar comigo. Se tiver dificuldades, posso ajudá-lo...

Antes que Luzia terminasse o que ia dizer, ele disse:

– Agradeço, mas não preciso da sua caridade. Eu queria o seu amor, mas sua piedade...

Luzia sabia que não era nada disso que ele realmente queria dizer.

– Então, tudo bem. Amanhã, voltarei. Precisa de alguma coisa?

Ele poderia ter dito: Preciso só de você.

Capítulo 48

Um caso de psicometria

COMO JÁ É SABIDO, THEREZA HAVIA PRESENTEADO com o carro a sua irmã Heloísa e seu futuro cunhado Cícero. Vendera o apartamento na praia, alugara a casa de Presidente Prudente e comprara um pequeno apartamento em São Paulo, para poder ficar mais perto de Álvaro. Arranjara um serviço de secretária, pois dominava a língua inglesa. Pretendia fazer cursinho e entrar para a faculdade. Pensava constantemente em Pedro e em Adalzina. Sabia que eles já se haviam entendido. Tentou ficar feliz por eles. Fizera o que era justo fazer. Estava com a consciência tranquila, mas a felicidade se fora, deixando no seu lugar a saudade dos poucos momentos que desfrutara junto de Pedro.

Naquele dia, havia pensado muito em Janice.

Como estaria ela? Desde a ocorrência lá no porão, que não tivera mais notícias. Continuava orando muito pela tia. Sabia que ela não havia conseguido levar a bom termo aquela reencarnação; que perdera uma ótima oportunidade de se reequilibrar com a Lei, mas... Deus é Pai, concluía.

Depois do banho, pegou um livro para ler, mas teve sua atenção voltada para a corrente com o medalhão que Janice havia lhe dado. Não conseguia usá-lo, apesar do pedido dela. Todas as vezes que o colocava no pescoço, sentia uma sensação desagradável, como se ele lhe queimasse a pele. Da última vez, vira, junto a ele, como um guardião, o tio Ângelo em Espírito. Chocou-se de tal forma, que nunca mais o colocou.

Naquela manhã, pensou em usá-lo. Queria fazer um teste. Tirou-o do porta-joias, chegou a colocá-lo, mas não conseguiu ficar com ele. Deixou o livro de lado, fez suas orações, segurando entre as mãos a joia aberta. Janice, tio Ângelo, a prima Leda Maria, tão criança! Onde estariam todos?

Concentrando-se na peça, viu-a envolta numa estranha névoa. Assustou-se e colocou-a sobre o criado-mudo, mas continuou concentrada nela. Sentiu que a guerreira se aproximava:

– Concentre-se, Thereza, mas acalme-se primeiro.

Thereza se concentrou e percebeu, junto ao medalhão, o tio, de olhos empapuçados, e Janice. Todos ali, estranhamente "tomando conta" do medalhão.

– O que significa isso? – perguntou Thereza.

– Já falamos sobre Psicometria, não falamos? Há uns tempos você já teve essa experiência, lembra-se? A primeira vez foi quando o colocou no pescoço e sentiu os fluidos dos Espíritos ligados a ele; também no trem, você pôde ver seu tio por meio desta joia.

– Sim, então...

– É isso. Seu tio, há muito tempo, presenteou sua tia com esta joia. Para eles, era o símbolo da união. Ele desencarnou, como você sabe, com cirrose hepática. Janice sempre trazia o medalhão no pescoço e ele sentia-se atraído pela joia, pelo que ela representava, e por isso mesmo estava sempre rente a ela. Ele foi o primeiro obsessor de Janice. Ligados pela sintonia espiritual, ela começou a beber desenfreadamente em obediência ao marido desencarnado. Também ela sempre o atraía para o medalhão através daquela fotografia, das evocações, da sua vontade e do pensamento, de modo que, quando ele se afastava, ela o chamava. Era uma obsessão recíproca. Na verdade, um obsidiava o outro. Quando ela o esquecia, um pouco, ele chegava e, através da joia, se ligava a ela. Quando ele a esquecia, buscando refazimento espiritual, ela o evocava e ele voltava.

– Mas Leda Maria-Espírito não está aqui, embora a paixão da mãe por ela.

– É que Leda Maria não tinha nenhuma simpatia por este medalhão. Ao contrário, achava-o fora de moda, cafona, como sempre dizia à mãe. Desta forma, não tinha por que se ligar a ele.

– Minha tia está aí? Quer dizer, em Espírito? E meu tio?

– Nenhum dos dois está realmente aí.

– Então, como os vejo com tanta nitidez?

– Porque esses quadros foram fortemente construídos através das vibrações, do pensamento e da vontade deles. São formas-pensamento fluídicas e se manterão enquanto houver estímulos mentais para isso. Como esta joia é o símbolo da união deles, está envolta em fluidos ectoplásmicos, formando estas formas-pensamento, que são mantidas graças aos constantes e firmes pensamentos deles.

– Você quer ver mais?

– Existem ainda mais coisas a ver?

– Muitas.

A guerreira estendeu as mãos sobre a cabeça de Thereza.

– Olhe firmemente o medalhão. Concentre-se bem.

Thereza olhou e recuou, estarrecida: Como num estranho filme, percebeu a tia. Tinha um copo nas mãos. Depois, como louca, cavava a terra e fazia o sinal da cruz enquanto enterrava alguma coisa. Chorava. Tornava a pegar o copo. Esvaziava-o. O marido a servia e ela bebia, até cair, exausta.

Thereza estava boquiaberta. Aquele medalhão já lhe dera muitos sustos em outras ocasiões. Sabia que aquela joia tinha certa peculiaridade. Agora, ela podia, através dela, perceber todo o drama do qual a tia fora vítima.

De repente, Thereza sentiu como que um choque. A guerreira amparou-a:

– Continue a prestar atenção, Thereza. Não tenha medo. Confie em Deus.

Thereza voltou a fixar a atenção no medalhão. Desta vez, a cena mudou. Tudo ficou mais nítido, como se o nevoeiro se diluísse um pouco. O tio em pé, com seus olhos congestos e empapuçados, a fitava, aflito, como se quisesse dizer-lhe alguma coisa. Olhando melhor, Thereza o viu chorar.

– Isso que ora estou vendo também é uma forma-pensamento? Não existe, de fato?

– Não é mais uma forma-pensamento que aí ficou gravada. É realmente o Espírito daquele que fora seu tio, que aí está. Ele está presente, contudo não pode me ver. Veio rever o medalhão e, como percebeu que você podia ver por ele todo o passado, quer comunicar-se.

– Devo falar com ele?

– Deve.

– Tio... O senhor me reconhece?

– Sim, Thereza. Desculpe-me se eu a assustei um dia desses. Não tive a intenção.

– Tudo bem. O senhor precisa de alguma coisa?

– Preciso encontrar Janice. Não a encontro em parte alguma.

– Já procurou orar a Deus? Pedir sua ajuda? Só Ele poderá ajudar.

– Eu nunca vi Deus. Tampouco Jesus. Estou tanto tempo aqui, sofri nas mãos de obsessores, depois também me tornei um obsessor e nunca vi Deus ou Jesus.

– No entanto Eles existem. Talvez o senhor não os tenha procurado com os olhos do Espírito. Talvez não saiba que a porta que a Eles nos conduz tem de ser aberta por nós mesmos. Só nós temos a chave, e a porta só é aberta de dentro pra fora. Quando a fechadura, que é nosso coração, está emperrada, cheia de ferrugem por falta de uso, então se torna mais difícil sua abertura, porém, se insistirmos, a cada inserção da chave, um pouco da ferrugem vai caindo, até que a chave roda com facilidade e consegue abrir a fechadura. Talvez, meu tio, que seu coração se encontre demais empedernido, tornando difícil o rodar da chave.

– Thereza, ajude-me. Acho mesmo que desisti de abrir minha porta que conduz a Deus, mas já estou cansado...

A guerreira envolveu Thereza:

– Janice se encontra numa colônia espiritual. Foi vítima de crueldade por parte dos obsessores e tem seu psiquismo destrambelhado. Está sob tratamento delicado, pois que intoxicou seu corpo perispirítico com álcool. Se o senhor estiver disposto a ajudá-la e a si próprio, a guerreira poderá levá-lo para um tratamento.

– Eu quero. Estou cansado. Também tenho o corpo intoxicado; ainda não me livrei do vício maldito, mas quero aprender como se abre a porta do meu coração, quero encontrar Deus, encontrar Jesus.

Thereza convidou-o a orar. Ele a seguiu como a criança segue a mãe. Depois, a guerreira envolveu-o e o levou. Mais um Espírito que, entediado da vida vazia e improdutiva, erguia-se para Deus.

Thereza continuou orando. Depois, olhou novamente o medalhão. Ele ainda se encontrava envolto numa névoa de fluidos condensados. As formas-pensamento ainda lá estavam, mas desapareceriam com o tempo, pois as mentes que sustentavam aquelas cenas já caminhavam para o esclarecimento. "Conhece a verdade e a verdade te libertará."

Ela havia então descoberto o segredo do medalhão. Estava feliz por ter tido a oportunidade de ajudar também o tio. Agora, a cura dependia deles mesmos. Insondáveis os caminhos de Deus. O tio afirmava que não O havia encontrado no seu caminho, no entanto Ele e Jesus caminhavam ao seu lado, procurando fazê-lo voltar-se para dentro do próprio coração, abrir a porta para, finalmente, ser ajudado. Enquanto ele desacreditava do Pai, o Pai acreditava nele.

Capítulo 49

Acerta-te com teu inimigo...

Quase sete meses se passaram após esses acontecimentos.

Naquele dia, Thereza acordou alegre. Estava de alma leve, embora o coração tivesse ficado lá, com Pedro. Debaixo da porta, percebeu uma carta. Letra redonda e didática. A letra de Adalzina.

Thereza abriu-a, com o coração aos pulos. Soubera do casamento dela com Pedro. O que agora lhe diria a amiga?

"(...) e querida amiga e irmã, graças a você, meus filhos nasceram com muita saúde. Tive gêmeos: um menino e uma menina. São bem pequeninos, mas lindos. A menina chama-se Thereza e o menino Pedro

Filho. Demos seu nome à menina para prestar a você uma pequena homenagem. Você vive no meu coração e no de Pedro (...)".

Thereza chorou de alegria. Seu sacrifício não fora em vão. Aquela a quem um dia Pedro tanto prejudicara, recebia dele a maior alegria de sua vida na forma de duas crianças. Também Pedro não se desviara dos planos elaborados na espiritualidade. O caminho para a felicidade deles havia-se encurtado. Eles teriam forças para esperar o momento oportuno de serem felizes.

Thereza respondeu a carta, mas não teve coragem de ir visitá-los, conforme o convite deles. Ainda não se sentia suficientemente forte para encarar Pedro sem que seus olhos traíssem o seu amor.

Heloísa havia-lhe telefonado dizendo que seu casamento já estava marcado. Seria em setembro, faltando, portanto, quatro meses. Ela convidava Thereza para ser sua madrinha e falava de sua felicidade.

Álvaro, a cada dia, mais se transformava. Thereza não lhe deixava faltar livros. Teoricamente, ele conhecia a Doutrina Espírita melhor do que ela. O antigo sentimento de repulsa e medo já não a atormentava. Em seu lugar, outro de fraternidade, de entendimento. Fizera, do inimigo, um amigo. Nunca o acusou de nada. Era a irmã solícita, embora ele não a visse como tal, mas como a mulher que haveria de amar sempre. "Acerta-te com teu inimigo enquanto estiver caminhando ao lado dele" – ensinou Jesus.

Luzia fazia outro tanto por Severino. Ele ficara paralítico em consequência da queda. Tão logo recebeu alta hospitalar, Luzia levou-o para o restaurante. Tratava-o com toda dedicação. Às vezes, Severino ficava horas olhando a mulher na azáfama do restaurante. Então, sentia-se muito mal. Ele, que queria que ela lhe voltasse mendigando o seu amor, derrotada, sofrida; que nunca aceitara sua vitória; a felicidade que ele julgava indevida; estava ali, recebendo das mãos dela o que ele não soubera lhe oferecer no passado: um ombro amigo. Sustentação. Carinho. Renúncia. Fraternidade. Compreensão. Ele, que não quisera partilhar com ela o mesmo teto, que a expulsara sem dó nem piedade, era agora um completo dependente dela.

Luzia e Mariah eram agora tudo o que ele mais prezava na vida. Não fosse a prisão da cadeira de rodas e ele poderia até sentir-se feliz. Apesar de ter lido muito sobre a Doutrina Espírita, não se modificara inteiramente. Ainda tinha atitudes contraditórias. Passava semanas cultivando sua casmurrice, como se o mundo lhe devesse alguma reparação. Mas o tempo se encarregaria de transformá-lo.

Capítulo 50

Amores e dores

A PEQUENA IGREJA DAQUELE POVOADO ESTAVA engalanada de flores. No altar, Thereza, muito elegante, esperava ansiosa a chegada da noiva, a irmã Heloísa. Perto dela, Cícero suava dentro do seu terno azul-marinho. Não sabia onde haveria de colocar as mãos. Seus olhos não desgrudavam da porta da igreja. Aqueles minutos eram-lhe horas angustiantes. No lado oposto ao de Thereza, os padrinhos do noivo: Pedro e Adalzina. Pedro estava mais envelhecido. Parecia que a separação do seu amor o envelhecera dez anos.

Os gêmeos começaram a chorar no colo de Luzia e no de uma amiga da família. Luzia, além de segurar um dos netos, ainda se preocupava em atender Severino na sua cadeira de rodas. Mas não se queixava. Fazia tudo com extremado amor, sempre grata a Deus pela oportunidade de servir.

Thereza olhou, enternecida, para as crianças. A menina era a cara de Pedro, o menino o era da mãe. Quando retornou o olhar, encontrou os olhos umedecidos de Pedro. Uma dor fina, como uma navalha a lhe dilacerar as carnes, a fez empalidecer. Sua alma chorou a mais pungente das dores.

Pedro disfarçou, tossiu, olhou para a porta. Não pôde evitar que duas lágrimas caíssem silenciosas. Compreendeu que Thereza estava mais viva do que nunca em seu coração.

A cascata sonora da marcha nupcial inundou a igreja. Todos os olhares convergiram para a porta. Todos, menos o de Pedro. Aquele era o momento de olhar sua Thereza, pois todos estariam absortos com a entrada da noiva e não perceberiam. Assim, esqueceu seus olhos nela. Sonhou que a noiva era Thereza. E o noivo era ele. E Thereza lhe sorriu seu sorriso tímido. "Eu os declaro marido e mulher". O beijo... o "foram felizes para sempre!"

Heloísa chegou trêmula e sorridente, acompanhada por um tio materno. Cícero pôde, enfim, respirar aliviado. Não houve festa. Ainda não fazia um ano que João havia falecido e sua lembrança ainda estremecia os corações que o amavam.

Thereza, a convite de Zina, visitou-os em sua

casa. Pedro estava visivelmente feliz com aquela presença. Zina leu nos olhos de ambos aquele amor e sentiu que ele jamais morreria. Sentiu uma ponta de ciúme, que procurou sufocar. Mas não podia se queixar. Se Pedro não pudera corresponder com a mesma intensidade ao seu amor, era, apesar disso, o melhor marido, o melhor pai, a melhor companhia.

Cícero e Heloísa embarcaram em lua-de-mel. Thereza retornou a São Paulo. Vira Pedro. Estava feliz, porque lera nos olhos dele que o amor, apesar da distância, do tempo e das circunstâncias, continuava vivo tal qual o dela.

***

Nove anos decorreram. Thereza era agora uma dedicada fisioterapeuta. Álvaro saíra da cadeia após cumprir metade da sentença. Fora contemplado com o relaxamento da pena por seu bom comportamento e por ser réu primário.

Numa cerimônia simples, ele e Thereza se casaram. Ela haveria de cumprir dessa vez os votos outrora descumpridos. Saberia, se não amá-lo como amava Pedro, pelo menos, respeitá-lo. Tudo faria pela felicidade e equilíbrio daquele a quem ela, um dia, enlouquecera de dor e desespero. A grande amizade e carinho desenvolvidos durante a prisão tornaria aquela união, pelo menos, harmoniosa.

Álvaro estava feliz. Não cansava de olhar, com

olhos bêbados de amor, a sua Thereza. Aquela que tantas dores lhe causara, mas que agora era o motivo de sua felicidade; a razão precípua de sua vida. Estava um tanto envelhecido, mas adquirira a têmpera que torna as almas fortes. Tudo o que já sabia teoricamente aplicaria doravante a fim de poder compensar tanto mal que fizera. Depois que a tormenta passou, ele pôde ver como havia sido joguete nas mãos de Espíritos cruéis e ignorantes. Percebeu que ele muito se equivocara na vida, atraindo para si os choques de retorno que tanto o amarguraram. Percebeu que a vida, ao renascermos, é um livro em branco, que vamos nele escrevendo nossos acertos e desacertos.

Ele e Thereza, juntos, fundaram um lar para crianças carentes. Crianças que abundavam nas ruas de São Paulo. Ele era professor e, com o tempo, o orfanato transformou-se em escola. Foi nessa época que escreveu as páginas mais lindas do livro de sua vida. Aquelas criaturinhas sem lar, sem afeto, sem rumo, teriam casa, estudos, orientação, carinho...

Assim, passava suas horas dando aula, administrando o orfanato-escola e acariciando crianças alheias, porque na verdade somos todos uma grande família.

Epílogo

De volta à Pátria Espiritual

Muita areia passou pela ampulheta do tempo. Muita lágrima foi derramada até que a harmonia se fizesse. Uma vida? Menos de um minuto para a eternidade.

Para aqueles que retornavam vitoriosos após aquela reencarnação, a vida na Terra não passara de breve submergir sufocante para um emergir suave. Naquele plano de vibrações mais sutis, podiam sentir a branda aragem do amor divino a bafejar-lhes o Espírito.

Daquele grupo que iniciou junto os preparativos para a reencarnação, somente Janice e seu marido haviam falhado. Leda Maria, porque fora induzida ao erro quando ainda menina, não poderia ser responsabilizada por tudo. Janice não só descumprira o programa adrede preparado, como ainda aumentara seus débitos na conta divina, mas, apesar disso, adquirira mais experiências. Talvez, numa próxima oportunidade, saberá se conduzir melhor.

Álvaro dera um grande escorregão ao assassinar João. Contraíra para si mais um carma negativo que lhe somaria mais dores, mas ainda permaneceria mais um tempo na Terra e poderia compensar um pouco esse deslize no serviço da caridade e do amor ao próximo. Agora que sua Thereza retornara ao plano espiritual, ele conhecia a mais profunda solidão e dor.

Luzia – uma das que mais progrediu em Espírito – conseguiu quitar-se, ainda na mesma existência, dos seus erros com relação a Severino. Sofreu a perda do companheiro Matias, a perda de João e estendeu sua mão a Severino, tratando-o como a um filho querido quando ele se tornou um dependente paralítico e mal-humorado. Mas, apesar de tudo, ele também muito progrediu com os esclarecimentos da Doutrina Espírita e a ajuda de Luzia, porém ainda não se livrara do mau humor que de tempos em tempos o tornava insuportável.

Pedro também retornara, deixando Adalzina inconsolável, mas muito bem amparada junto aos gêmeos, já agora adultos responsáveis.

Conforme a programação estabelecida, soube

renunciar ao amor de Thereza, assumindo seu compromisso com Zina. Devolveu a esta a paz que um dia lhe roubara. A Álvaro devolveu Thereza, igualmente induzida por ele, em outra época, a abandoná-lo.

Thereza e Pedro ainda não se haviam reencontrado no mundo dos Espíritos. Ela desencarnara havia três semanas, mas proibira Pedro de visitá-la. Queria que fosse ela a ir ao encontro dele, e para isso teria de esperar um pouco a fim de se fortalecer e superar o trauma desencarnatório, que no seu caso foi insignificante.

O momento daquele reencontro deveria ser muito especial, perfeito. Thereza queria estar com todo o seu vigor. Quem a esperou por tanto tempo, poderia esperar por mais um pouco – dizia a si mesma.

O coração de Pedro esparramava felicidade por todo lado. Contava os minutos para receber a sua Thereza; para agasalhá-la junto ao peito; para ciciar-lhe doces palavras; para compensar tanto tempo de separação.

Agora, eram dignos um do outro. A consciência, enfim, se aquietara. Haveriam de unir definitivamente suas almas. Teriam, por altar, a natureza, por testemunha, o Sol, por convidados, as aves do céu, os peixes dos mares, os animais das florestas, os bons Espíritos da Terra e do Céu.

O Pai eterno uniria suas mãos e, assim unidos, caminhariam juntos. Sempre. Eternamente.

Pedro sonhava ainda seu sonho de ventura quando Thereza, vestida com uma túnica esvoaçante, qual anjo do Senhor, encaminhou-se para ele.

Com um rubro botão de rosa que tremia em sua mão, ele a esperava. Queria correr para ela. Estreitá-la de encontro ao peito, mas permaneceu chumbado ao solo. "Permita, meu Pai, que esta visão não seja uma miragem; que seja realmente aquela que meu coração deseja."

– Pedro! Pedro! Quanta ventura, meu Deus!

– Ah! Thereza! Quanto sonhei com este momento!

– Agora nada mais nos impede de ser felizes.

Todos os amigos daquele Espírito que soubera palmilhar os caminhos do Senhor vieram abraçá-la e lhe desejar felicidades.

Pedro colocou o botão de rosa em seus cabelos. Deram-se as mãos e, qual dois pássaros de luz, perderam-se no horizonte infinito da imensidão cósmica.

IDE | Conhecimento e Educação Espírita

No ano de 1963, Francisco Cândido Xavier ofereceu a um grupo de voluntários o entusiasmo e a tarefa de fundarem um periódico para divulgação do Espiritismo. Nascia, então, o Instituto de Difusão Espírita - IDE, cujos nome e sigla foram também sugeridos por ele.

Assim, com a ajuda de muitas pessoas e da espiritualidade, o Instituto de Difusão Espírita se tornou uma entidade de utilidade pública, assistencial e sem fins lucrativos, fiel à sua finalidade de divulgar a Doutrina Espírita, por meio de livros, estudos e auxílio (material e espiritual).

Tendo como foco principal as obras básicas de Allan Kardec, a preços populares, a IDE Editora possui cerca de 300 títulos, muitos psicografados por Chico Xavier, divulgando-os em todo o Brasil e em várias partes do mundo.

Além da editora, o Instituto de Difusão Espírita também se desenvolveu em outras frentes de trabalho, tanto voltadas à assistência e promoção social, como o acolhimento de pessoas em situação de rua (albergue), alimentação às famílias em momento de vulnerabilidade social, quanto aos trabalhos de evangelização infantil, mocidade espírita, artes, cursos doutrinários e assistência espiritual.

Ao adquirir um livro da IDE Editora, além de conhecer a Doutrina Espírita e aplicá-la em seu desenvolvimento espiritual, o leitor também estará colaborando com a divulgação do Evangelho do Cristo e com os trabalhos assistenciais do Instituto de Difusão Espírita.

www.idelivraria.com.br

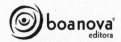